少年少女に
希望を届ける詩集

曽我貢誠
佐相憲一
鈴木比佐雄　編

コールサック社

少年少女に希望を届ける詩集　目次

はじめに

第三章　立つ

第五章　いのち

第六章　希望

第七章　家族の中で

目次

はじめに

未来を切り開くために

曽我　貢誠

「教えるとは希望を共に語ること
　学ぶとは真実を胸に刻むこと」

これはフランスの詩人ルイ・アラゴンの言葉です。

今、教育界を覆う環境は決して安心できるものではありません。新聞を賑わすいじめの問題、五人に一人が貧困家庭という現実。一見明るく登校している子どもたちも様々な悩みを抱えているのが現状です。そんな子どもたちに希望の言葉を届けることができればいいなとずっと考えていました。

世の中には優れた詩人がたくさんいます。そして作家や教育関係者や親御さんの中に隠れた詩人がひそんでいます。そうした人たちの詩を一堂に集めることができればすばらしい詩集ができます。それを全国の教育関係者や親御さんの元に届けることができれば、子どもたちに希望の光を届けることができるのではないかと考えました。呼びかけ文にはこう書きました。

「今、自分の心に大きな悩みを抱えてしまった少年少女たちが、命を捨てたいと思い始めている。それは自ら死ぬことだったり、相手を暴力的に攻撃することだったり、学校へ行くことを拒否することだったりする。学校に元気そうに行く子どもたちもさまざまな悩みをかかえながら登校している。そんな子どもたちの心に届く言葉を私たちは持っているだろうか。」

そんな呼びかけに日本全国から様々な分野の人たち２００人が作品を送ってくれました。詩人、作家、教育関係者、そして今社会の第一線で活躍しているかつての少年少女たちです。

ここでいう少年少女とは、子どもや児童とはちょっと違います。それは思春期を迎えた小学校高学年から中学生、高校前半の人たちを指します。私は中学校の教員を長年やってきました。いつも思っていたことですが、子どもを対象にした絵本や児童図書、また大人を対象にした詩や文学などの書籍は世に溢れています。しかし、難しい年ごろといわれる思春期の子どもたちを対象とした詩や文学などは少ないように思いました。「子ども」ではなく「少年少女」にしたのは思春期の子どもを対象にしたという意図があります。

「希望を届ける」という表現については私として少しの迷いがありました。それは「届ける。」とか「してやる。」という表現には強引に相手の心の中に踏み込んでいくようなニュアンスがあったからです。その点「希望を共に語る」という言葉は適切な表現かもしれません。でも私の意図は少年少女に直接希望を届けたいという意味もありますが、教育関係者や家庭の親御さんの手元にこの詩集を届けて、日常的に子どもたちと語って頂きたいという思いがあります。希望とは何でしょう。希望は人に届けるものではなく、本人が心の中で感じ自覚するものです。それは自然や世界について初めて知った新鮮な驚きだったり、家庭や学校で、初めて体験した感動や発見だったりします。そんな様々な経験を通して、人は自信を持って一歩踏み出す力が湧いてくるのです。希望とは人間が生きるための原動力かもしれません。

一方、少年少女を取り巻く言葉の環境はだんだん悪化してきています。ネット社会になり、なるほど調べ物をするときには便利になりました。しかし、ネットの中では個人に対する一方的な言葉の誹謗中傷、そして差別的な発言などもみられます。こういうことが子どもたちの心を知らないうちにむしばんでいます。またスマホや携帯電話依存症に陥っている子どもたちもたくさんいます。メールひとつとっても「死ね」とか「バカ」とかいう言葉が飛び交っています。ちょっとした行き違いからいじめに発展したり、不登校に陥る子どもも多くいます。

あるベテラン教員が言っていました。「もう奥ゆかしさとか恥じらいという言葉は死語になってしまったのでしょうかね。」またある国語の教員が、こんなことを言っていました。「教科書には詩はだんだん減らされてきています。もっと深刻なのは国語の教員は詩についてはあまりやりたがりません。それは、解釈が難しいし、あまり入試問題にも出ないからです。」詩は、人間の成長にとってすぐに効果は出るものではないかもしれません。しかし、人の心を豊かにするものだと思います。こういう時代だからこそ、じっくり詩を読んでほしいと思います。

この詩集を出版した目的は、教育関係者に様々な場面で活用してほしいと思ったからです。学校には「学校便り」、「学年便り」「学級通信」など様々なお知らせがあります。この詩集をこのような通信に使っていただけたらと思います。とかく詩は国語の専門分野と考えがちですが、国語以外の先生も日常的に楽しく使ってほしいと思います。たとえば道徳や学活などで、話し合いのヒントに使っても面白いと思います。また教育は学校だけが担うものではありません。塾の先生、フリースクールそして家庭教師の人にも大いに活用してほしいと思います。

また家庭でも読んでいただけると幸いです。親子の話し合いのきっかけになるでしょう。私の経験で、「勉強しろ、勉強しろ！」と怒るお母さんより、テレビを消して親子で読書の時間を設けている家庭の子どもの方が、学校でも落ち着いていて、勉強でも、行事、部活でも意欲的に取り組んでいる子どもが多かったです。親子で実際読んでみるのもすばらしいと思います。この詩集はただ書棚に飾ってあるのではなく、日常的に手に取って読んでいただけたらありがたいです。

この詩集には200人の人たちの少年少女に対する深い愛情が注がれています。詩だけでなく、エッセイやメッセージで表現している作品もあります。たった一人の少年少女でも、この中のどれかの作品に接し、少しでも元気を取り戻すことができれば、こんなうれしいことはありません。これは私だけでなく詩を書いていただいた200人の人たちの喜びでもあると思います。少年少女の心に希望の詩が届きますように。

第一章　学ぶ

学ぶ

あなたは学ぶ
空に学ぶ
空はすでに答えている
答えることで問いかけている

わたしは学ぶ
土に学ぶ
隠《かく》された種子《しゅし》の息吹《いぶき》
はだしで踏《ふ》みしめるこの星の鼓動《こどう》

あなたは学ぶ
木に学ぶ
人からは学べぬものを
鳥たちけものたちとともに学ぶ

わたしは学ぶ
手で学ぶ
石をつかみ絹《きぬ》に触《ふ》れ水に浸《ひた》し火にかざし
愛《あい》する者《もの》の手を握《にぎ》りしめて

あなたは学ぶ
目で学ぶ
どんなに見開《ひら》いても見えぬものが
閉じることで見えてくること

わたしは学ぶ
あなたから学ぶ
わたしとは違《ちが》う秘《ひ》められた傷《きず》の痛《いた》み
わたしと同じささやかな日々の楽しみ

わたしたちは学ぶ
本からも学ぶ
知識《ちしき》と情報《じょうほう》に溺《おぼ》れぬ知恵《ちえ》
言葉《ことば》を超《こ》えようとする言葉の力を

そうしてわたしたちは学ぶ
見知らぬ人の涙《なみだ》から学ぶ
悲《かな》しみをわかちあうことの難《むずか》しさ

わたしたちは学ぶ
見知らぬ人の微笑《ほほえ》みから学ぶ
喜《よろこ》びをわかちあうことの喜びを

谷川　俊太郎（たにかわ　しゅんたろう）
1931年、東京都生まれ。詩集『二十億光年の孤独』、『世間知ラズ』。
東京都杉並区在住。

なにか　ご用はありませんか

洲　史（しま　ふみひと）
1951年、新潟県生まれ。詩集『小鳥の羽ばたき』、『学校の事務室にはアリスがいる』。詩人会議、横浜詩人会所属。神奈川県横浜市在住。

やぁ　と　ぼくは声をかける
やぁ　と　ショウタは応える
それだけで　ぼく達はすれ違う
ショウタは　友だちに囲まれて
靴を履きかえ　グラウンドへと向かう

中休みの度に
昼休みの度に
「なにか　ご用はありませんか」と
事務室を訪ねる　アキト

アラビック糊《のり》の詰め替えは　よくやってくれた
テプラテープをつくるのは　熱心にやってくれた
リサイクル封筒の糊付けは　すぐに飽きた

「今日のお手伝いはないから外で遊んでおいで」
ぼくの言葉を聞き流して
アキトは　事務室常備品の整理を始める

予鈴《よれい》のチャイムが鳴る

ゆったりと何もかも受けとめる女性教師が
「できるだけ外で遊ぼうね」
と　言いながら
アキトと　連れだって　教室に向かう

ぼくは夢見る
アキトとも　ただ　すれ違う時の来ることを
それまでは　事務室で　ゆっくり　と

風景

純銀もざいく

いちめんのなのはな
いちめんのなのはな
いちめんのなのはな
いちめんのなのはな
いちめんのなのはな
いちめんのなのはな
いちめんのなのはな
かすかなるむぎぶえ
いちめんのなのはな

いちめんのなのはな
いちめんのなのはな
いちめんのなのはな
いちめんのなのはな
いちめんのなのはな
いちめんのなのはな
いちめんのなのはな
ひばりのおしやべり
いちめんのなのはな

いちめんのなのはな
いちめんのなのはな
いちめんのなのはな
いちめんのなのはな
いちめんのなのはな
いちめんのなのはな
いちめんのなのはな
やめるはひるのつき
いちめんのなのはな。

山村　暮鳥（やまむら　ぼちょう）
1884年～1924年、群馬県生まれ。詩集『雲』、『三人の処女』。
群馬県高崎市などに暮らした。

学級目標と約束ごと

河原　敏子（かわはら　としこ）
1937年、京都府生まれ。『歌集　飛びたつ蛍』、『学級経営に関する実践』。「新宴」、「じゆうにんの会」所属。埼玉県草加市在住。

今日はみんなで学級目標を作りましょう
　今すぐ全員がやらなければいけないこと
　長い間全員が努力を続けること
　友達と心と心が深く触れ合うことで達成できること
　そして、自分自身の努力目標
こんなことを意識して、考えてみよう
この一年、質の高い生活ができるといいですね

卒業して十五年経ちお母さんになった生徒から
心温まる年賀状をもらいました
『たくましい心、たくましい体』
あの時の学級目標が、この頃懐かしく、
我が家の今年の努力目標になりました」と
教室の飾り物ではなく、
誰もが何時でも心の支えになるような
そんな「目標」ができるといいですね
明るく楽しく、安全で安心な生活ができるように
「約束ごと」も決めたいですね

私の心に残っている学級目標の一つは
「いちめんのなのはな」です
一本一本は華やかでないけれど
三十九本集まると立派な花束になるんです
約束ごとでは
「うそとけんかは大きらい」
「忘れたってことば、このクラスにはないよね」かな
かつて、人からされて嫌だったことが
かつて、人にされてうれしかったことが
そんなことが「約束ごと」になるような気がします
みんなに紙を渡すから一人ひとりが真剣に考え書いて
それから班で話し合ってみよう
その後で、クラス全員で決めようね

無理をしないで、難しいことではなく
当たり前のことを　当たり前にできるって
それはすごいことなんだよ
きちんと　しかもさりげなく努力できる
「学級目標」「約束ごと」にしようよ
来年三月、このクラスが終わるとき
当たり前のことのスゴサを互いに気付ければいいね

3つの**る**

目線を上げ
見て見ぬふり　寝たふりせず
まわりを　よく見**る**

イヤフォンをはずして
人の言葉に　耳を傾け**る**

よく勉強して　自分の頭を使って
自分の考えを　伝え**る**

そうしたらきっと　幸せな世の中になる
あなた自身も　幸せになる
気遣いは　日本の素晴らしい文化です

なでしこ
1959年、東京都生まれ。東京都新宿区在住。

車中第困狂想曲

あなたに
　ミニスカートはちょっと早いかな
デビューには　もう少ししまりが必要です
あなたに
　ミニスカートはちょっと早いかな
背筋を伸ばし　一本線の上を歩けますか
あなたに
　ミニスカートはちょっと早いかな
電車の中で　ひざをそろえて座れないでしょ

もう少し　修行を積みましょう
素敵なレディー目指して

四月の君は

学校が新しく始まる
四月の頃に
もう君は忘れてしまった　かな
けれども私は
君の宇宙をときどき夢に描く

※

雨の日も傘をさして
秋に植えた花の種に
水やりをやっていた

手と体で伝える術を知ったとき
一番さきに
食べ物を叫んだ
――みかんイヤイヤ　みかん切るよろしい
　　ビワすき　ビワ変えるよろしい

絵で描いた手紙が
家まで届いた　驚き

赤いポストの下が怪しい　と
画用紙に
山を三つ　うねらして
パイプを描いて家までつないだね

夕日が沈むとき
太陽に手を振り
おじぎを何度もした　あと
大急ぎでスコップをもって
運動場の土を掘る
夜中まで毎日まいにち　掘り続けていた

――真っ赤な太陽　あるんだ　見るんだ！

秋野　かよ子（あきの　かよこ）
1946年、和歌山県生まれ。詩集『梟が鳴く――紀伊の八楽章』、『細胞のつぶやき』。詩人会議、日本現代詩人会所属。和歌山県和歌山市在住。

教室・冬

枯れてしまった麦の芽と
不器用な玩具
馴れすぎたペットの眼を
網膜に刷り込まれた眼
読みさしの童話の上に
立ちどまり
消えてしまった主人公を
探している眼
透明な空気の中に漂う
閉じたままの
眼の列

公園の垣根を
飛びこえる脚
ブランコをこぐ脚
三輪車には
長すぎる脚
踏みしめる土を
求めてとまどう
脚の列

掌には収まりきれぬ
冬眠する球根を
握りしめようとする手
小さな数字を
並べている手
体温ほどの暖かさに
震えている手
手の形をしている
手の列

冬の教室には
生れてくる季節を
見つめる眼
新しい季節へ
跳躍しようとする脚
次の季節を
つかみ取ろうとする手

眼
手
脚
動き始めている

松沢　清人（まつざわ　きよと）
1935年、長野県生まれ。詩集『家族たちの肖像』、『土とふるさとの文学全集14』。東京都府中市在住。

勇気

飛び込み岩に少年は立った
心臓の高鳴りは
足のふるえに伝わっていた

男岩から始まった
ぼくの夏休み

飛び込もうか　やめようか
勇気という見えない手が
日焼けした背中を
押したり引いたりしていた

　なんしよっとか
　はよ　とびこまんか

ともだちの声に
目を閉じて　岩をけった

勇気という宝物を
つかんだ瞬間だった

たまらないうれしさを

たしかめるように
水を切って岸に向かった

小野　浩（おの　ひろし）
1953年、宮崎県生まれ。詩集『草幻郷の獏』。
日本詩人クラブ、日本童謡協会所属。埼玉県入間郡在住。

夏の心臓

家までだいぶ距離があるのに
もうほえている
（においでわかるんだな
（散歩したいんだな

栗毛のルパンはなめる
顔も手もべろべろなめる
ぼくはルパンをだきしめる
ぼくに伝わるお前の速い鼓動

ランドセルを置きぼくらは走る
ギンギンの太陽の下　土手を走る
透き通った水が揺れ魚影も揺れる
汗が飛び散り心臓は飛び出しそうに

ふしぎだ

空が青いのもふしぎだけど
雪解けに土が臭い立つのもふしぎだけど
ぼくが何でここにこうして
居るのかもふしぎだけど
やがてきみがどこかで
春風に頬を吹かれていると想像すると
ふしぎなんだ
ぼくがきみを知ることはないし
きみがぼくに話しかけることもないのに
こんなにもきみが懐かしいのが
ふしぎなんだ
ぼくはこの世に何も残さなかったけど
いつのまにか生まれて
いつのまにか悲しまされて
いつのまにか楽しまされた
そして未だ見知らぬきみを
愛おしいと思えることが
とっても
ふしぎなんだ

志田　道子（しだ　みちこ）
１９４７年、東京都生まれ。詩集『わたしは軽くなった』、『あの鳥篭に餌をやるのを忘れてはいないか』。詩誌「阿由多」、日本現代詩人会所属。東京都杉並区在住。

扉

Sよ　君が扉をおずおずと叩いたんだ
君がわたしに相談を持ちかけなかったら
二人はただの教師と生徒とで終わっていただろう
わたしの扉を叩いておきながら
君はそれを後悔しているかのように
ためらい黙っている
まるでわたしが仇敵のように
ギラギラと燃える目で睨んでいる
わたしもただ黙って君の視線を受けとめていた
Sよ　君自身の手で
未来への扉を開けなくてはならない
いま　扉を開けなければ　今度また君は
扉の前から踵を返すだろう
運命は意志によって変えることができるんだよ
Sよ　勇気を出せ
君は運命の扉を叩いたんだよ
こんどは　その扉を押して　開くんだ
その先になにがあるか
それは　わたしにもわからない
でも　これだけは言える
いま　扉を開けなければ
また　闇の中で独り蹲っていなければならないだろう
自由意志の道を見失ってしまうだろう

ただ　わたしは君が話す気持になるまで
いつまでも待ってるよ
さあ　扉を開けてごらん　向こうは
青空が広がり
暖かい陽光が君を包んでくれるだろうから
築山　多門（つきやま　たもん）
1945年、岡山県生まれ。詩集『流星群』、『はぐれ螢』。
詩誌「漪」「いのちの籠」。神奈川県横浜市在住。

自分でやる三十分

今泉　友佑（いまいずみ　ゆうすけ）
1984年、愛知県生まれ。東京都北区在住。

大事な場面で大きな失敗をした
そのとき先生が言っていた
【やらされる三時間より自分でやる三十分の方が大事だ】

学校では勉強・行事・部活動など
全ての場面においてこの言葉が当てはまった
先生の指示通りに動くことで
頑張っているように見えるし
きびきびした無駄のない集団ができあがる
しかし、それは自分の身になっておらず
先生がいなくなった瞬間に、その統率は一気に崩れる
たとえ短時間でも自分で考え行動し自分で反省する
そのことが本当の自分の成長に繋がると確信した

そんな私も三十歳を過ぎた
仕事で大きなミスをして上司に言われた
【言われた通りにやってろ！】
明日まずは言われた通り三時間やろう
そしてその後、自分でも三十分やってみよう
なんだかこれが一番成長できそうだ

十点満点

市川　つた（いちかわ　つた）
1933年、静岡県生まれ。詩集『市川つた詩選集』、『虫になったわたし』。詩誌「回游」、「光芒」。茨城県牛久市在住。

生まれたとき
誰にも平等にお母さんは
十点満点の十点を下さる

国語の得意な子
算数の得意な子
工作がうまい子
音楽が好きな子
駆けっこではいつも一番の子

誰だって一寸ばかり出来ないところがあれば
ぐーんと出来るところがある
誰にも負けない
すっごく素敵なところが必ずある

探してみてよ
思いやりのあるとってもやさしいこころ
忘れないで大事にしよう

得点十点　欠けた人はいないんだもの

いばったりすねたりしないで
あなたのいいところ見つけ出して
わたしのいいところ見つけ出して
みがいていこう

あなただって十点満点
わたしだって十点満点
きっとあるんだ
探し出して育てていこう

赤いリボン

「徒競走までには必ず来てね」
「こんどこそ赤いリボンをもらうからね」
その声が
耳もとにせまってくる

早退して
いっしょうけんめい走った校門前の長い坂

でも
とびこんだ校庭の掲示板には
もう次の種目が書かれていた

ああ　あなたの徒競走は
今終わってしまったのね
残念さをかみしめながら
いっしょうけんめいあなたの姿をさがしたら
あなたの胸に
まっかなリボンが光っていた

まあ
あなたは一等賞になったのね
あなたは一人で頑張ったのね

その瞬間を
テープを切る　その瞬間を
いっしょに喜んであげられなくって
ごめんなさい

一度一等賞になりたいと言っていたあなただったのに
一度赤いリボンをつけたいと言っていたあなただったのに

その瞬間を
その　ほこらしげな喜びの瞬間を
いっしょに祝ってあげることができなくって

あなた九歳の秋

谷口　典子（たにぐち　のりこ）
1943年、東京都生まれ。詩集『あなたの声』、『悼心の供え花』。「青い花」、「いのちの籠」。東京都西東京市在住。

勉強　きらい

「勉強なんて大きらい」
「ママ　勉強すきな人なんていないよ」
あなたはよく
そういったっけ

そうよね
ママも勉強なんて大きらいだったもの
小鳥と遊んだり
小犬とかけっこしたり
木登りしていた方が
よっぽどおもしろかったもの

近くの小山に登って
お山の大将になっていたっけ
そこにはくわの実もあったし
スカンポもさいていた

遠くに夕日が落ちて
電信柱が黒く大きくせまってきても
いつまでも　いつまでも
遊んでいたかったっけ

でも
その自然をなくしてしまった
おとなたち
大地の上で遊ぶことのできなくなってしまった
あなたたち

勉強はきらいというあなたに
勉強はきらいでもいい
人は
「遊びをせむやと」生まれてきたのですもの

ただ　ママは
一つだけ願っているの
このすばらしい地球の上で
大地の上にしっかり足をふんばって
考えることのできる大人になってほしいと

あなた十歳の冬

息吹き

おぎゃあと生まれ
初めてした息
元《げん》気な産声
ちゅう、ちゅう甘い
母のおっぱい吸った息
はあはあ息して這《はい》まわり
立って笑って
よちよち歩き
転《ころ》んで泣いて静かな寝息
ふざけてけんかし鬼《おに》ごっこ
夢中で走って弾《はず》む息

思いでの始《はじ》めは小学校
どき、どきする息を
しずめて一人立ち
校門をくぐれば
桜が咲いている
広い世界が
ぴかぴかの皆んなを待っていた

堀江　雄三郎（ほりえ　ゆうさぶろう）
１９３３年、旧満州大連市生まれ。宮城県仙台市在住。

クリスマス リトルコンサート

まちにまってたコンサート
お姉ちゃんの曲名は
「サーカスを見に行って」
黒と赤のワンピース
大きなリボンを胸につけ
ばあばが仕立てた晴着きて
皆んなに、にっこりおじぎして
大きなピアノに小さい指《ゆび》で
上手にタンタン弾《ひ》きだした
リズムに合《あわ》せいい調子
高く低く、強くやさしく
音は心にしみてくる
はじめて聞いたお姉ちゃんのピアノ
それは幼稚園の時だった
いまは小学二年生

もっと上手になるために
おけいこ、努力、つづけてね

うんどうかい

よーい・どん！
　はしりだす
いっしょうけんめい
かけだした
おいかけても
　おわれても
はやい・はやい
　つぎにまってる
ともだちへ
　バトンをわたす
みんなのだいじな
　がんばるところ
いつものけいこを
おもいだして
　けがのないよう
げんきにはしろう
　あのはためざして
　　いち、にっ、さん

問いかけ

読み書きを学ぼう
数の数え方を学ぼう
同じ年ごろの友だちと
同じ空気を吸いながら
机や椅子がない教室で
教科書とノートが足りなくても

昔の偉大な人の教えを学ぼう
そこから今を考えることを学ぼう
はつらつとしたその身を包む
長いブルカにたくしこんだ
世界を知り自分に気づくよろこび
うたがい確かめ 腑に落ちるここちよさ

たったひとりでも 学ぼう
手垢のついたギターの教則本に
つむがれた赤土の色の織物に
町はずれに立つ一本の木に
答えはどこからでもさがしだせる
自分のからだで考えた
抜き差しならない問いかけさえあれば

覚 和歌子（かく わかこ）
1961年、山梨県生まれ。詩集『ゼロになるからだ』、『うつぶせの祝祭』。東京都目黒区在住。

学び続けるその先に
やがて君は見るだろう
そむきあった歴史が
ひとすじの河となって
流れ出していける海を
決してゆるせない者同士が
ゆるしあう瞬間を
いとおしいふるさとの
まあたらしい姿を

＊初出 「Father's Voice」渡部陽一朗読ＣＤ
ビクター ２０１１

負ける

孫の琴里《ことり》はジャンケンが好きだ
でも負けるのは絶対にイヤ
負けると泣いてすねる
だから勝つまで何回でもする
琴里にはジャンケンは勝つための手段
ジイジには負けるための儀式
これではまるで理不尽のようだが
琴里の中では何の矛盾もないようだ

そしてぼくはと言えば
なぜか愉快
ジャンケンに負けて
かくれんぼの鬼になっても
劇の主役をとられても

昔　決心のつかなかった僕が結婚を決めたのは
確か　あなたのやさしさに負けたと思った時だった
悔しくはなかった

吉田　隷平（よしだ　たいへい）
1944年、広島県生まれ。詩集『風光る日に』、『青い冬の空』。
日本現代詩人会、日本詩人クラブ所属。広島県福山市在住。

おまえならできる

おまえならできる

「おまえしかできん。
　けど、おまえならできる」
「バッテリーV」より

スキだから

誰かを好きになることって
いいことなのでしょうか。
楽しいことなのでしょうか。
美しいことなのでしょうか。
うーん、どうだろう。
誰かが好きになると
嫉妬《しっと》深くなります。
焦《あせ》り易くなります。
心が騒《さわ》いで、眠れなくなります。
今まで、独りでも平気だったのに、
独りでいる寂しさに涙が出たりします。
そんなこと、ないですか？
わたしは、そうだったなあ。
わたしは、こんなにあの人が好きだった。
そう思い知ることは、少しも甘美《かんび》ではなく、むしろ苦《にが》
　かった……
少女のころ、そんな恋ばかりしていたような気がします。
それでも古いアルバムをめくると、
笑っているわたしがいます。
中学校や高校の（ださい）制服を着て、
笑っているわたしが、確かにいるのです。
誰かが好きだった。
本気で好きだった。
誰かを本気で好きになることのできた
わたしの笑顔は
なかなか素敵でした。
（じぶんでいうのもなんですけど）
なるほど、こんなふうに笑えるのだ、
と、見入ってしまいました。
こんなふうに笑えるのだ。
だとしたら、

あさの　あつこ
1954年、岡山県生まれ。『バッテリー』。岡山県岡山市在住。

嫉妬深くなっても、焦り易くなっても、心が騒いで眠れなくても、
やはり、誰かを好きになって
よかったですよね。

十代は、残酷な時間

十代って残酷な時間なんだ。
否応《いやおう》なく全てが変わっていく。
変わらされてしまう。
留《とど》まることは許されず、
立ち止まることも許されない。
ただ前へ、前へ、前へ、先へと進むだけだ。
急流に浮かぶ小舟みたいだ。
十代ほど、たくさんの人に出会い、
別れる時代はないような気がする。
出会いと別れを繰り返す時代、
「さよなら」そんな別離の挨拶《あいさつ》とともに、
二度と会えなくなる人たち。
その人たちをいつの間にか忘れていく。
忘れられていく。

「ありふれた風景画」より

大人になるってどんなこと？

時がたち、日々がすぎ、
人はどうしても大人になっていく。
それは、自分を自分で
守っていける者になることなのだ。
だれにも依存しないで
生きていけることなのだ。
自分だけで生きることにも
他人と共に生きることにも
恐れず向かい合えることなのだ。

「時空ハンターＹＵＫＩ」より

いいことあるかも

虹が出たよ。
いいことあるかもしれないよ。
そんなメール送ってみようか。

「ガールズブルー」より

すさまじい無言

十秒、二十秒、三十秒
教室に音が消え
動きが止まった

俺が
罵ったかもしれない
わたしが
はじいたかもしれない
追い詰めていたかもしれない
沈黙のるつぼの中で
関わった記憶を探っている

生まれながらに負った体の違いゆえ
受けた心の傷
声をつまらせ語る　やっと語る
女子生徒の吐露に

それぞれが自問自答に身を置いて
深く揺れている……
に違いない
すさまじい無言を共有しながら

十秒、二十秒、三十秒

「発表を聞いて　何を考えましたか」
教師が切った口火に
たちまち走り始めた鉛筆の音の波

——言葉が人を打ちのめす
——自分が傷つけていたかも知れない
——私はそばで笑っていた……
——僕だったら耐えられない
——これは基本的人権の侵害じゃないか

オレンジ色の陽射しが
教室の窓を覆っている小春日和
おかれた立場を語る空間が
自責の重荷の中で困惑する集合が
問いかけ　見つめ、揺れ合う教室が

ここにはあった

二階堂　晃子（にかいどう　てるこ）
1943年、福島県生まれ。詩集『悲しみの向こうに』、『音たてて幸せがくるように』。日本現代詩人会所属、詩誌「山毛欅」。福島県福島市在住。

——こんなに包み隠さず表す勇気があるなんて
——大変なことがこれからもある
——このあと、ちょっと話しかけてみようかな

まだ続いてる鉛筆の波音の中
覗き込む参観者の前で
ともすれば
葬られてしまう事実と格闘している教室が
ここにはあった

彩マイルーム

赤いほっぺの農業科の女子高生
赤、黄、ピンクのポリアンはいかがですか
白い雪に色映えさせて
春を抱えて訪れた

隅の隅まで冷え切った玄関に
かかとを踏んだシューズ脱ぎ捨て
運びこんでくれたマイルームに

並び替えては置き換えて
ぐるりっと眺め、飾り物に触れてみて
この部屋きれいっすねと
引きずってるズボンの裾

見れば高校生の腰パンズボン
このくらいあげてみればどう？
長い脚がもったいないよ
ぴぴっとベルト締めてみて
おせっかいおばさん後ろから
ズボンをひょいと持ち上げる
腹立てる風もなく振り向き様に
このズボン下がりやすいっす

お茶でも飲んでいく
いえまだ授業中です
じゃあ、みんなの分も飴玉ね
野菜売りの時も来ていいっすか
顔あげて見つめる目のあどけなさ

柔らかな冬陽浴び
見かけによらず初々しい女子高生のポリアン販売
窓辺に一足早い春を届けてくれた
赤、黄、ピンクの彩《いろどり》マイルーム

ひとりであって　ひとりでなく

古屋　久昭（ふるや　ひさあき）
１９４３年、山梨県生まれ。詩集『料理考』、人名詩集『あ・い・う…さん』。
詩誌「詩笛」、日本現代詩人会所属。山梨県笛吹市在住。

ぼくは　ぼく
わたしは　わたし
だれでもない　ぼく
だれでもない　わたし
うまれてから　ずうっと　ぼく
ずうっと　わたし
せかいで　ひとりだけの　ぼく
ひとりだけの　わたし
ひろい　うちゅう
たくさんの　ほし　ぎんが
そこでも　ぼくは　ぼくだけ
わたしは　わたしだけ
たった　ひとり
わたしも　ぼくも

じんるいが　たんじょうしてからも
みんな　ぼくではない　ひとばかり
じょうもんじだい　こふんじだい
へいあんじだい　えどじだい
にほんのれきし　せかいのれきし
ながい　れきしのなかで　ぼくに　にたひとが
なんにんも　いたとしても
にているだけで　ぼくではない
にているだけで　わたしではない
サッカーじょうの　かんらんせき　ひと　ひと　ひと
そこに　ひとりだって　ぼくはいない
とうきょうえき　ひと　ひと　ひと
ひとごみのなかに　ひとりだって　わたしはいない

ふしぎなんだ
しんぴなんだ
ぼくが　いま　ここにこうしている　ということが
わたしが　いま　ここにこうしている　ということが
あとにも　さきにも　ぼくはいなくて
わたしもいなくて
おどろきだ
かんどうだ
どんなに　かんがえても
たったひとりだけの　ぼく
ふたりといない　わたし

ひとつだけの　ぼくの　いのち
ふたつとない　わたしの　いのち
だけど　ぼくの　いのちは
ちち　ははに　つながっていて
わたしの　いのちも　そふ　そぼに　つながっていて
はるかな　せんぞに　つながっていて
いのちは　ぼくだけに　あるのではない
わたしだけに　あるのではない
あのひとにも
このひとにも
みんなが　ひとつの　いのちを　もっていて
みんなが　いのちある　ぼく　といっていて
いのちある　わたし　といっていて
そんな　ぼくという　ひとが
ぼくのとなりに　つながっていて
わたしも　そんなわたしというひとと　つながっていて
まちじゅう　つながっていて
せかいじゅうのひとと　つながっていて

いのちなら　ことりも　もぐらも　ごきぶりも
いのちなら　はなも　やさいも　くりのきも
みんな　みんな　いのちで　つながっていて
つながっているから　ともだちで

そうだ　ぼくは　ひとりであって　ひとりでなく
そうだ　わたしは　ひとりであって　ひとりでなく
ひとりであって　ひとりでなく
ひとりでなく

――男女小中学生による朗読用作品として――

第二章　歩む

道程

僕の前に道はない
僕の後ろに道は出来る
ああ、自然よ
父よ
僕を一人立ちにさせた広大な父よ
僕から目を離さないで守る事をせよ
常に父の気魄《きはく》を僕に充たせよ
この遠い道程のため
この遠い道程のため

高村　光太郎（たかむら　こうたろう）
1883年〜1956年、東京都生まれ。詩集『道程』、『智恵子抄』。東京都台東区などに暮らした。

冬が来た

きつぱりと冬が来た
八つ手の白い花も消え
公孫樹《いてふ》の木も箒《ほうき》になつた

きりきりともみ込むような冬が来た
人にいやがられる冬
草木に背《そむ》かれ、虫類に逃げられる冬が来た

冬よ
僕に来い、僕に来い
僕は冬の力、冬は僕の餌食《ゑじき》だ

しみ透れ、つきぬけ
火事を出せ、雪で埋めろ
刃物のやうな冬が来た

G君のこと

こやま　きお
1947年、栃木県生まれ。詩集『おとこの添景』、『海が燃える3・11の祈り』。
詩誌「衣」。栃木県宇都宮市在住。

「この春から小学校の教師になります。」

四年生のときに受け持ったG君からの手紙に書いてありました。G君は進級したころ、いつも一人ぼっちで、給食は保健室で食べていました。前担任との引継ぎでは、急に奇声をあげ、授業中も出歩いて、何度注意しても指示には従わなかったとのことでした。

ある日、G君を誘ってオタマジャクシをとりに行きました。G君は秘密の場所があるというのです。萌黄の里山に囲まれた広い水田の隅にオタマジャクシはうようよいました。バケツはたちまちオタマジャクシでいっぱいになりました。G君は泥で汚れた服など気にせず、車に乗るなり、オタマジャクシの飼い方を目を輝かせながら話してくれました。この日をさかいに、給食は私の隣で食べるようになり、二学期は班のなかで食べるようになりました。友だちとの会話も増え、昼休みは汗をかくほどドッヂボールに夢中でした。

G君とアゲハチョウの幼虫を捜しに行ったときのことでした。「おれ、学校の先生になりたいな。」と、突然言ったのです。手紙を読みながら、あの頃のG君を思い浮かべていました。それからしばらくして、「四年生の担任になりました。」という知らせを受け取りました。

その翌年、G君から連絡があり、柏で会うことになりました。直接会うのは八年ぶりです。住み込みで新聞配達をしながら大学を卒業したものの、なかなか教職に就くことができなかったことや、多忙な職場の話などもしてくれました。今は子どもたちに、日記を書かせたり、作文指導にも取り組んだりしていることを、あの時と同じように目を輝かせながら話してくれました。そして、今お付き合いをしている同僚の女教師がいるので、会ってほしいと言うのです。驚きました。顔を見てすぐわかりました。女教師Mさんは私の教え子でした。二人は勤めている職場が同じで、「すうさん」「腰にいつもタオルをひっかけていた」「作文をよく書かせられた」などの共通の話題が、お付き合いをするきっかけになったというのです。G君もMさんも受け持った時期や学区もちがいます。それでも人と人とが出会い結ばれてゆく、こんな嬉しいことは無いと思いました。いい授業をしたいと、真っ直ぐ教師の道を歩んでいるG君が眩しく見えました。

翌年の春、二人の結婚式に招待されました。

のろり、歩いて

保久　学（ぼく　まなぶ）
1980年、東京都生まれ。東京都墨田区在住。

僕は小学校四年の春から学校に行けなくなった
原因は同級生からの嫌がらせだった
勉強はできた方だが一気に学校が嫌いになった
中学生になっても一日も学校に行かなかった
いや正確には卒業間近、一日だけ学校へ行った
夜の八時すぎ、初めて中学校の門をくぐった
初めて自分の教室に入り、初めて自分の席に座った
その後、若い先生と卓球をちょっとだけやった
少しだけ行く気になったけど、時期が遅すぎた
だからほとんど学校の記憶はない

自分の部屋から全く出ない日が続いた
家族とはほとんど話はしないし
食事は部屋で一人で少しだけ
風呂にもほとんど入らなかった
部屋に入れるのはゴン太という犬だけだ
一四歳の時「統合失調症」と診断された
小学校からのイジメが原因だと思った
絶望だ　苦しい　死にたい
一日の大半を「死にたい」という気持ちが占めた

でも「生きよう」という気持ちもどこかにあった
死んだらイジメた奴らが喜ぶと分かっていたから
今死んだら僕を愛してくれた親や兄妹が悲しむから

学校を出てからも苦しかった
その後もずっと家に引きこもっていた
でも小さな挑戦もできるようになった
二十歳になったころ大検を受けた
二十六歳のころ服に荷札をつける仕事をやった
三十歳のころ年賀状の印刷工場で働いた
少しは自信がついたが長くは続かなかった

そんなある日、ゴン太が死んだ
僕の良いことも悪いこともすべて知っている犬だ
飼い始めてから死ぬまで僕は引きこもっている
でも、死ぬ間際フラフラ状態でもゴン太は
必死になって荒い呼吸をし、生きぬいていた
生きぬいたから死んでも不思議と淋しさはなかった
小さな存在だったけど大きな宿題をもらった

長い長いトンネルは続いた
三十三歳の時、就労移行支援施設という所に通った
そこには精神に疾病を抱えている人が通所している
サラリーマンなどが精神を病んでここにやってくるのだ
僕と同じ闇を抱えた人たちはとても優しい
今までにない心の安堵感があった
自分というものを自然と出せる環境になってきた
今まで避けてきた人との関わりも楽しくなってきた
意外と人が好きなんだと感じたりした
縁遠かった学校のような気もした
たぶん人生で一番楽しく充実した時間だった

こんな発見もした
僕の味方をしてくれる人との出逢い
僕の事を好きと言ってくれる人との出逢い
僕の事を頼りにしてくれる人との出逢い
それが誇らしくて自分のことを初めて好きになれた
気がつけば親や姉には随分心配をかけた
知らぬ間に、父も母も年老いていた
これからは僕がしっかりしなければと思った
そして三十五の年になって初めて定職に就いた
携帯電話の事務という仕事だ
コツコツとやるのが僕の性に合っている
あの頃、見つけられなかった宝探しを今している

今振り返って
イジメに遭っている君に言いたい
若い君には想像できないだろうが
未来に楽しい自分がいると言い聞かそう
自分の味方をしてくれる人が必ずいる
自分を好きと言ってくれる人が必ずいる
自分を頼りにしてくれる人が必ずいる
今という時間が人生のすべてではない
これから楽しいことが生まれてくる
生きていれば絶対いいことが待っている
今になって言えるが実際僕がそうだった

死んではダメ　死んではダメ
僕もあの頃呪文のように唱えていた
「死にたい」ではなく「まず生きてみる」
「人生は嫌だ」ではなく「まず生きてみる」
「俺はダメだ」ではなく「まず生きてみる」
これが三十六歳になった僕の答えだ

私はいるのか

私の眼下に校庭が見える
私は校舎の屋上にいる
屋上の端に立ち
人生の淵に佇む

私はなぜ産まれたのか
私は生きる価値はあるのか
私はこの世界にいなくていいのではないか
明るいあまりにも明るい昼間なのに
私の心は暗くひどく暗く
ブラックホールへと沈みゆく

同級生はみな私を無視し
仲の良かった友達も
いじめグループが怖くて
私に近づかず
先生も見て見ぬふり
私は一人
疎外の教室に一人きり

風　守（かぜ　まもる）
1959年、山口県生まれ。岡山県岡山市在住。

父と母は仕事で忙しく
私には勉強しなさいと言うだけで
私の変化に気付かない
私にまともに向き合わない
私は一人
孤独の部屋に一人きり

私の体はこの世界にあっても
私の心はこの世界にないのでは
私という者は既にこの世界にいないのでは
ここにいるのは私の抜け殻だけなのでは

ここから跳べば
私を誰も必要としていないこの世界から
おさらばできる
私はこの苦界から解き放たれる
私がいなくなっても誰も気にかけず
私がいなくなってもこの世界は変わらず
何事もなかったように続いていくに違いない

私はなぜ産まれたのか
私は生きる価値はあるのか
私はこの世界にいなくていいのではないか
繰り返される問いに答えは見つからない
私の心はボロボロでひどく疲れた
暗黒のベッドに身を横たえたい

体重を前に傾けかけたとき
不意に何かが目の前に現れ
私は驚き後ろ向きに倒れる

――蝶
一羽の白い蝶が
倒れた私の目の前を舞う

小さな蝶
ちっぽけな蝶
本当にちっちゃな蝶
でもそこに蝶はいる

蝶は私の眼前を舞い続ける
私は仰向けのまま右手をゆっくり上げる
蝶はそっと中指に止まる
白い羽を休め

蝶は私に体を預ける

蝶の脚はしっかりと私の指を捉えている
蝶は私を必要としている
そう私を必要としている

蝶はいつまでも私の指に止まり続ける
私はずっと蝶の止まった右手を上げ続ける
蝶は私を必要し
私は蝶を必要とする
蝶はこの世界に私をつなぎ止める

澄み切った青空の下
私は右手を上げ続ける
私がこの世界にいることを感じるため
この世界にもう一度私を留めるため

転校生

小学一年生の秋　となり町から引っ越してきた
初めて学校に行く日の朝　心は不安だらけ
友だちはできるかな　どんな先生かな
だれも知らない人ばかりの中に
ひとり入っていく自分
女の担任の先生から紹介されて自分の席へ
みんなからジロジロ見られた一日目
次の日から何人かとお話をした
その学校ではやっていたのはプロレスごっこ
前の学校では一度もしたことのない遊び
ボクは数人からわざをかけられた
「コイツが泣くまで続けようぜ」
何日も　何日も　わざをかけられ続けたボク
でも絶対に泣かなかった
それは先生がいないときだけ行われたから
ボクがいじめられてたのを先生は知らない
ボクが泣かないとわかると
プロレスごっこは終わりになった
そのうち仲のいい友だちができて
過ぎていったいくつかの季節

四年生になってクラス替えの最初の日
となりの席の初めて見る顔の男の子の声
「おまえ　転校生だよね？」
思わずドキリとした
そうか　ボクはまだ転校生なのか
よそ者あつかいなのか
いつまでそう思われるんだろう
ボクはみんなと同じだと思うんだけど

クラスに新しい人がやってきたら
すぐに受け入れてあげてほしい
その人はよそ者なんかじゃない
みんなと友だちになるためにやってきただけ
友だちがひとり増えること
こんなすてきなことは他にないんだから

星野　博（ほしの　ひろし）
１９６３年、福島県生まれ。詩集『線の彼方』。詩誌「コールサック（石炭袋）」。
東京都立川市在住。

あるく

くる日もくる日も
蟻のように西へ東へ支離滅裂に歩きますのや
若い頃はひょろひょろ歩く年配人を
あまり見栄えのする姿やないなあと
斜に見てたんやけど

階段の上がり下りに違和感を覚えてから
歩くのが夫婦の大切な日課になってしもた
聞いたら　どこの夫婦も何より
歩くことを大事にしたはる　と

色取りどりなバスの路線図やないけど
道はどこも年配人の足あとで
縦横無尽に塗りつぶされて透視で見たら
眼も眩むほど収拾のつかん纏《もつ》れざまやろ

若い日いには
日常の決まりから外れるいうのは
実存を失うことやと恐ろしゅうて
決まった時間に決まった道を歩き
指定された椅子へいち早く座ろとしたし
体内の血管や神経も決まった順路を
決まった速度で巡れるよう節制したけど

今は世間の枠組みからも外れ
逃げ道　近道　まわり道
自由自在なんでもありの蟻の日々
好き勝手に休みやすみ歩いてます
体じゅうの箍《たが》も　あちこち緩んで詰まって
気絶しそうに青うなったり腫れあがったり

年配者が町を歩きまわるのも
あげくの果てに徘徊するのも心身ともに
がんじがらめの日々から解かれた老い人の
矜持いうか反逆いうか　そんなとこやろか

はるかな宙のわき道に還る日いまで

橋爪　さち子（はしづめ　さちこ）
１９４４年、京都府生まれ。詩集『時はたつ時はたたない』、『薔薇星雲』。
「青い花」、日本現代詩人会所属。大阪府池田市在住。

理由のない不安と寂しさ

理由のない不安と寂しさを抱え
私は　大人になる日を夢見ていた……

大人はいつだって　校則を守り
勉学に励む子を　良しとする
私は　ロボットのような人間になりたくなくて
大人に反発することで
「自分」を守っていたのかもしれない……

私は　高校二年生のときから校則違反を始めた
髪をオレンジ色に染め　スカートを短くして
好きな時間に登校　お昼休みには下校する
問題児は　先生もお手上げだったようで
他の生徒に悪影響を与えるからと
私の席は決まって　廊下側のいちばん後ろだった
授業中でも　すぐに教室を抜け出せる席は
私にはもってこいだったが……

しまいには　ナントカ室の中の小部屋に隔離され
出席日数をこなす為だけの　登校が始まった

音月　あき子（ねづき　あきこ）
1982年、岩手県生まれ。岩手県盛岡市在住。

時々　友達が授業を抜け出して会いに来てくれた
私は嬉しくて　毎日登校するようになった

そんな楽しい日々は　長くは続かず、
他の生徒に悪影響を与えたと　酷く叱られ
教室には行くな！ここから先には行くな！
と線引きされ……隔離部屋の近くにある職員トイレを
使うようにと言われた
私はそれを必死に守った　友達に悪影響を与えるのなら
寂しくても　我慢しようと思えたから……

ある日　言われた通りに職員トイレを使っていたら
英語の教師がやってきたので
「おはようございます！」と元気よく挨拶をしてみた
すると教師は無言のまま　私から目を逸らし
まるで見なかったかのように　去って行ったのだ……
私は　頭が大パニック！無視された悲しみと
挨拶もできない大人がいることに　幻滅した
それから私は　大人に心を開かなくなった

真面目に登校しだした私に
教室に行っていいと　お許しが出る
久しぶりに教室に入ると
クラスメイトが　温かく迎えてくれた
先生が入ってきて授業が始まる　まずは出席確認！
新鮮な響きで　ちょっとドキドキ
そんな私の心を知らず　先生は……
私をとばして　出席確認終了！
待ってよ、「今日私来てます！」って
手を挙げてみたけれど「あ、いたの？」と一言……

それから私は　大人と話すのを止めた
そして……　大人になるのが嫌になった

私は　校則を破りたかった訳じゃない
心の居場所を探していたんだ！
何かを感じる度に「未完成な私」は自信を無くした
思考、感覚、感情すら大人に支配されていたのだから…

大人はいつだって多数決だ
周りに合わせられる子を　良しとし
周りと違う感覚を持つ子を　潰しにかかる
大人も　心の底では自由を求めているのに
自分の意見を言わない　言えないんだ

それ故に　自由に生きる私が気に食わなかったのだろう
そんな大人になんてなるもんか！そう誓って
私は　大人への階段を駆け上がった……

大人に成長した私は「自分」を貫いて生きている
かといって　自分勝手にルールを破ることは許されない
あの頃の大人の気持ちが
少しずつ　分かってきてしまった
それでも私は　自由を求める少年少女たちの
心の動きを止める大人にだけは　絶対ならない！

心に　大人も子供も関係ないと思うから……

心の成長と共に抱く　大人への不信感……
個性を認めてくれない　微妙な形の存在否定行為は
少年少女たちの心に　深いダメージを与えるだろう

私は　少年少女たちを　頭ごなしに叱る前に
少年少女たちの　心を抱きしめ
何故悪いのかを　教える前に
少年少女たちの心の声を　聴いてあげたい

そして……　理由のない不安と寂しさは
心の成長の証だと　あの頃の「私」に教えてあげたい

学校を初めてさぼった朝

原　詩夏至（はら　しげし）
1964年、東京都生まれ。歌集『レトロポリス』、小説集『永遠の時間、地上の時間』。風狂の会、日本詩人クラブ所属。東京都中野区在住。
学校を初めてさぼった朝――
今思えば　あの朝
俺は　ようやく大人になったのだ
それまでは　単なる子どもだった
単なる「出来のいい子ども」だったのだ
成績は良かった
分かった所を
分からないクラスメートに
分かるように教えるのが
不思議に上手かったので
表向きには　人望もあった
そこは「分かる、分からない」が結構ものを言う
ちょっとした進学校だったから
一方　先生が　ちょうど
誰かに手を挙げて質問してほしそうな時
空気を読んで　すっくと手を挙げて
いかにもそれらしい質問もしたので
職員室での受けも良かった
結局「いると助かる奴」だったんだな
各方面から
色々な意味で――
なのに　部活はやってなかった
放課後は　一人でさっさと帰った
学祭の日は　マジ　居場所がなかった
トイレで　ぼんやり時間を潰していた
早く　こんなの　終わってほしかった
授業も
祭りも
高校生活も
地球も
人生も
何もかも

とはいえ　学校をさぼらねばならない
決め手の理由など　何もなかった
授業は分かるし（理系は　苦手だけど）
身体も健康だし（球技は　音痴だけど）
先生も　クラスメートも
殊更　俺を嫌ってなどいなかった
一方　学校をさぼったからって
大した損があるわけでもなかった
ただ　それに気づくのは相当遅かった
だって　学校をさぼらなければならない
決め手の理由など　何もない以上

俺は　まずまず　順調な筈だった
そうであるなら
何で　わざわざ
学校をさぼらなければならないのか？
そんなこと　思いもよらなかった
要するに　そこが子どもだったんだな
よそ眼に　問題があろうとなかろうと
その頃
俺は　間違いなく
早く　こんなの　終わってほしいと
思っていたのに
願っていたのに
授業も
学祭も
高校生活も
地球も
人生も
何もかも

だから
啓示は　全く突然来た
「ああ、駄目だ！　今日は、学校は無理！」
あの朝　ぬくぬくの布団の中で
俺は　はっきりそう悟ったのだ
「お母さん、俺、今日、調子悪い。学校、休むから」
「あら、そうなの？」

お袋は　さらりと了承した
何だか　全てを心得顔だった
いつか　必ずこの日が来ること
いつか　必ず来なければならないことが
とっくの昔から　分かっていたみたいに……

俺は　その日は　一日ごろごろした
ごろごろすることが　大切なこと
ごろごろすることが　大人になることだった
翌日　俺はまた学校に行った
「あれ、どうしたの、昨日は？　珍しいね」
「ふふふ……まあ、ちょっとね」
それ以来　俺は　時々　学校をさぼった
要するに　味を覚えたわけだな
別段　目玉が飛び出すくらいに
凄くもないけど
そう酷くもない
まずは穏当な　いわゆる大人の味
まずは妥当な　いわゆる人生の味
オクテだったが
まあ　ぎりぎりセーフで
俺も　どうやら
ピンク映画の
「成人指定」の
「成人」には達したようだった

ピアノが教えてくれた事

島村　誠（しまむら　まこと）
1977年、東京都生まれ。東京都墨田区在住。

小学生の頃、親にピアノをやらされていた。その頃はピアノが『嫌い』を通り越して『憎い』という言葉がぴったりするくらいであった。

当時ピアノは女の子の習い事とかいい家のお坊ちゃん、お嬢ちゃんの習い事、というイメージが強かった。だからピアノを習っているのが周りに知れると目を丸くされ、その都度何か弾いて、と言われるのが非常に苦痛であった。ある日音楽の先生にピアノを習っていることがバレて授業中、突然皆の前で何か曲を弾くよう言われ、ほとんど何もできず深く傷ついたことがある。

通っていたピアノ教室では演奏会が定期的にあり、その度に知らない人から自分の演奏を一方的に評価され、他の子の演奏と好き勝手に比べられるのが嫌で、怖くもあった。一部の人が自分の方を見ながらあの子は下手だね、とか遅れてるね、とコソコソ言っているのが聞こえた時は落ち込んだ。ほぼ同い年の子がすごく上手に弾いているのを聴いたりすると、自分の弾く曲が非常に幼稚で未熟なことがよくわかり、劣等感の塊になった。

練習してもなかなか上達しない自分にふがいなさを感じたり、自分とは次元が違う人がゴロゴロいるのに圧倒されたり、自分では満足する結果を出してもそれが評価につながらない事など何度もあった。

ピアノさえしてなければこんな辛い思いをすることはないのに、こんな楽器は世の中から消えてしまえばいいのにとさえ思った。

だから中学に上がり、部活に入ったことを理由にしてピアノを辞めさせてもらった時、非常に晴れ晴れとした気分になったのを今でも覚えている。もうこれでピアノをやらなくていいと思ったからだ。

だがそんな思いを一変させ、心からピアノをやりたいと思うようになった出来事が訪れた。高二の時だった。

自分は英語が好きで海外に強い憧れがあり、親に頼んで一か月間程オーストラリアのアデレードという街へホームステイをさせてもらった。英語は得意なつもりでいたが、初めての海外生活で思うようにコミュニケーションが取れない。日を追うごとに不安と焦りが広がる。

そんな中、ある晩ステイ先に置いてあったピアノを触らせてもらった。拙い演奏であったが数曲弾かせてもらった際、ホストファミリーが皆で手拍子を取って、楽しそうに歌い始め、一緒に演奏もしてくれたのだ。以前は嫌でたまらなかったピアノの音色が心地よく響き、言葉より音楽の方がよほど距離を縮めてくれるな、少しでもピアノ弾けてよかったなと感じた。同時にそのきっかけを与えてくれた親に遅まきながら深く感謝した。

それがきっかけで帰国してほどなくピアノを再開した。自らの意思でやったのはそれが初めてだったと思う。その後ブランクを何度か作ってしまったが、実は今でもピアノを続けている。

いくらやっても未だに思う通りには弾けず、良くなったと思えばまた逆戻りすることもよくある。しかし昔感じていた苦痛はないし、何より心が安らぐ。人はこうも好き嫌いが変わるのかと自分でも驚くほどだ。人生何がきっかけでどう転ぶかは全くわからない。

夢や希望を捨てるな、と人はよく言う。しかしそれを実践できる人はごくわずかであろう。大半の人は何をしていても挫折を経験し、途中で辞めたり、諦めてしまう。そんな時は誰もが一生懸命やって損した、時間を無駄にした、という気持ちになるものだ。でも自分は信じたい。真剣に打ち込んだものは結果に関らず決して無駄にはならないことを。いずれきっとその経験が役に立ち、未来の自分を創り、人生を面白くしてくれるのだ。

だから少しでも興味が湧くことがあれば何でもまず、やってみることだ。いろいろなことに好奇心を持って新しいことにどんどん挑戦する。そして本気で好き、楽しいと思えるものを一つでも多く見つける。自分はもう「若者」と言える歳ではないが、いつまでもそんな気持ちを大切にしていたい。そんな思いを後押ししてくれる詩を最後に紹介してこのエッセイの結びとする。

あなたは絶えず、そしてできるだけ多く、種をまかなければならない。それがあなたの生涯の仕事である。すべての種が芽を出すとはかぎらない。といって、すべての種が、石ばかりの地面に落ちて無駄になるわけではない。

試してみなさい。試してみること、着手することによってのみ、もっとも偉大な事柄も成就するものだ。

カール　ヒルティ「眠られぬ夜のために」より

十六歳の悲しみ

今から四十五年も前のことですが、私にとっては、つい昨日のように思い出される思い出があります。聞いて下さい。

県立高校の音楽科に通い、オペラ歌手の将来を夢見ていた、そんな高校一年生の冬、私は、突然「慢性腎不全」の宣告を受けたのでした。入院直後に郷里の町病院から大病院に転院、人工透析のためのシャント手術を慌ただしく受けました。当時、岐阜県に透析の機械は十九台しかなく、覆面会議で「救う者と見捨てる者」の峻別が為されていたと、後になって聞きました。「息子さんは健康保険の本人でもなく、家族を扶養する立場にもないので、普通であれば救う事は出来ません。尿毒症で死を待つしかないのですが、腎臓移植の実験が始まっており、その実験台になって頂けるのなら人工透析で助けることができます」とは、両親に語った主治医の談。当然に、すがる思いで同意した両親でした。

幸運にも病状の進行が一時的に止まり、半年の入院生活の後、郷里の定時制高校に転校しました。体力勝負の声楽家への夢は、医師に止められ、いつ透析治療を開始しなければならないか分からない不安な状況下ではありましたが、頭に綿くずをつけたまま、着替えもそこそこに、工場から校舎に笑顔で走ってくる集団就職の女工さんたちとともに学ぶことは、嬉しい体験でした。

結果的に四年間、保存療法を続けられ、透析導入を遅らせることが出来たことで、治療費の無料化も法制化され、透析治療も市民権を得、「いのちを拾った」かたちとなりましたが、私は、どうしても「音楽」を忘れられず、誰にも教わらず、全くの我流で「ショパンのようなワルツ」や「ベートーベンのようなソナタらしきもの」を書き始めたのが、私が「作曲」と出会う最初でした。

その後、二十歳の学生時代に透析治療を開始し、四十年の歳月が流れました。卒業後、母校の事務職員として奉職。母から腎臓を頂いて臓器移植に成功したこともありました。結婚も、一度いたしました。そうして、その間ずっと「闘病」と「私大職員」、「作曲」の「三足の草鞋」を履き通した私でしたが、その胸中には、いつも、一つの信念がありました。それは、「いのちに寄り添う」こと。そして「忘れない」こと。

私はこれまでに、同病の多くの友人をうしないました。気がつくと、透析四十年。患者仲間のフロントラン

野村　朗（のむら　あきら）
1955年、岐阜県生まれ。混声四部合唱曲「永訣の朝」、連作歌曲「智恵子抄」。東京国際芸術協会、国際芸術連盟所属。愛知県名古屋市在住。

ナーになっていました。そんな中で学んだこと。それは、「本当の死は、彼が全ての人たちから忘れ去られた時に訪れる」ということでした。

人生は、希望に満ちた時ばかりではありません。大切な人をうしない、悲しみのどん底に突き落とされた時も、その翌日も、人生は続くのです。私は、その悲しみに寄り添いたい。あなたの悲しみを私の悲しみとしてともに泣いて、やがて立ち上がる、その力になりたい。「音楽」には、その力があると信じています。私は私の音楽で、あなたに寄り添い、あなたとともに再び歩き始めたい。そういう音楽を、作曲したいのです。

最後に、十六歳、今から四十五年前の発病当初に作った詩を、紹介させてください。この詩を、あなたに贈ります。

無　題

夢の中で、私は
一本の大きな木だった
伸びあがることしか知らない木は、高く
高く燃え尽きて
空は、その遥か上方《かなた》を
ゆったりと流れていた
秋が、梢に
輝く

こどものころから

こどものころ、私はとってもさびしかった。

おかあさんは、できのいい弟ばかりかわいがった。

おとうさんは、私の友だちにケチばかりつけて「あの子と遊んじゃいけない」といった。

4年生の時、台所で包丁を持っておなかにあててみた。

「強く引いたら死ねる。」

でも、強く引いたら内臓がでてくるのがこわくてどうしても死ねなかった。


中学生の時、夜中に起き上がって泣いた。

自分は無価値。人の顔色ばかりみているきたない人間。

生きている価値なんてない。

でも、だからといって逃げ道もないままに人々の顔色をうかがいながらやっとこ生きてきた。

まわりに合わせることも少しずつうまくなって。

生きることを大事に思わなかった私が今、人間のこわさや尊さを知って、
生きることの意味を考えている。

戦争や紛争は、ひとの命を無理やり奪う。

権力者は、兵士の体を盾にして支配欲を満たす。

逆らう者は抹殺される。

世界に悲しみや悔しさが満ちている。


けれど、悲しみの中で負けない心をもつ人がいる。

抑圧されながらも人々の幸せを守ろうとする人がいる。

苦しんでいる人に寄り添い、力になろうとする人がいる。


自分にできることはなんだろうか。

さみしかった子どものころを思い出せば、私にも寄り添うことができるかもしれない。

争いの芽がふきだすのをみたら、自分の意志で反対を叫ぶことができるだろう。


おとなになるまで生きていて、今、私は自分が無価値とは思わない。

人々と手をつなぐことが力になることを知った。


生きていてよかった。そう思える。

さわの　みえ
1948年、長野県生まれ。東京都町田市在住。

中学生日記

遮るもののない運動場に
きりりと立つポプラの並木の
木の下で
互いが見つめ合い
語り合うひととき

球を投げたり　拾ったり
跳んだり　跳ねたり
走ったり
豊かな肢体が
楽しそうに
空にむかってはじけ
おもいっきり伸びようとする
激突する　裂ける
他人のせいでもない
自分のせいでもない
繰り返し
繰り返し

中西　衛（なかにし　まもる）
1932年、福井県生まれ。詩集『山について』、『波濤』。
ガイアの会、ＰＯの会所属。京都府城陽市在住。

風は記憶の波をいやし
傷口を癒してくれるが
ましてや
誰もその所在に気付いてはくれない
こんな事ぐらいでと
そう思い
ああでもない
こうでもないと
満たされた時間が
春の風にのって巣立つとき
あの日のことを
やがて気付くだろう

不思議なところ

そこは
「さわやか」でなければ悪いような気になり
「明るく」なければ自分の問題のような気になり
「積極的」でなければだめな人間のように思うところ
「小さな声」で話す生徒を聞く者はいない

家庭のいざこざで心ここにない日々を送っていた頃
イベントがあると張り切るグループには
いじめに加わっている者がいた
さわやかで明るい子達のいじめっ子は
「なめくじ」、「臭虫！」と言葉を投げつける
「冗談だから気にすんなよ」とフォローして
大人のようにいろんな顔を使い分けていた

そこは
変わったものを自動的に拒む空気で
不思議な圧力が発生するところ
個性を大切にと大声を出して叫ぶにも関わらず
認められる個性は一律化していることに気がつかない
目立たないものを無言で壁にしていた

荒木　せい子（あらき　せいこ）
1963年、秋田県生まれ。スロヴェニア在住。

いじめの理由はあまりにも動物的なもので
それを隠すときに理性を発揮していた
「違う」ということがそのまま純粋に
尊重されることはない

そこで初めて笑顔で知らん振りをする
人気者達に対する不信が生まれ
先生に対する疑問が募り
曖昧な恐さが広がった
いつの間にか作った殻に
心を仕舞いこんで縮んでいた
どのくらいの時間が経った後かわからない

そんな私に自分のマンガを黙って見せてくれた
由香さん「こんなに上手に描けるんだ」と驚いた
そして「今度のテスト大丈夫かな」と呟くように
まみ子さんがそばに来て話しかけてきた
喜びの瞬間殻から顔を出すと
私達は仲良し三人グループになった
そしてもう誰からもからかわれることはなくなった

いじめられていたら

私は小学校のときよくいじめられ
中学校でも嫌がらせがあった
いじめのボスの子が漢字テストの答案を
先生が居なくなった隙に二、三個消した
必ず彼女が一番になる仕組みだ
東京の叔母さんが送ってくれた
真っ白なブラウスに墨をつけられたり
放課後の掃除の時間には
椅子に縛りつけられて蹴飛ばされた
家に帰れば母が心配すると思うと
涙を拭いて青あざも怪我もシャツの下に隠した

近所の三つ上の小六のお姉さんが母に
「せい子さん毎日泣かされていますよ」と
言ってくれたおかげで明るみに出て解決した

私は同級生にいたずらをしたわけでもないし
嫌味を言ったわけでもない
それでもいじめられた
静かで抵抗しないような子がターゲットにされる
そして他の人と同じじゃなかったから
父が近所でけんかばかりして嫌われていたから
「あそこの家の子は」って

いじめられていたら
誰かに話さなければだめだよ
お母さんや先生の返事が分かっていても
話すことが行き止まりに見える道の
扉を開けることだから
いじめは絶対に一生続かない
君の今の苦しみは絶対一生続かないんだよ
それどころか一年、二年で変わる

君は人と違って当たり前だよ
性格や個性なんか変えられないものだ
自分が悪いなんて勘違いはしないで
人間も動物と同じところがある
違うと仲間外れにされるんだ

君と同じ境遇の子が同じように苦しんでいる
どこかに君と同じような子がいるんだ
そして君のままを受け入れてくれる子もいるんだ
本当の友達ができるときが
私にも訪れたように君にも必ず来る

笑顔の源

「先生を肩車して、みんなで写真とれば？って母が言ってるんです」

運動会で優勝した我がクラス。肩車をされた私は、沢山の保護者に囲まれながら、生徒と記念写真を撮った。

続いて胴上げ。

みんな笑顔でお互いを讃えあった。

こんな自分を慕ってくれた生徒。これは嘘か誠か。


教師になり、何年たっても変わらない、うぬぼれない気持ちと同時に、一人でも自分を慕ってくれる生徒がいるはずだという気持ち。

生徒と教師とが何かを成し遂げる時間こそが、本来の人間教育ができる場として、必要なのではなかろうか？


遠い昔、私は中学二年のとき「お前は体育の教師になれ！」と言われた。

あれは夕暮れ、部活の終わりに、何気なく顧問と交わした会話からだった。なんだかわからないエネルギーを感じ、生きる道を得た。


「先生は僕の長所に気が付き、それを生かしてくれました。本当に感謝しています。先生の背中を追いかけてではなく、先生の前を目標に全力疾走していきます。」

身に余る言葉だった。感激した。

もしも昔の自分がもらった「生きる力」を、今の生徒にも与えることができたのであれば……嬉しい。


目まぐるしく変化する学校現場。

しかし、変わらない大切なものがあるはずだ！


私は信じる。

教育に無駄はない。


笑顔の源、学校はきっとその場所。

私の笑顔の源。

それはかけがえのない生徒との関わり。

そして、支えてくれる全ての人、人、人。


笑顔の花を咲かせ続けたい！

ひまわり
1971年、東京都生まれ。東京都板橋区在住。

砂糖湯の想い出

運送会社の社宅が私の記憶の始まり
その幾つかの社宅の真ん中あたり
共同井戸のようなところが母親達の社交の場だった
その井戸の二軒ほど隣の家に
足繁く遊びに行っていたことをぼんやりと覚えている
その家の子供は小児麻痺で歩くことが叶わず
寝てばかりいなくてはならないのだった
だから小さい私などでも遊びに来てくれるのが
嬉しかったのかも知れない

それはその少年の母親が作ってくれたものだった
砂糖湯を初めて飲んだ時のたまらない感動
温かくて　甘くて
今までのどんな飲み物よりも美味しかった
子どもの私とその少年はきっと顔を見合わせ
微笑んでいたに違いない
あまりの驚きで家に帰ってすぐに
自分の家でも作ってもらったが
それは母の手で作られても矢張り美味しかった
三歳か四歳の頃だから

星　清彦（ほし　きよひこ）
1956年、山形県生まれ。詩集『幸せに一番近い場所』、『砂糖湯の想い出』。詩誌「凪」、「一軒家」。千葉県八千代市在住。

昭和三十四年か三十五年の
戦争が終わってまだ十年と少しの頃の話である

けれども今では誰もあんなもので
感動する子供はいないだろう
むしろ不満顔になって飲みもしない筈だ
どれでも美味しいことは当たり前
大抵のことではもう感動なんてありはしない
決して豊かではなかったけれど
決して不幸ではなかったあの頃
一体何が幸せで何が不幸せなのだろう
小さな匙一杯の砂糖しか入っていないお湯だけでも
幸せになれるほど
幸せはずっと身近にあった筈なのに
豊かであることと引き替えに
幸せは何処に置いてきてしまったのだろう
幸せは何処に飛んでいってしまったのだろう

掌の中で温かかった幸せを
あなたはまだ覚えていますか

子どもは教員の言葉を待っている

伊藤　誠一（いとう　せいいち）
１９４３年、茨城県生まれ。東京都足立区在住。

ある日の午後、A子との会話
「聞ける?」

「聞けない　お説教でしょ」

「そう思う?」

「……」

「今日は　帰っていいよ」

翌日、

「聞ける?」

「聞ける　今日は」

「話していいか」

「うん」

三日後、

「それって　墓穴を掘るって言うんでしょ」

「難しい言葉　知ってるね」

「だって　先生言ってたよ」

一週間後、

「私たち　いじめられてるんです」

「いつも　無視されているんです」

一ヶ月後、

「先生　疲れているんでしょ」

「……」

「だって　笑顔が消えてるよ」


三年生になったB男君が班ノートに書いてきた。

「僕は、スポーツ全然だめ。勉強は悪い方ではないがズバ抜けた方でもない。自分にあまりいい点を取ろうという気持ちが無い。将棋、トランプ、漫画、その他とりたてて出来ることはない。

十四歳になって他人よりひいでたものは、かろうじてSF小説の読書量、音楽はニューミュージックとジャズ。みんなが勉強、スポーツ、遊びをしている時、僕はSFやファンタジーから得た不思議の国のエッセンスを、空想の中でこねて練ってふくらませ、頭の中で味付けし、データバンクに収める。収めたデータも後から来る感動とかオドロキとかに変調され、いつの間にか僕自身の価値観、世界観、スタイル、雰囲気、性格、フィーリング、そのような言葉で表されているものをつくりあげたようです。僕はこいつを十四年間育ててきたんです。これからの人生体験、空想、周りの環境などで、どんどん変身していくはずです。これからも自分だけの自分を育てていきます」

私は教員として勤めていた頃、子ども達にたくさんの言葉をかけてきたが、今思うと私の言葉は、子ども達に届いていたのだろうか。授業は、『はじめに言葉ありき』で、私はいつもしゃべっていた。しゃべってはいたが、その言葉は誰に対して語っていたのか。子ども達に向けて語っていたに違いないのだが、本当に子ども達に届いていたのだろうか。クラス全員に対して語ってきた言葉は、一人一人の子どもにホントは届いていなかったのではないか。最近そんなことを考えるようになってきた。

ある年の二学期の始業式、久々に登校してきたC子と私はトラブルになった。C子は激しく抵抗する。その時C子は私を睨みつけて言った。

「テメェーの手紙なんかもう、読まねー」と。

C子は四月から不登校気味であった。学校に来ない日が続いたまま夏休みに入ったので、私は一週間に一度の割合で家庭訪問をした。C子は出て来なかったので郵便受けに手紙を入れるようにした。その結果が、始業式の日の「手紙なんか読まねー」であった。それはいみじくも私からの手紙を読んでいたことを証明するものであった。彼女が学校から出て行った時、私は嬉しいような気持を味わった。彼女は読んでいたのだ。手紙は無駄ではなかったのだ。私の心に小さな温かい灯がともった。

子どもに向かって言葉を発するということは、一人一人の子どもに届かなければならない。大勢の子ども達に向かって話す時も、大勢の中の一人一人に届くように話さなければならない。そういう話し方をしないと一人一人には届かない。一対一で話していても子どもに教員の話が届かない時もある。教員からの言葉が子どもに届けば、子どもの顔が生き生きと輝くことだろう。

子どもは、教員からの言葉かけを待っている。褒める、叱る、説教する、様々な声かけを子どもは待っている。叱る、説教するは、待っていないかもしれないが、それも工夫次第では生きた言葉になっていくと思う。教員は、子どもの行動が大人とのコミュニケーションを求めているものとして受けとめることが出来れば、声かけの機会は多様になってくるだろう。

ハッちゃんの笑顔

山田　透（やまだ　とおる）
1954年、東京都生まれ。埼玉県さいたま市在住。

ハッちゃんは　学校では一言もしゃべらない女の子
だから　だれも声を聞いたことがない
小学校の時は　壮絶ないじめにあった
暴言　暴力　無視……
でも　ハッちゃんは　一日も学校を休んだことはない
中学校に入ってからも　いじめやからかいは続いたが
そのうちだれも　ハッちゃんをいじめなくなった
ハッちゃんはいつでも不思議な微笑みを絶やさない
ハッちゃんの席はいつも　真ん中の列の一番後ろ
自然にそうなった　みんなが後ろを向きたくなっても
ハッちゃんの笑顔をみると自然に前を向くんだそうだ
ハッちゃんは授業中大きな目をむき出して
笑顔で真剣に先生の話を聴いている
でもテストはいつも0点　何も書かないから0点
それでも学校も勉強も大好きだ

家に帰ると
ハッちゃんは病気の両親と小さい弟のために
夜遅くまで働く
病院の付き添い・洗濯・料理・買い物
掃除・各種の料金の支払い……
小学校四年生のころから　毎日毎日
身を削るような戦いをしている
学校に来ている時が　ハッちゃんだけの時間なのだ
その時間を　ハッちゃんはほんとうに楽しんでいる

中学二年の時
ハッちゃんは泳げないのに水泳部に入った
毎日毎日　はじっこのコースで歩いたり
ビート板を持ってバタ足したり
何がおもしろいのか　水を飲んで苦しくなっても
ケラケラ笑っている
顧問は　溺れないかとはらはらしてみているが
不思議と大丈夫
夏の終わり　ハッちゃんは
「タイムはかって」
と書いて顧問に渡した
二十五メートル自由形　よーいどん
他の部員はかたずを呑んで見守る
溺れそうになりながら完泳

「三十五秒」　そして拍手
ハッちゃんはガッツポーズで『やったー』
と言ったような気がした

卒業式の時　ハッちゃんはちょっとだけ涙を見せたが
すぐにニコニコ笑って　担任と握手した
卒業写真の真ん中の列でハッちゃんは
大きな口をあけて笑っている

ハッちゃんは卒業後　蕎麦屋さんに就職して
懸命に家計を支えた
今の夫と知り合って結婚した
今は　ある別荘地で　山荘の管理人をしながら
子ども三人を育てている
どんな笑顔で子育てしているのだろうか
がんばれハッちゃん

心友は

顔の下で小さく手を振るのは彼女のくせだ
鎌倉駅で昼頃ね
それだけの打ち合わせ
ケイタイのセットしたボタンは押さずじまい

人の波から脇へ寄り
顔を上げたら
流れを横切ってこちらへ向かってくる
友と目が合った

朝にあるTVドラマの舞台になっているせいもあるらし
く
三月半ばの若宮大路も鶴岡八幡も
笑顔の人々で溢れている
わたし達は五年ぶりに肩を並べて歩いた

路地に入り小間物屋をのぞいてから
食事の前に初めて人力車に乗った
逞《たくま》しい青年車夫の背中へ
代わるがわる「ごめんねー」と言いながら

椎葉　キミ子（しいば　きみこ）
１９３８年、宮崎県生まれ。詩集『メダカの夢』。詩誌「コールサック（石炭袋）」、宮崎県詩の会所属。宮崎県日向市在住。

御成《おなり》小学校の前を通るとき
車夫から仲がいいんですねと声がかかる
そうよ、高校時代から五十八年なの！
乗り降りの厄介を軽く仕切りまたの折指名したい三十分
だった

小町通りから奥まったレストランに落ちついた
茶室風の佇《たたず》まいで植込みがだんだんに高くなっている
客はわたし達で三くみほど
話はとび火のように間なしにつづく

べつばらと言いながらシャーベットを一口ほおばった時
彼女が晴れやかにきっぱりと
「あの訴訟終わったわ」
ええっ、ほんとう？　すごい！

わたしは止めたのだった
宮崎では勝てないって……
幼いのりおちゃんの可愛いかった顔が浮ぶ

彼女の弟は医療ミスで亡くなったのだ

始め踏ん反り返っていた医師が
終《しまい》にはガタガタ震えたのだと
やっぱり、権力を握る者同士口裏を合わせていたと
胸のすく音なしの喝采「非・理・法・権・天」

横浜駅の構内で角を曲るとき振り向いたら
敬子さんは確かな花になっていた
わたしは頷《うなず》き返したが
自身秘めてきた境涯にまだ達していない

わたし達は声を揃えて諳《そら》んじたのだった
　牡丹花は咲き定まりて静かなり
　　花の占めたる位置の確かさ（木下利玄）
十七歳だった

この道を　ただひたすら

子どもたちと　走る　無心に走る
走ることだけがすべてのように
しばれるように霜で固まった運動場
走れば少しは水緩むだろうか
かえって土が足にまといついて
生きづらくなるのでは
それでも　走る
まっすぐに　まっすぐに
この道しかない　この道につづく彼方に
薄化粧して映える　琴平岳がみえていた

その一、妙子ちゃんの話
「あざみの花は思いでの花」

新任で赴任したのは福江からポンポン船で
一時間ほど行った本窯小学校でした
一年生八名の中に妙子ちゃんはいました
一日経っても二日経っても黙ったままの妙子ちゃん
一ヶ月たって　家庭訪問して初めて分かったそのわけ
ずっとずっと二つぐらい山を越えて
湖の傍の炭焼きの一軒家
育てたのはおじいちゃん　おばあちゃんでした
友だちさえいない辺鄙なところでは
子ども言葉が育つはずはなかったのです

それからの朝の点呼のきまり言葉
「あざみの花、咲いた？」
妙子ちゃんは意思の籠もった大きな瞳で
うんとうなずき、次第に話を始めたのです

私が椛島を立つ時　妙子ちゃんは
あざみの花を手に持って見送ってくれました
年にいちどの年賀状交信
夜間高校で頑張る様子に拍手を送っていました
そんな妙子ちゃんも
今ではもう二児の立派なお母さんです

永山　絹枝（ながやま　きぬえ）
1944年、長崎県生まれ。詩集『讃えよ歌え』、『子ども讃歌』。
詩人会議所属、詩誌「コールサック（石炭袋）」。長崎県諫早市在住。

その二、風雪に耐えて
「邦宏《くにひろ》の哀しみ」

雨音が鳴り続けます　私は邦宏のことを思っています
せんせい、みんなどうしとった？　さびしかごとしとる？
うん、邦宏君のおらんけん、みんな寂しがってるよ
雨音は哀しさをあらわすように鳴り続けます
私は邦宏のことを思っています
心の中を見透かすように　見えなくなった片方の目で
じっと私の顔に目を注ぎます
つとむは　なんていよる？
うん、会いたいと言よるよ
江川んとこ　僕んとこと同じ電話番号やっけんかけてむうかな
うん……
しゃべり疲れて静かになった邦宏
雨音は更に激しく
無力感と向け所のない怒りとで
トタン屋根に打ち付けてきます

その三、沙和さんの話
「たんぽぽは、人からふまれても　まだ生きているんだよ」

「学校Ⅱ」を見た　障害を抱えた子の荷は重い
しかしそれは「自信」という手のひらに乗ったとき
宝の葛籠とかわる
沙和ちゃんは学級で一番小さい女の子
かけっこをすると半周遅れる彼女は
わんぱく一年生のからかいの標的になることがあった
ランドセルを前後に背負わされても
笑っていた沙和ちゃん
「お話」を聞き取っては文集にして発行していたその頃

口の重かった沙和ちゃんの声がはじけた
「マー君、いたずらしてはダメよ」
母のような戒めの言葉であった
沙和ちゃんは学級の宝物！

お母さんの日々の読み聞かせも功を奏し
豊かな感性を素直に発露する彼女に
教師の方が生かされていると思う
「夕日で空がまっ赤です　わたしは
たくさんの赤のもみじに見えました」
と　きょうも感動を文章に綴ってくれている

第三章　立つ

一個の人間

自分は一個の人間でありたい。
誰にも利用されない
誰にも頭をさげない
一個の人間でありたい。
他人を利用したり
他人をいびつにしたりしない
そのかわり自分もいびつにされない
一個の人間でありたい。

自分の最も深い泉から
最も新鮮な
生命の泉をくみとる
一個の人間でありたい。

誰もが見て
これこそ人間だと思う
一個の人間でありたい。
一個の人間は
一個の人間いゝのではないか
一個の人間

○

武者小路　実篤（むしゃのこうじ　さねあつ）
1885年〜1976年、東京都生まれ。『友情』、『愛と死』。
東京都調布市などに暮らした。

独立人同志が
愛しあい、尊敬しあい、力をあわせる。
それは実に美しいことだ。
だが他人を利用して得をしようとするものは、いかに醜《みにく》いか。
その醜さを本当に知るものが一個の人間。

道

今日はどこいく、
足のむくまま、気のむくまま
いつもの道は、安心できる道
新しい道は、不安な道

さて、どこに行こう
行きの路のりはあんなに長く
たどり着くのか不安なのに
帰りの路はとても短く早く
感じるのはなぜだろう

そろそろ、出かけるか
はじめの一歩は、なかなかでない
歩き出してしまえば、お日様の日差しが
心地よい

なぜ、出かけるの
外には、会いたくないあいつが
いるかも知れないのに
長い長い登り坂ばかりなのに

仲本　治（なかもと　おさむ）
1963年、東京都生まれ。東京都北区在住。

でも、坂道の上から見えるのは
遠くの町並み、さらに遠い山々の
碧い連なり

あの町まで行ってみようか
新しい服に着替え、新しい靴を履いて
右に曲がり、左に曲がり
間違えて、袋小路に入り込んでも
今日は抜け出せる気がする
あの遠い町に何かがある気がするから

今日もどこへいく、
足のむくまま、気のむくまま
いつもの道は、平凡な道
新しい道は、発見の多い道
帰りも違う道を歩いてみようかな
そうすれば、いつまでも新しい道
もう、不安はない
道はどこまでも続いているから

僕等の道

周がダウン症と知った翌朝
僕はこれからのことを考えようと
近所の林へ歩いていった

林の中に入り、ふと見下ろせば
不恰好ないも虫さんは
にょっきり土の上を這っていた

周よ
いも虫さんが自分らしく生きるように
お前はお前のペースで、ゆっくり歩め

林の中を進んで、ふと見上げれば
枝に留まった蝉さんが
（つくつくほうし、つくつくほうし）
と鳴いている

周よ
蝉さんが全身で自らを奏でるように
お前はお前らしい声で、自らを歌え

予定日より早く生まれた
小さいお前が退院したら
パパもママもいつもお前といるのだから
いかなる天気の日にも
僕等の道を一緒に歩み
僕等の歌を一緒に歌おう

林の中を更に歩むと木々の間から
新たな日射しが、道を照らした

服部　剛（はっとり　ごう）
1974年、東京都生まれ。詩集『あたらしい太陽』。
日本現代詩人会所属、詩誌「トンボ」。神奈川県横浜市在住。

生かし生かされ

木は、地球にとって大切な資源
木は、人間にとって欠かせない存在
木は、人々にやすらぎを与えてくれる

木は、
豊かな土壌と雨と太陽の恵みを受けて育つ

人間も同じだよ
親の愛情、先生の教え、友達からの思いやり
多くの恵みを受けて育つんだ

あらゆる恵みを素直に取り入れること
それが愛を育み、自分が伸びていくことにつながる

木は、人や地球の役に立つようにできている
人も、誰かや何かの役に立つようにできている

だからこれから君が壁にぶつかった時に
あわてる必要はなにもない
君は木のように誰からも必要とされている
それが一歩を踏み出す大きな力になるのだ

藤木　正明（ふじき　まさあき）
1984年、東京都生まれ。東京都北区在住。

夭逝伝説

天に花咲く夕暮れ時に
　死の誘惑はやってくる
いつでも死ねる　と　思わなければ
　毎日を　やり過ごせなかった

　遠くへ連れて行ってくれる人を求めて
空と森のはざまをながめた
　生きて行くのが　重荷だった
明けない夜は無い、と大人は言うが
　果て無い闇も　あるのにね

死にたければ　いつでも死ねる　なら
　今死ななくても　大丈夫だ　と
　　言い聞かせて
百合の打ち上げられる　海を思った
　どうせ長くはない先に　死ぬだろう
　鳥の和毛に指を埋めて思った

やがて　だいぶ経ってからだが
道から　見えるものが
　違ってくる　のに
　　気が　ついた

終わりの無い悪道から
　新芽に溢れた山や
　　見た事も無い壮麗な砂漠を
　歩いているのに気がついた
休息の方法を覚えて
　たどたどしく　歩み続けてみる

死にたい時は丸くなって　休め
植物に頬をすりつけて　休め
野のけものに寄り添われて　休め

冬眠　したって　いいんだよ。

西野　りーあ（にしの　りーあ）
1961年、東京都生まれ。詩集『うろくずやかた』、『人魚迷宮譜』、「揺蘭」。東京都板橋区在住。

藍の糸を

藍の糸をビィーン　と
しごいて　わたしは
ジーンズを繕っている

土砂降りの夕暮れ
自転車の輪っか　カーヴして
ころんだきみは　膝をこすった

　　もう　これ　履けない
すりきれて　ずぶぬれの　硬くなった　ジーンズ
フローリングにごそりと　ぬぎ捨てられる

雫をぬぐっては運ぶ針の
ぬい目のかずだけ　布はふくらむ
縫い目の数だけ　襞はかさなる

　　傲慢　挫折　諦め
　　浪費　無恥　……
ヒトの奏でる不協和音　は

指先のスキンシップをうけながら
しずくとともに掬われて
縫い目に溶けて　消えてゆく

――やった　ね
祝福のことばをわたしに贈る声
照れるきみはかがやいている

見つめるわたしの映る透きとおった目を
ジーンズにうつしかえ　脚をとおす
と　膝小僧にそっと手をやった

かじかんだゆび　あたためているような
ほぐしているような　曲線よ
まだ　ひらいた疵口は癒えていないだろう

あかるい鏡を背にして脱いだあと――
ボトムをそろえ　きちんとたたみ　そして、
藍の糸に　ぴたり合わせる　きみの掌《てのひら》

越路　美代子（こしじ　みよこ）
1944年、香港生まれ。詩集『ブドウ色の時』、『草上のコンサート』。日本詩人クラブ所属。東京都小平市在住。

苛められて交番に

十歳になる甥っ子のケンちゃん
公園で一つ上のいじめっ子に会った
ののしられ
ズボンを脱がされた

悔しかったケンちゃん
交番に言いつけにいった
おまわりさんは　まじめに訴えをきき
学校に通報

親と先生に付き添われ
いじめっ子が　謝りにきた
仰天したのが
ケンちゃんのママ

――ズボンを脱がす方も脱がす方だけれど
　　警察に行く方も　行く方だ

昔は　子供の喧嘩に親が出ると囃し立てられた
今は簡単に　警察が出てくるものなのか

風潮がすっかり　変わってしまった
ケンちゃんに　何て声をかけるべきか

苛められないように　もっと強くなれ？
しっかりしている　良く自衛した？
うーん　難しいなあ
少し滑稽さも感じて　ケンちゃんを見た

杉野　紳江（すぎの　のぶえ）
1955年、東京都生まれ。詩集『虚空にもどる父』、『古本屋の女房』。
詩誌「POCULA」。東京都目黒区在住。

父母会

私には　子供がいない
それで　とんと縁がなかった
授業参観や
父母会

ところが　義妹に頼まれた
——仕事で都合がつきません
長男の朗広《あきひろ》の授業参観と父母会に
　行ってくれませんか

張り切って一時間目から　授業参観に出席
最初は　父兄は二人しかいなかった
中一の生物の授業にしては
やたら詳しい植物の受精

父母会では　大勢の親の前で　熱弁する担任と副担任
——これから　脛毛も生えて
　男の子から　男に成長してくるんです
　お母様方も　心の準備をしておいてください

そういえば　アキちゃん
この頃　子供らしさを脱して
少年らしいオーラを出している
キラキラする青春時代の予感

おばちゃんも　いつも
君の青春を見守っているよ
今日は　ワクワク　ドキドキの
楽しい　親体験の一日

　　　　　草刈や　脛毛生えるか　甥っ子も

通過儀礼

くるしいくるしいくるしいとかいてしまえばらくになる
さみしいさみしいさみしいとかいてしまえばらくになる
むねにいすわるぎざぎざのとがったくろいかたまりはこ
とばといっしょにそとへゆくたすけてとたえられないと
つらいいやだどうしてとかいてゆけばらくになるかいて
ゆけばすこしだけむねはかるくなってゆくゴルトベルク
へんそうきょくめくるめくアリアのようゆらめくねいろ
あらわれてはきえるしらべひとりぜつぼうむなしいだめ
とかいてゆくせかいでひとつのわたしのこころつづって
つづってつらくてもいいくるしくていいさみしくていい
せつなくていいさぐってあつめてひとつのこらずしろい
ぺえじへときはなつ
ゆっくりととてもゆっくりとひかるこえがあらわれる

感情についてのノート

私は長くダンスや演劇など表現芸術を教えてきました。

三上　その子（みかみ　そのこ）
1967年、東京都生まれ。詩集『ある日、やってくる野生《ワイルド》なお母さんたちについて』。神奈川県川崎市在住。

そこから若いみなさんにお伝えしたいと思うことは、感情を大切にしてくださいということです。怖がらず、抱きしめて、なるべく正直に表現してください。タイミングや方法をまちがうことはあっても、初めから「まちがった感情」というものは、ありません。感情は頭ではなく身体が感じるものです。身体の声です。もやもやとしています。ゆっくりしています。言葉になるのも、消えてゆくのも。せかさずに、耳を傾けてあげてください。

感情は、光と闇でひと組です。どちらかだけ持つことはできません。愛のために生まれてきた人は、恐れと出会うことで、魂の芯を鍛えます。祝福のために生まれてきた人は、悲しみを知ることで、涙さえ寿ぐ器を作ります。情熱のために生まれてきた人は、輝くような怒りを力に、世界を良くします。そこに「まちがった感情」はありません。とりわけ闇の感情は、じゅうぶんな思いやりを持って、さいごのひとしずくまで、丁寧に感じとることで、必ずみなさんに実りをもたらします。詩もまた、そのような果実のひとつなのです。

夢を　そして夢に

初めての富士山　そして
初めてのボランティア
薄い空気の中での雑魚寝に　眠れないまま
なれない登山靴でできたマメがヒリヒリと痛んだ

—なぜ車椅子の海君と　富士山へ
それは　夢に　生きようとする命があるから
ノルマに縛られ　お金と時間に身を削られて
あこがれに　生きようとした日々は　遠く過去に
いつの間にか　イエスとしか応えようのなくなった
現実という名の酔い草に
心の襞に　苦く　夢を押し隠す　命をすり減らす
今日しか残されていなかった

吹き上げる雨に
根を地中に深く伸ばした絡み合ったオンタデが
淡《うす》く黄を帯びた白い小花をしっかりと抱いて
崖に張り付いている
顔もあげられない勾配の
噴火に錆びた紅い砂礫に　車輪が重くめり込む

車椅子を支える一人一人の手と手に
軍手をしみ込んでくる冷たさの凍えた手に
伝わる海君の　命の熱さ
かたつむりのように
小さな　ゆっくりとした歩み
はじいた小石ひとつにも
心はひとつにゆれる

雲を切る
八月二十一日　午後〇時二十分
雲海の上に突きだした頂上の
言葉超えた　海君のまばたき
夢を　勇気を　そして　感動を
やさしさで
一本のザイルにつないだのは
海君　君だ

＊車いすで富士山に登りたい実行委員会（障害者の自立支援団体「ライフステーション　ワンステップかたつむり」）

萩尾　滋（はぎお　しげる）
1947年、福岡県生まれ。詩集『戦世の終る日まで』。京都府向日市在住。

ガッコウと骸骨

私はガッコウが嫌いだった
ガッコウは湿っぽくて暗かった
小学校で、どもる私は特別学級に連れていかれた
授業を抜けるたびに皆はげらげらと笑う
特別学級は理科室の隣にある
私は矯正が終わると、理科室の骸骨を見に行った
ホルマリン漬けの水槽の隣にある骸骨は、
静かで黙っていて私をいじめない
私は内緒で骸骨と友達になった
それでガッコウはほんの少しほの明るくなった

中学校は少しあったかい感じがした
でも、私がすぐキレるからやっぱり友達はできない

一生懸命がり勉して高校に入ったら
いよいよ友達がいなくなった
うっかり色つきの靴下をはいて行って
嫌なあだ名をつけられたりした
ロックの雑誌に文章を書いたりしたけれど
認めてくれる人はガッコウには一人もいなかった

私はいつの間にか
部屋に引きこもるようになっていた

ずっとたって、ＰＣを叩いていて
掲示板で仲間ができて
電車にもまた乗れるようになった
詩のサークルにも入るようになった
ある日
ガッコウを避けていたのは自分の方だったと
気がついた
暫くして、ＦＢで会った同窓生はもう怖くなかった
親切で、きつい忠告もちゃんとしてくれる友達だ
私はさみしい骸骨とだまってお別れした

葉山　美玖（はやま　みく）
１９６４年、東京都生まれ。小説『籠の鳥 JAILBIRD』、絵本『あおいねこ』。詩誌「狼」、埼玉詩人会所属。埼玉県さいたま市在住。

寄り添い

八覚　正大（はっかく　まさひろ）
1952年、東京都生まれ。詩集『重力の踵』、小説集『「シェルター」発』。
詩誌「詩霊」。東京都国分寺市在住。

少女が走ってくる
仲間は何人もいて
追いかけっこではないにしろ
そんなに速く生き生きと

サッカーをやっている少年たちの間も駆け抜けて
――その瞬間蹴られたボールが！
少女は右目を抑え呆然としている
私は走っていき声をかけ
それから座れる場所へ連れ出す
保健室へ行く？
少女はその木の丸太に腰をかけ
何が起こったのか知ろうとしている
硬いボールではなかった
直撃したにしろ目を傷つけてはいないだろう
ただ突然襲われてパニックになったのだ

少ししてまた声をかける
どう？　大丈夫かな……
返事はなく微かに泣きそうになる

途方もない緊張が少し解けて
周りに子どもたちが寄ってくる
どうしたの？　だいじょうぶ？
目が潰れたんだ　目が見えないかわいそう
労わりかける仲間の気遣いも
無責任な感想も現象としては起こるものだ

数分経って少女は立ち上がり
また同じように走り出す
外部からの偶然の損ないを抜けて
身心の修復がなされたのだ
直った　平気　という言葉ではない
ふたたび同じ動きを回復した事実――それがすべてだ

生命は自らを修復する
その時大人が一人
その「あいだ」に寄り添っていること
リカバー
何をするでもなく
ただ寄り添っていただけのこと

いじめられている君へ

いじめている本人に
「やめてください」と言いなさい
それがうまくいかないようなら
親しい友だちに「どうしたらいいか」と相談しなさい
それがうまくいかないようなら
「助けてください」と先生のところに行きなさい
「いじめられています」と親に言いなさい
それがうまくいかないようなら
警察に行きなさい
それがうまくいかないようなら
０５７０—０—７８３１０（なやみ言おう）に
電話しなさい

もし、この中の一つでもできたなら、
もう昨日の弱い君ではない
いじめている人以上に、強いあなたです
（この番号は全国統一の二十四時間いじめ
相談電話。原則として所在地の教育機関の
専門員があなたの声を待っています。）

曽我　貢誠（そが　こうせい）
1953年、秋田県生まれ。詩集『学校は飯を喰うところ』、『都会の時代』。
日本現代詩人会、日本ペンクラブ所属。東京都文京区在住。

いじめを見ている君へ

君が、いじめをしている訳ではありません
君が、いじめられている訳でもありません
でも、君はいじめを見ています
知らないふりをしています
いじめている人は、あまりいじめとは自覚していません
いじめられている人は、一人で深く悩んでいます

君は、いじめをしている人に
やめるようにいうことはできませんか
君は、いじめられている人の
悩みを聞くことはできませんか

いじめは、いじめている人といじめられている人と
大多数の見ている人の間で起こります
大多数の人の無関心と沈黙と同意が
さらなるいじめを生んでいくのです

君一人に責任を押しつけるつもりはありません
一人で難しい場合は、
友だちに、先生に、親に相談して下さい

周りのいじめを無くすように考え、行動することが
君が、これから生きていく上での大切な勉強なのです
早ければ早いほど解決は早いです
あなたのできることから始めて下さい

いじめている君へ

あなたにとって遊びでも
相手にとっては苦痛です
あなたはすぐに忘れても
相手は一生心に深い傷を負います
いじめと気づかないのではありません
気づいていないふりをしているだけです

もしかしたら
あなたは子供のころ
いじめられたことはありませんか
もしかしたら
あなたは、家庭で
嫌なことはありませんか
もしかしたら、
あなたは人に言えない
悩みを持っていませんか
だからといって
自分がされて嫌なことを
人にしていいことにはなりません
もしも、いじめをしているのなら
あなたは、この世でもっとも弱い人間です

本当に強い人間は
誰に対しても優しい人です
間違っていると気づいたら改める人です
あなたの悩んでいることについては
必ず解決する方法があります

いじめは犯罪です
いじめは人の心を破壊します
まだ間に合います
本当の強い人間になるために
今すぐ、勇気を持ってやめて下さい

セーラー服

ボランティアというと、いつも思い出すことがある。

一九五九（昭和三十四）年秋、伊勢湾台風が中部地方を襲ったときのことだ。死者・行方不明者五千余人、明治以後最大の被害をもたらした台風だったが、私のいた信州の小さな町でも多少の被害をだした。十日後、全国から寄せられた支援物資が配られた。小学四年生だった私にも紙包みが届いた。どきどきしながら包みを開けた。

出てきたのは、セーラー服だった。何度もアイロンをかけたらしく、おしりのところがてかてか光る古着だった。

このーっ、と私は怒った。古着だったからではない。送ってくれた女学生、分配した係の人——いまでいうボランティアに、ボクは男の子だぞーっ、と言いたかったからだ。

あとで考えれば、ボランティアのだれかが私の「忍」という名前を見て、きっと女の子だと勘違いしただけのことだったろう、とわかる。たんなる思いちがい、笑い話のような誤解である。でも、あのときはふくれっ面になった。

阪神淡路大震災の起きた一九九五（平成七）年はボランティア元年と言われた。徒歩や自転車やバイクで駆けつけたたくさんの若者たちが水や食料を配り、瓦礫の片付けに黙々と働いた。私も被災地のあちこちで彼らの活動を目撃したが、そのたびに私はあのセーラー服のことを思い出した。援助をする人とされる人のあいだに行き違いはないか、ボランティアを受け入れる側の人たちは、その活動をどう見ているのだろうか、と。

震災から三ヵ月後、長田区役所の近くで鉄工所をやっていたKさんが言っていた。もう公衆浴場が再開されていたのだが、彼は三回に一回は、若いボランティアたちが公園で用意しているドラム缶風呂に入りにいっていた。

「震災直後にさんざん世話になっておいて、もう必要ないから、と知らん顔するのは悪いという気持ちが働くんです。たまには、かわいそうな被災者、という顔をしてやらないと、せっかくの彼らとの関係がぷつっと切れてしまうような気がするからね」

風呂のあと、ボランティアの若者たちとよもやま話をする。被災者はこの時点で何に困っているか、どんなことを必要としているか、どの程度自立してきたか。ボランティアにできること、できないことをさりげなく伝え

吉岡 忍（よしおか しのぶ）
1948年、長野県生まれ。『墜落の夏——日航123便事故全記録』、『M／世界の、憂鬱な先端』。日本ペンクラブ専務理事。東京都新宿区在住。

ようとした、と彼は言った。

「張り切って飛び込んできたボランティアを、どう軟着陸させてやるか。あんまり張り切りすぎて、燃え尽き症候群みたいになった若者もいた。そうさせないために気を配ることが、私のような年長の被災者ができるボランティア活動だと思ったんですよ」

ボランティアをする側とされる側。それが一方的な関係ではなく、じつはときどき入れ替わり、相互に支えあう関係であること。Kさんが言ったのはそういうことだった。

各地の仮設住宅に続々とできた自治会も、被災者自身によるボランティア活動で運営されている。援助物資の抽選や分配、病人や独居老人の世話、入院時の準備や病院との交渉、カギや着替えの始末、そして通夜や葬儀。おたがいかたまって暮らしているだけに、仕事はこまごまと、ひっきりなしにある。

ポートアイランド第一仮設住宅のOさんが言った。自治会長だが、ここでは絶対に肩書で呼ばない、という決まりにしているという。

「少数ですが、『世話してやっている』『おれが仕切っている』と、だんだん権力的になるボランティアを見てきました。私は、してやっているんじゃない、させてもらっているんだ、と思うことにしています。受け入れる側に押しつけ、負担を感じさせるような活動をしてはいけない、と自戒するんです。ボランティアは究極、自分のための自己満足という側面もあるんですから」

私もときどきボランティア活動めいたことをやっている。事件や事故の被害者の相談にのったり、難民やHIV感染者の手助けなどもしてきたのだが、振り返ってみて、それが押しつけではなかった、と言い切れる自信はない。ただ、どんな場合でも、私がいちばん勉強させてもらった、という実感だけはある。

それに、あのセーラー服だ。何をやっても、思いちがい、行きちがい、誤解はあるものだと、あのてかてかのセーラー服が教えてくれた。いまごろになって、私は感謝している。

三行詩「勇気をだして」

無心のうれしさ

歩こう！　白い浜辺をただ歩もう
歩こう！　遥かな海の彼方を見よう
歩こう！　心地よい波のリズムを聞こう

進もう！　君は耀いているね
進もう！　私もまた元気だ
進もう！　結果なんて何てこたあない

笑おう！　愉快じゃないか
笑おう！　君は勇者だ
笑おう！　時間を経ると楽しい思い出ばかりだ

サッカー

走れ！　そこに見えないチャンスが待っている
友よ仲間よ　俺を信じろ
その瞬間を勝負にかける　ひたむきな脚

出雲　筑三（いずも　つくぞう）
1944年、東京都生まれ。三行詩集『走れ満月』、『波濤を越えて』。日本詩人クラブ、時調の会所属。埼玉県所沢市在住。

今を受けとめよう

今の私をうけとめよう
夕陽に流れゆく雲を　ゆるりと見よう
肩ひじ張った過去を空で薄めよう

今の負けを受けとめよう
栄光の過去を　忘れるのは難儀だが
セキレイのトトト……と進む道はまっすぐ

昔はカッコ良かったが今も今で素敵だよ
紋つき袴ぬぎすてて　心の濠を埋めちまおう
そして今の君を受けとめよう

朝　顔

つるよ　ゆらゆらどこに行く
ぐるぐる巻いて　ここまでやっと来た
この際　風がままに希望を選ぶもよし

つるよ　思いきり遠くまで伸びてみるか
全力で走ったあの頃　思い出す
風がきて揺れて振れたが　つるまだ伸びる

山　桜

ひび割れた幹の傷口痛かろう
傾いた背のままに　崖に突っぱり幾星霜
五風十雨を愉しむか山桜

やがてかぐわしき香りきて
頬をよせれば　そよそよと揺れ
可憐に咲いた　新芽に寄りそい咲いた

後退もまた楽し

ここは無理せず　一歩後退だ
どうして今までこれが出来なかったのか
いろんな流れがみえて曼荼羅の世界

勢いをかえ　突然現われる流れ
もがき戦っている君
ここも力を抜いて自由自在に流れのままに

ほほえみ

笑う特技は人間だけのもの
犬や猫は喜びを表現できても笑えない
ほほえみ　苦難に耐えてきた祖先の遺伝子

崖《がけ》っぷちに立つあなたへ

あなたは、あなただから素敵なのです。

実際、いま、この瞬間、崖っぷちに立たされているあなたに、他者は一体何が可能なのか。

ほんのわずかでも何かできると思うことこそ、傲慢《ごうまん》ではないか。善意とはいえ、そういった大人のアクションもまた、崖っぷちにたたされたひとを追い詰める、もうひとつの原因になるのではないか。そんな恐れも躊躇《ちゅうちょ》も一方にはある。

正直に言おう。これらの恐れと躊躇、懐疑《かいぎ》から、わたしはいまでも自由になれていない。むしろ、より強まった感がある。

それでも、いま、生きていることは捨てたもんじゃないと思っているわたしがいる。

一〇代の頃に、死にたいと思ったことがあった。実際、ギリギリの状態までいったことも一度はある。それでもわたしはいま、ここに生きている。そして、生きていてよかったと思っている。

わたしは大人になってからも、子ども時代や一〇代の頃に感じた「靴擦《ず》れ」のような感覚をいつも心の奥底に抱いて暮らしてきた。いまでも、この「靴擦れ」は続いている。

それでも、その「靴擦れ」と平行して、楽しいこと、喜びや美しさに心ふるえることも、たくさん体験してきた。もちろん、どんな日々の中にも、一瞬の笑いはあった。

何よりも大きな体験は友情であり、愛情であり、共感である。

「おつきあい」と呼ばれるものを前にすると、引いてしまう癖はいまもって直っていない。複数のひとがいるところに、遅れて入っていくときに感じる「帰っちゃおうかな」という気分はいまもある。

人を大事にしたいと思うほど、妙な言い方だが「人嫌い」になる一瞬もある。

それでも、わたしには最高の友人たちがいる。

たとえば、Kさんだ。

彼女は誠実に、丁寧《ていねい》に深くわたしとつきあってくださった。政治のこと、人権のこと、今夜の献立のことなど。ひんぱんにわたしたちは話し合ってきた。わたしの愚痴《ぐち》めいたものもつきあってくれた。

彼女の人生へのまっすぐな姿勢と正義感は、いつも私

落合　恵子（おちあい　けいこ）
1945年、栃木県生まれ。『母に歌う子守唄　わたしの介護日誌』、『「わたし」は「わたし」になっていく』。東京都在住。

を驚嘆させ、感動させる。上質な生活者として、今日の空の色に、木々の紅葉に、夫との何気ない会話に、子どもたちとの交流に喜ぶ彼女の、なんと素敵なことだろう。

彼女はいま、重い病気を抱えている。それでも生涯の仕事を続け、平和と人権を阻むものに対して、ＮＯ！と果敢《かかん》に意思表示する。彼女と深く親しく話し合えるようになったのは、わたしが四〇代半ばに入ってからだった。

そうなのだ。もし、あなたが友だちづきあいで悩んでいるなら、これだけは言える。

人はいくつになっても、心の友と呼べるひとに出会えるのだ。出会いは学生時代かもしれないし、ずっと後かもしれない。ずっと後かもしれないその機会を、そこにたどり着く前に早々に摘み取ってしまうのはやはり惜しい、と最近とみに思う。

素晴らしい出会いは、高らかなトランペットの音色とともに訪れるわけではない。昨日の続きの今日の中に、静かに深く潜《もぐ》っていることだってある。

花屋さんの店先に飾られている花だけが花であるのではない。わたしたちがつい見逃してしまう寒風吹きすさぶ駅前公園の、古びたベンチの下に、小さな花が咲いていることもある。

何のために生きるのか、わたしにもわからない。明快な言葉で、こういったテーマに答えることはわたしにはできない。それでも、これだけは言える。答えが出ないからこそ、私たちは、生きて、生きつづけているのだ、と。

心から敬愛する人生の先輩Ｋさんに出会えたことを、わたしは言葉では言い表せないほど感謝している。その存在に、どれだけ支えられ、どれほどの勇気を贈られてきたことか、と。

悲しみや無念さや侮辱の種子とたぶん同じ数だけ、わたしたちは喜びや充実の種子をもって生まれてくる。

人生の前半で、多くの悲しみや無念さや屈辱《くつじょく》を味わうことは、同じかそれよりも多くの喜びや充実があなたの中に、芽吹きの時を待って、眠っているという証《あかし》でもあるだろう。

だから、と結論づける気は毛頭ないが、もう少し生きてみないか。

最初の喜びの種子が、堅く凍てついた土をもち上げ、芽吹くその瞬間がやってくるまで。

自分のアタマで考え行動する人間に

人間にとっての、善悪のもとは、叱られないため、喜んでもらうためかもしれない。しかし、人間の心の中には、困った人、弱い動物や植物、自然をみると、自分を犠牲にしてもつくす気持ちがあると思う。

（自分は、エゴイスティックでいやな人間だ）と、思うと同時に、その自分も、恋したり友人ができると、そのために自分を捨ててもいい、と考える。他人の幼い子どもの命を救うために、思わず火の中に飛び込む青年もいる。苦しんでいる人を見ると、黙っていられなくなる。それも人間ではないか。公害を無くすために、自分の生活を捨てて取り組んでいる科学者がいる。

そのもとは、自分のことをよく思われたい、という功利主義かもしれない。でも、それだけじゃない。やはり、人から教えられたり、美しい音楽を聞いたり、自然を愛することで、他の人間を愛する気持ちが育ってくる。

そして、人間がそういうものを大切にするように生まれついているのは、そこに神がいるからかもしれない。いないかもしれない。しかし、何千年の間、人間は、良いこと、美しいものを愛するようにできていると思う。

恋したとき、星空をながめた。そのとき、ドイツの哲学者がいったということばの意味が、ぼくにもわかるように思った。

「自分がとても感心するものが二つある。私の頭上の空の星と、心の中の道徳を考える力だ。」

そんなに難しく考えないでも、星空の下に立って、自分の愛する友人や恋人のことを考えると、人間ってすばらしいなあ、と思えるだろう。すばらしい小説を読んだり、科学の話を聞くと心がおどるじゃないか。

人間のすばらしさを感じること、これが、人間の生きる喜びではないか、とぼくは思う。その喜びを味わうために、旅をし、本を読み、人びとと語りあっている。

キミたちも本を読み、人を愛してほしい、そして広い世界を旅してほしい。人間を知り、人間を愛するために、自然の偉大さと、そこに宿る摂理をつかみとるために。

ぼくは、この世で一番大事なものは自由だと思う。そして、教育も自由を守るためにあるのだ。自由と創造性、これがぼくの考える理想の教育だ。しかし、自由と創造性を守り育てるには、訓練と忍耐を学ばなければならない。自分のアタマで考え、元気に生きていってほしい。

小中　陽太郎（こなか　ようたろう）

1934年、兵庫県生まれ。幼少期上海で育つ。『翔べよ源内』（野村胡堂賞）、『よい子わるい子いじめっ子』。日本ペンクラブ所属。

第四章　こころ

雨ニモマケズ

雨ニモマケズ
風ニモマケズ
雪ニモ夏ノ暑サニモマケヌ
丈夫ナカラダヲモチ
慾《よく》ハナク
決シテ瞋《いか》ラズ
イツモシヅカニワラッテヰル
一日ニ玄米四合ト
味噌ト少シノ野菜ヲタベ
アラユルコトヲ
ジブンヲカンジョウニ入レズニ
ヨクミキキシワカリ
ソシテワスレズ
野原ノ松ノ林ノ蔭《かげ》ノ
小サナ萓《かや》ブキノ小屋ニヰテ
東ニ病気ノコドモアレバ
行ッテ看病シテヤリ
西ニツカレタ母アレバ
行ッテソノ稲ノ束ヲ負ヒ
南ニ死ニサウナ人アレバ
行ッテコハガラナクテモイヽトイヒ
北ニケンクヮヤソショウガアレバ
ツマラナイカラヤメロトイヒ
ヒドリ＊ノトキハナミダヲナガシ
サムサノナツハオロオロアルキ
ミンナニデクノボートヨバレ
ホメラレモセズ
クニモサレズ
サウイフモノニ
ワタシハナリタイ

宮沢　賢治（みやざわ　けんじ）
1896年〜1933年、岩手県生まれ。『銀河鉄道の夜』、『風の又三郎』。岩手県花巻市に暮らした。

＊「ヒドリ」は一般的に「ヒデリ」（日照り）の誤記と言われてきた。しかし原文は「ヒドリ」と記されていて、東北の方言で「小作人などが日雇いで金銭をもらうこと」などの意味がある。賢治が貧しい小作農民の悲しみを「ヒドリ」に込めて表現したのではないかという説を賢治の教え子の一人は提起している。（編者註）

河野　進（こうの　すすむ）

1904年〜1990年、和歌山県生まれ。詩集『雑草のような母』、『ぞうきん』。

ただ

もっとも大切なものは
みな　ただ
太陽の光
野や山の緑
雨や川の水
朝夕のあいさつ
神への祈り
そして母の愛

ぞうきん

こまった時に思い出され
用がすめば　すぐ忘れられる
ぞうきん
台所のすみに小さくなり
むくいを知らず
朝も夜もよろこんで仕える
ぞうきんになりたい

使命

まっ黒いぞうきんで
顔はふけない
まっ白いハンカチで
足はふけない
用途がちがうだけ
使命のとおとさに変りがない
ハンカチよ　たかぶるな
ぞうきんよ　ひがむな

みじめ

あの人は
まだお礼を言わない
忘れたのとちがうか
ふと思った瞬間
きたないみじめな自分にあきれた

私と小鳥と鈴と

私が両手をひろげても、
お空はちっとも飛べないが、
飛べる小鳥は私のように、
地面《じべた》を速くは走れない。

私がからだをゆすっても、
きれいな音は出ないけど、
あの鳴る鈴は私のように、
たくさんな唄は知らないよ。

鈴と、小鳥と、それから私、
みんなちがって、みんないい。

金子　みすゞ（かねこ　みすず）
1903年～1930年、山口県生まれ。山口県長門市に暮らした。

星とたんぽぽ

青いお空の底ふかく、
海の小石のそのように、
夜がくるまで沈んでる、
昼のお星は眼にみえぬ。
　見えぬけれどもあるんだよ、
　見えぬものでもあるんだよ。

散ってすがれたたんぽぽの、
瓦《かわら》のすきに、だァまって、
春のくるまでかくれてる、
つよいその根は眼にみえぬ。
　見えぬけれどもあるんだよ、
　見えぬものでもあるんだよ。

晴れた日

ある晴れた日
眼帯をした自分に会いに来た君も眼帯をしていた。
自分が右目で君が左目だったので
二人はまるでお互いの鏡のようだった。

どんな時でも

自分が君を思うほどには
君はこちらのことを気にしてはいなかったようだ
どちらが正しい友愛であるのかはわからないが。

担いで煙から逃げている。
担いでいるのは自分
君は失神していた。
けれど窓から飛び降りたこの自分の下に
ぬるま湯をはったバスタブを置いたのは
あれは確かに君であった。

どんな時でも

君がこちらに優しいほどには
自分は君に優しくは出来なかったようだ
優しさのあるべき形がどのようであるかは知らないが。

それでも自分達は友人であった。

君が最初に

「友達だろう？」

と臆面もなく言い切ったときから
自分はすっかりその言葉に依存して
君の友人であると安心している。

羽島　貝（はじま　かい）
1973年、東京都生まれ。詩集『鉛の心臓』。
詩誌「コールサック（石炭袋）」、日本詩人クラブ所属。茨城県北相馬郡在住。

知っている

私は知っている
夜の地下鉄で
すこし骨ばった顔をした若い白人女性が
熱心にNEWS WEEKを読みながら
こっそり右足の踵《かかと》をもちあげて
今日いちにち一生懸命働いた
心地よい疲れを癒《いや》そうと
蒸れた靴の中に、風を入れているのを

私は知っている
あるコーヒーショップで
恋人に向かって
同僚の悪口をまくし立てる
若いサラリーマンが
カ行の言葉を発音するとき
何か空気が漏れるように悪くなるのを

私は知っている
あなたがそっと頰を寄せた
白樺の木から離れるとき
寒さで赤くなったあなたの頰から
たくさんの悲しみが
幹までの長い行列を作っていたのを

ささやかな毎日のつみかさねが
いつの間にか大きな仕合わせになったり
取り返しのつかない不仕合わせになったり
その二つを分かつ理由が、もしあるのなら
私は知りたい

木島　章（きじま　あきら）
1962年、神奈川県生まれ。詩集『点描画』。
詩誌「スペース」、詩人会議所属。神奈川県横浜市在住。

バラの花束

二日前から高校が夏休みに入っているから
帰りの通勤電車も混んでいない　難なく
座席に座ることができたので文庫本を広げた
発車のベルと同時に一人の少女が駆け込んできた
すらりと立った少女はその制服でM高生と判ったが
数本の赤いバラの花を手に持っていた
少女は車内の視線を十分に引き付けてから
私の座席の方へ進んできて
通路を挟んで斜め向いの席にスーッと座った
むき出しの赤いバラが白いブラウスの胸に揺れた

電車が動き出して私も文庫本にもどった
少女の隣では五十年配の男の人が新聞を読んでいたが
バラの花を見ながら二枚ほどの新聞紙を取り分けて
「これで包んだらいいよ」と言って少女に渡した
少女は一瞬「えっ」という表情をしたが
「すみません」と言って受け取り
ぎこちない手付きで赤いバラの花を包んだ
そしてもう一度「すみません」と言って微笑んだ
するとその男の人は　新聞を折り畳んでから
「こういうときは　ありがとうございましたと言うもんだよ」と
諭すように少女に言った
　二人の遣り取りを見守っていた私は
　何故か緊張した
　微妙なバランスが壊れなければいいのだがと
少女はタイミングを外すことなく
(それでも少し顔を赤らめながら)
「ありがとうございました」と言ったのだ
私はほっとして目を閉じた
何だかしらないがジワリとあったかいものが
身体を包んだ

何事もなかったように電車は走り
少女の胸にバラの花束がキラリ

川辺　真（かわべ　しん）
1952年、島根県生まれ。詩集『納豆とゴルフと飛行機』、『からっぽの春』。
詩誌「山陰詩人」。島根県安来市在住。

なお君と手をつなぐ

宇都宮市の外れの養護学校
日光に続く杉並木が近い
今は特別支援学校に名を変えている
小学部の教室で初対面の日
なお君が私に近づき手をつなぐ
どこが気に入ったのか

次の日から
スクールバスから降りたなお君は
すぐに私を見つけて手をつなぐ
スクールバスに乗るまで手をつなぐ

ひで君はパズルに夢中だけど
ゆう君は身振りで話すけれど
とし君は笑顔で反応するけれど
なお君は私と手をつなぐ

乱暴につかまれることはない
なお君の右腕は
自然に私の左腕にからまり
しっかりと手先を握られる

田村　勝久（たむら　かつひさ）
1956年、茨城県生まれ。詩集『壊れるということ』。
詩誌「シーラカンス」、センダンの木のつどい所属。茨城県日立市在住。

小さく飛び跳ねながら手をつなぐ
小さく唸りながら手をつなぐ

着替え食事排泄《はいせつ》は問題ないが
動作は飄々《ひょうひょう》としていて
荒れることは絶対にないが
ボールには興味を示さない
絵本にも興味を示さない
楽器にも興味を示さない
同級生にも興味を示さない
なお君は私と手をつなぐ
えいこ先生とはつながない

未熟な私は何も教えられなかった
なお君は何も教えてくれなかった
少しは私を扱《こ》き使え
少しは私を困らせろ
私の役目が変わるまでの二年間
他は求めないなお君は私と手をつなぐ
他は与えない私はなお君と手をつなぐ

隅さんと主演だった中央君について

隅さんがいました
隅っこでいつも泣いていました
中央くんがいました
いつもみんなの中央で笑っていました
でも中央くんは隅さんのことが好きでした
隅さんは中央くんが嫌いでした
隅さんは端っこで泣いて愚痴ばっかり言っていました
とある日、中央くんが隅さんの涙を拭いてあげて
僕もこれからは隅っこにいるからと
言って寄り添いました
それからというもの中央くんは中央にいなくなりました
端っこにいました
中央くんの中央の主演も
他のだれかに交代して脇役のようになりました
隅さんはそんなんで良いの？と言いました
中央くんは隅っこにいる誰かと
隅っこでいるのが俺は幸せだからと言いました
隅さんは笑顔で中央くんに夢中になりました
中央くんは幸せでした

あたるしましょうご中島省吾
（あたるしましょうごなかしましょうご）
１９８１年、大阪府生まれ。『改訂増補版・本当にあった児童施設恋愛』、『もっともっと幼児に恋してください』。詩誌「ＰＯ」、関西詩人協会所属。
大阪府泉南市在住。

うぉううぉううぉう
みんな
常識外れの
ワンダーランド&ガール
はりきって学校婚活行きましょい
何が勝負か
何が答えか
観えないのは
うぉうぉうぉうぉうぉうぉ〜
うぉううぉううぉう
みんな
常識外れの
ワンダーランド&ボーイ
はりきって学校婚活行きましょい
スミ&チュウオウ
はりきって学校勝負と行きましょい

人の形

誰に言われたわけでもないのに
欅は欅の形をし
桜は桜の形をし
木蓮は木蓮の花を咲かせる

誰にも言われたわけでもないのに
私は人の形をし
今日も寒さを感じている

日々人と話し
顔を見ている
ときどき自分の顔も
鏡で見る
知らない人がいる

夕闇が迫る
みんな　どこかへ
行くはずだったでしょう

唇の動きや腕だけが
本体から切り離されて
生き物のように踊っている
人の心は見えない
癖の中にだけ　その人が
存在するなんて

私は人の末席に座る

いつか裏切ろうと
それまでは美しく生きたかった

種子《たね》

わたくしたちは
　しずかにくるってゆく

そっと握りしめて
　希望に変える
恵矢（けいや）
1971年、東京都生まれ。詩集『DANCE《ダンス》 AGAIN《アゲイン》』。
神奈川県川崎市在住。

こころ

経験　という綱渡りの記憶によって
大きくなりすぎたこころを
時々　取り出して
小さくしてみる

隠しておいた宝物を
箱から出して触るように
自分の指が隅々に　まんべんなく
行き届くようになるまで
くたくたのこころを
小さく　丸く　温める

掌《てのひら》に収まるようになったら
人指し指で星形になぞって徴《しるし》を付ける
ひとの誕生に込められた影なる光が
徐々に感応して甦るように

それからまた
そっと胸にしまい込む

嶋﨑　治子（しまざき　はるこ）
1967年、秋田県生まれ。詩誌「詩と思想」。秋田県潟上市在住。

争いと調和がせめぎあう世界で
かなしみを超えて
人々の幸福を紡いでゆく夢の続きを
しなやかに
見続けるために

淫雨

長雨の暗い朝は
キンモクセイの香りが
唯一の救いだった
甘い香りは
どこから来るのか
わからない
ただ　雨がやむと
消えてしまうことは知っている
満たされることへの後ろめたさから
私はふたたび
ひとりになることを選んだ
やさしさは弱さの裏かえし
精緻に仕組んだ偽善に
みずからを陥れてゆく
私は人をあやめることも
できたのかもしれない
得体の知れない激しさが
私に向けられたに過ぎないのだから
どこまで痛めつければ
気が済むのか

しだいに息をするのさえ
不快になっていった

最後に私を引きとめたのは
ひとつのことば
見知らぬわたし
であった

佐藤　克哉（さとう　かつや）
1975年、宮崎県生まれ。埼玉県川口市在住。

切手なしの…

うっかり　切手を忘れた封筒が
舞い戻ってくる夕暮れ
こんなふうに
わたしの　あやまちのすべてが
ゴム輪で束ねられて
そっくり　そのまま
返ってきてはくれまいか

ある日
時計が左に廻り始めて
あそこに落とした恥辱の包み
むこうに埋まった悔恨の種
軽はずみの産物を
ひとつ　ひとつ　拾い集めて
きれい　さっぱり
封印することはできまいか

曲がりくねった小道をたどり
はるかな赤子の時代から
再び舞い戻ってくる

青山　晴江（あおやま　はるえ）
1952年、東京都生まれ。『父と娘の詩画集　ひとときの風景』。
詩誌「いのちの籠」、「つむぐ」。東京都葛飾区在住。

切手のない
ふくらんだ封筒
すべての悔いがそそがれた
手に重いその包みを
抽き出しの奥深くしまい込む
そんな夢が
もしも　現となるならば

どんなにか　楽だろう
この肩が

どんなに透きとおって
通り過ぎることができるだろう
街の中を
ひとびとのなかを

なみだきらめく

奥の奥からつき上げてくる
なみだがきらめく
人の胸の中にはたくさんの
なみだが蓄えられていた
深い渕の底から吹き上がる
なみだいろのひかり
そのひかりが
さわやかな心を洗っていった
透明なひとしずくを落として
耐えて超えていく世界があった
なみだ溢れて　慟哭ともなって
いのちの綱渡りがなされていった
遠い遠い過去からの
なみだの痕跡がいっぱい
どこかで今も尊く　なみだがひかる
ひかる涙は無駄ではなかったと
明日につながるいのちの
勢いともなっていったから
ひとすじの　光るなみだが
ぽろりと流れ　煌めいてこぼれる

比留間　美代子（ひるま　みよこ）

1932年、東京都生まれ。詩集『日だまり』、『私の少女時代は戦争だった』。日本詩人クラブ所属、詩誌「POCULA」。埼玉県さいたま市在住。

夕映え

夕映えで　空一面が焼けている
裸木になった枝先を浮き上がらせ
屋根瓦をそびえさせ　暮れなずむ赤色の中で
元気に走り回る　子供の声がかん高い
無事に一日が暮れていく　幼な子が一日一日と育ち
せわしない母親の毎日は　時に戸惑いながら
困惑顔の涙をぬぐい　子供を抱き上げては
あの夕映えの空を仰いで
勇気を得ていった幾つもの年月
何回も赤い夕日が暮れ　毎日の営みが繰り返されて
あの子は母親の背丈を越えた
今年から中学生の制服を着て胸を張る
自転車を飛ばしていく背後の　今日の夕日も、また赤い
夕映えは変わらず辺りを染め上げている

ことばのちから

生まれて初めて入院した。
その上、全身麻酔で手術ときた。

退院後、学校に出勤したとき、
何人もの生徒が声をかけてくれた。
「大丈夫？」

そのとき、一人の女生徒にすれ違いざま、
「お帰り」と言われた。
飾り気のない温かい一言だった。
涙が出そうになった。

心配をしてくれる言葉は確かにありがたい。
でも、「お帰り」の一言には、
「あなたの居場所は、ここですよ」
と言ってくれている気がした。

たった一言のもつ『ことばのちから』を教えてもらった。

自分は、子供たちに、本当に必要な言葉を
伝えているだろうか。

たった一言…でも、確かな一言。

鈴木　明（すずき　あきら）
1963年、東京都生まれ。東京都新宿区在住。

クリスマス

油谷　京子（ゆたに　きょうこ）
1952年、大阪府生まれ。詩集『名刺』。関西詩人協会、九条の会詩人の輪所属。京都府相楽郡在住。

クリスマスツリーが輝く
駅前のショッピングモールには
必要なものはすべてあって
欲しいものは何もなかった

りんごを三個と
小さなケーキと
缶珈琲を買って
レジ袋はいらないと言ったら
エコポイントをひとつ
押してくれた

全部たまったら
空っぽの心も一杯になるだろうか
エゴがエコに変わる仕組み

ジングルベルが
シャンシャカ鳴って
メリーメリークリスマス！

そう、二十一世紀
イエス様ここであなたに会いたかったよ

まだ聖書がかかれなかった頃の
若き日の悩めるあなたに会いたかったよ

レジのアルバイトのやさしい男の子がイエス様だったら
いいのに
神の子じゃなくて私たちの仲間だったらいいのに

仕事終わり
夜の公園で
ブルーシートの小さなねぐらが凍える公園で
非正規雇用の若者と
悩めるイエス様が
たき火を囲んで
缶珈琲を飲む
愛について夜更けまで語る
広場はショッピングモールより熱気をおびていく

駅前のショッピングモールで探していたものを
若き日のあなたと探してみたかった
イエス様、あなたに今夜会いたかったよ
クリスマスの夜にね

鹿

アンツーカーを一周　全力疾走したあとの息切れから
湧きあがってくるのは　レールを敷いた者への反抗心
生まれ落ちた時から　ゆくゆくは跡継ぎにと決められて
いた　疑うことなく大きくなって　ふと大人の都合に反
発したくなった

ある日　満員電車の混雑で　自分の胸板に　華奢な少女
の背がぴたりと押しつけられて　どうしても避《よ》けること
ができない　終点まで三十分　降りたあと　胸にふしぎ
な感覚が焼き付いた　賑やかにさざめいている少女たち
の中に　あの人はいるだろうか　目や気持ちがさまよい
出ていく

自分への嫌悪　砂利道を鞄を下げてひたすら歩いた　ど
んなにがんばっても　平行に伸びて　決して交わらない
鉄路　都会の森の奥深く分け入って　想いはシカのよう
に跳びはねている　狩人の目にとまって　一発で仕留め
てもらえたらいいのに
早春の入口で　この身がどうにもなく厭わしい　懸命に
勉強しても　友と遊んでいても　青空のような深い寂し
さで　生きていく重さに潰されそうだ　アンツーカーに
寝転がって　真っ白な流れていく雲を追っている

青柳　晶子（あおやぎ　あきこ）
1944年生まれ。詩集『月に生える木』、『空のライオン』。
日本現代詩人会所属。栃木県宇都宮市在住。

アンニイちゃん

この世に生を受けてわずか10年、短い生涯《しょうがい》ではあっても、その幼児の、けなげで純粋な気持ちと、さりげない仕草や、もって生まれた天真爛漫《てんしんらんまん》で自然な振る舞いは、時を経て、尚《なお》、素直さ、無邪気《むじゃき》さ、思いやりや感謝の気持ちといったなかにこそ、真実があり、大切にしなければならないものを宿しているということを、わたしたちに教え、さらに生きる勇気と希望を与えてくれます。そこから感じ取れるものは、わたしたちの心を和ませ、うるおいをもたらし、なにものにも代えがたいぬくもりと、心のより深いところから来る、人間本来のもっている〝優しさ〟といったものではないかと思われます。

以下の文章は、昭和の初期に出版された野澤一《のざわはじめ》著《ちょ》『木葉童子詩経《こっぱどうじしきょう》』の中の一章です。

〈生来《せいらい》、私はどんなに良い幼児を想像したか　時を経てうれしくもこの一文が私の前に来た。私はしびれ湖にいた頃もどんなにこの文章を愛読したか　そして、今もなおこれを読んでは読んでは胸のふるえるのをおぼえる。

それは岩波文庫の小泉丹氏訳、チャールズ・ダーウインの一六一頁にダーウインはこう書いている。

「私達の可憐《かれん》な児《こ》、アンニイは、一八四一年三月二日ガワア街《がい》 Gower Street で生れ、一八五一年四月二十三日の真昼にマルバアン Malvern で息を引きとった。「後年、若《も》し私達にして生きながらえておったなら、今茲《ここ》に書き誌《しる》す印象は、彼女の性格の主なものを、より鮮明に回想せしめるであろうと思ってこの数枚を書く。如何《いか》なる点から回顧《かいこ》しても即座《そくざ》に想い浮んで来る彼女の性情《せいじょう》の主たる特色はその溌剌《はつらつ》たる快活《かいかつ》さであって、其《それ》に二つの他の特性が交えられていた。即《すなわ》ち敏感《びんかん》なことと、強烈な愛情とであって、前者は、見知らぬ人には、恐らく甚《はなは》だ看過《かんか》され易《やす》かったであらう。彼女の快活さと、生気とは、その顔貌全面《がんぼうぜんめん》から迸《ほとばし》り出《い》で、一々《ひとつひとつ》の挙動《きょどう》を、弾力性あり且《か》つ生命《せいめい》と活力《かつりょく》の充実しているものとした。彼女を眺《なが》めると、愉《たの》しく、又晴れやかな心になった。今その可愛いゝ顔が、私の眼にちらついている。彼女がよくしたように、私の為《ため》に、断りなしに取った一撮《ひとつま》みの煙草《たばこ》を持って、梯子段《はしごだん》を駈《か》け下りて来て、喜びを与える喜びを全身につゝみ切れぬ姿の、その顔が、目に見えるようである。彼女が、従兄弟達《いとこたち》と遊んで、その快活さが騒々《そうぞう》し

野澤　俊之（のざわ　としゆき）
1940年、東京都生まれ。埼玉県新座市在住。
野澤　一（のざわ　はじめ）
1904年～1945年、山梨県生まれ。詩人。詩集『木葉童子詩経』。

いまでになっている時でも、私の一瞥《いちべつ》、不機嫌《ふきげん》な目では無く（有難いことには、私は彼女をそんな眼で見たことはなかった）たゞ同情に欠けた目で、一目見ると、しばしの間彼女の顔じゅうを変えたものであった。「彼女の快活と、精神とを、あんなにまで嬉々《きき》たるものにした、その性格のもう一つの点は、その強い愛情であって、其《それ》は深い抱擁《ほうよう》的、撫愛《ぶあい》的なものであった。この性質は、ほんの嬰児《えいじ》であった頃既《すで》に、母と同じく寝床《ねどこ》にいても、母に触《さわ》っておらねば気が安まらず、その後、相当成長した後も加減の悪い時には、いつでも母の腕を弄《もてあそ》んでおったことでも、認められる。非常に加減の悪い時には側《そば》に寝ている母は、他の子供達に対する場合と全く異った方法で、彼女を慰《なぐさ》めていたようであった。彼女は、また、何《ど》んな時だろうがお構いなく私の髪を、「綺麗《きれい》にする」といって、半時間も揃《そろ》えて見たり、又は、――可愛《かわ》いゝいとしご――私のカラーやカフスを延《の》ばしたり――つまり、私を愛玩《あいがん》するのであった。「こんな風に調和された快活性をもつ上に、態度は、著しく真実で、淡白で、快活で、率直で自然的で、遠慮隔意《えんりょかくい》の陰影《いんえい》がなかった。彼女の心全部が純清で、澄み切っていた。

　誰でも、彼女の全部を知ることが出来て、信じることが出来るような気がした。私はいつも考えた。何んなことがあろうとも、私達の老齢《ろうれい》に於《おい》て、何物も換《か》えることの出来ない、少なくとも一つの可愛いゝ魂を持つことが出来ると。彼女の一切の動作は、元気があって、発動的で、そして常に優雅であった。私といっしょに「砂場」を歩き廻る時には、私は早く歩いたが、それでも屡々《しばしば》私より先に立ち、極《きわ》めて高雅《こうが》な趾頭旋回《しとうせんかい》をなし、その可愛らしい顔は常にこの上も無く愛嬌《あいきょう》のある微笑で輝いていた。時折私に甘える姿を見せたが、その記憶に私は惚々《ほれぼれ》させられる。よく、大仰《おうぎょう》な言い方をしたが、私が、彼女のいった事を誇張して云うと、首を急に引いて、「まあ、ひどいお父さま」というさまが今に尚《なお》はっきりと眼に浮ぶ。最後の短い病気の際の挙止動作は、本当に天使のそれであった。一度も苦しみを訴えたことが無《な》く、癇《かん》を高ぶらすことも無く、いつも他人のことを思いやり、自分の為にしてくれることには、何にまれ極めて優しい感傷的な態度で感謝するのであった。

　辛うじて物をいうに堪えるほどに弱り果てた時ですら、与えられた物は何でも褒《ほ》め、茶にも「大変においしい」といった。私が水をやった時「本当に有難う」といったが、此が彼女の可愛いゝ唇から、私に与えられた尊い言葉の最後のものであったと思う。

　「私達は、家の喜びを失い、老齢の慰めを失った。私達が何《ど》んなに彼女を愛したかは、彼女は知っていたに相《そう》違無《いな》い。あゝ、今も尚《なお》、私達が、如何《いか》に切に、如何に心から、彼女の可愛いゝ快活な顔を愛するか、将来とも末永く愛すべきことを知らせてやりたい。

彼女の上に恵みあれ一八五一年四月三十日」

後で何も云わない方がいいのだけれども、どうも、これは、あまりにいいのでどうか一言云うことを許していただきたい。

どんな世の中の可愛いゝことも、このアンニイちゃんの「まあ、ひどいお父さま」と言う時の可愛いさにはかなわない。——こんな幼児があり、こんな文章を読み得ることを思うと、何《な》んだか生きていることがうれしくなる。それ程この一文の良さは良い、世界にみつる幾万の詩も、又幾千の文章もどうやら、これ程の可愛いゝ幼児を産んではいない。

私は諾威《だくい》の微風《びふう》と云《い》われるビヨルソンのジーノーブ、ゾルバンケンを限りなく好む　けれども　もっと、もっとこの一短文からくるものは、もっと澄んだ、深いところから湧く無限の至上である——このダーウインの喜びと、悲しみとは——それは全く「如何に切に如何に心から——」人の心の中に沁《し》み渡ることか「——一撮《ひとつま》みの煙草《たばこ》を持って、梯子段《はしごだん》を駈け下りて来て、喜びを与える喜びを全身につつみ切れぬ姿の——」私はまだこんな微妙の可愛いゝ表現を見た事《こと》がない、あまりのことについ目があつくなる。

そして「屡々《しばしば》私より先に立ち、極《きわ》めて高雅《こうが》な趾頭旋回《しとうせんかい》をなし——」と言《い》われる。おおまるで目に見える。

「種の起源」もさることながら、こんな幼児を持ち得——そして、こんな愛情あふれる文章を書き得るダーウインは、げにうれしく、科学よりも、詩よりも、なつかしいきわみである。あゝ、アンニイちゃん　小枝と　小草と　小鳥鳴く森の　紅雀《くじゃく》のようのお墓《はか》の傍《そば》に　いまもなお「まあ、ひどいお父さま」と、その笑う目と、愛らしい姿が吹く風に言っておるであろう。無上なる幼児よ私も又、生き行く限り、かぎりなく可愛いゝこの言葉を記憶し、涙し、涙して、いつまでも、アンニイちゃんを思うであろう。さるにても、さるにても、まだ名残りはつきない、どうか、もう一度、言って下さいませ「マア　ヒドイ、オトウサマ」風は消えるとも、あゝ幼児は風よりも風よりも——

そして詩編《しへん》は高くも匂《にお》うが如《ごと》く云《い》う「わがこころうるわしきことにてあふる」と。〉

ホットミルク

市川　恵子（いちかわ　けいこ）
1976年、神奈川県生まれ。詩集『今宵、マタドールを』。
詩誌「みんなの詩集　夢ぽけっと」。神奈川県横浜市在住。

親指の関節が
きりきり痛む
皮がはがれて
真っ赤に
なっている
顔ではいい子を演じているけれど
机の下では
ずっと
指と指を擦りつけていたから

ゴシゴシ
ゴシゴシ
感覚がなくなるくらいに

お腹が痛いと
手の甲をつねるように
心が叫びそうになると
親指を擦りつけている
何でもないフリをするのが
どんどん
得意になっていく

少し甘めのミルクを
喉元めがけて
流し込めば
オレンジ色のトンネルを通過して
誰もいない龍宮に辿り着く

じーんと
ぎゅーっと
そして
やっと

わたしは
わたしを
抱きしめられる

仲よくしたい

私達は日本の長い歴史の中に生きてきた
どこの国にも歴史がある
今はこの平和が長く続くようにと思う

世界には多くの国々がある
アジアにも、ヨーロッパにも多くの国が有り
アメリカやロシア
アフリカ、中東にも多くの国がある
それぞれに長い歴史や文化を持ち
国を愛し誇りを持って活《くら》している人々がいる
美しい自然を愛し日々の平和を希《ねが》っている

けれど世界の歴史は戦争の歴史に彩《いろど》られ
記録されている

世界の国民は平和を希い
人々のくらしは豊かに仲よく
便利になったらよいと考える

人と人が信じ合い
思いやりと助け合い
いじめなどしない
それが友だち

友だち同士仲よくしたい
世界の友だち仲よくしたい。

田中　作子（たなか　さくこ）
1927年、茨城県生まれ。詩集『吉野夕景』、『田中作子著作集』。
詩誌「コールサック（石炭袋）」。東京都江戸川区在住。

良寛さま

一

良寛さまは偉いお坊さまですが、小さい時は栄蔵という名前でした。ある時、いたずらをしてお父さんに叱られました。くやしかった栄蔵はお父さんをじっとにらみました。

「そんな顔をするとカレイになるぞ」とお父さんに言われました。

それから栄蔵はどこへ行ったか居なくなってしまいました。夕方になっても帰って来ません。家中大さわぎになりました。みんなでさがしましたがなかなか見つかりませんでした。あたりはだんだん暗くなって来ました。するとうす暗くなった海辺に一人立っている栄蔵を見つけました。

「どうした栄蔵」ホッとしたお父さんが聞きますと「おらまだかれいにならないか」とかなしそうな顔をしてお父さんを見上げて聞きました。

良寛さんは幼い時から素直でお父さんの言葉を信じてほんとうにかれいになると思っていたのです。

「かれいという魚は平べったい魚で背が黒く腹の白い魚です。右眼と左眼が片寄ってゆがんだ顔をしています」

二

良寛さまの家は越後（新潟県）の出雲崎《いづもざき》で名主と神職をつとめる立派な家でした。

栄蔵と呼ばれた良寛さまは十八才の時、光照寺《こうしょうじ》の玄乗和尚《げんじょうおしょう》の下で出家して法号《ほうごう》を良寛《りょうかん》と号《ごう》しました。法号とはお坊さんになることです。のちに円通寺の国仙和尚に従って佛道の修行の他、学問の勉学や和歌や詩を作ること、字を書くことも修行し大変上手でした。良寛さまは二十年以上も国仙和尚のもとで修行しました。やがて越後の国の国上山《くがみやま》の中腹のさびしい山の中に五合庵を作りひとりで住み、里に降りて来て人々の為お経を読み、困った人の話を聞いてやり、助ける方法を考えて人々の為につくしました。そして子供たちと遊ぶのが大好きでした。子ども達も良寛さまと遊ぶのが大好きで日の暮れるのも忘れることがありました。

子どもらと手まりつきつつこの里に
　遊ぶ春日は暮れずともよし

とうたいました。良寛さまは動物も大好きで草や木や鳥もかわいがりました。

国上山松風すずし越え来れば
　山ほととぎすをちこちに鳴く

良寛さまは食べるものが無くなると山をおりて村里へ托鉢《たくはつ》に出かけます。（托鉢とはお坊さんが家々をまわってお米や金銭の施しを受ける修行のことです）

あるとき、川を渡るので渡し舟に乗りました。舟には良寛さまひとりだけでした。川の中ほどまで来た時、急に舟がゆれだしました。「おやおやあぶない！」良寛さまはあわてて船べりにつかまりました。この船頭さんは意地のわるい人でみんなのきらわれ者でした。良寛さまは船頭が一生懸命こいでいるので川の水が舟に当るのだと思っていましたが「アッ！　あぶない！」と思ったら良寛さまは川の中へドボンと落ちてしまいました。良寛さまは、衣《ころも》がふくれてアップアップして泳げません。船頭はにやにや笑っていましたが、手をのばして良寛さまを船の中へ助けました。

「ありがとう。ありがとう。おまえさんのおかげで助かりました。おまえさんのおかげです。ありがとう。ありがとう」と何度も頭を下げました。船頭はだまって良寛さまを見ていましたが急においおい泣き出しました。

「良寛さまおゆるし下さい。ほんとうはわたしが船をぐらぐらゆすったのです。それなのにお坊さまはわたしを疑いもしないでお礼を言って下さる。ねじれた私の心がはずかしい、どうぞ私をよい人間になるようみちびいて下さい」

船頭さんは泣いて良寛さまにあやまりました。それから自分を反省してよい人間になりました。

座る

外にいるときは　視界のひらけたところにある
切り株の上で　畦道の土手で　座っていた

住まいのなかでは　家族の皆が見える
土間で　板の間で　座っていた

外にいるときも　住まいの中にいるときも
座るところは　なじみのある風景や
顔なじみのあるひとの中だった

そんなところで　からだも
ゆったりとおちついていた
人は何万年もの間
そんな癒されるところに座っていたのだろう

ときどき

あぜ道にいるときがある

はなすみ　まこと
1945年、大阪府生まれ。詩集『外からの風景』、『階段のある部屋』。
詩人会議所属、詩誌「漪」。埼玉県上尾市在住。

それは　なんのまえぶれもなく
ひとりで　のんびり立っている
そんなときが　ここしばらくない

そこは　懐かしい人の気配があった
風が吹いていた　ここちよい香りが満ちていた
やさしい音色が　奏でられていた
かろやかな声が　聞こえていた
想い出がつまった　スケッチブックのようだ
そんなところだった

ときどき　夢でみたりする
道も　風景も　あまり変わっていない
懐かしい人の姿はない
風も　香りも　音色も　人の声も　よそよそしい
殺風景な中で　うずくまり　ためらい　目がさめる
暮らしているところに　そっくり　と　天を睨む

空也上人像

美濃　吉昭（みの　よしあき）
1936年、朝鮮大丁邱市生まれ。関西詩人協会所属。大阪府大阪市在住。

九五一年、京
疫病が蔓延して、路上に病と飢えに苦しむ人が
助けを求めている
その荒廃した洛中を行脚する
一人の遊行僧がいた
ひたすらに念仏をとなえ、荷車を曳き
梅干しと結び昆布の茶（皇服茶《オウブクチャ》）を与えながら……

その荷車には、自ら造る
二米をこす十一面観音菩薩像を立て、薬湯を積み

しだいに
町衆が加わり
ひたすら
念仏をとなえ、曳く
『仏と交歓する、恍惚の行列』

その後ろには
子供たちが「わぃ、わぃ」と一緒に、犬も……

それから
千年をすぎ
いま、ここに
「その人」がいる
腹前に金鼓《キンコ》、右手に撞木《シュモク》、左に鹿杖《シャクジョウ》
脛をあらわに草鞋をはき
頬がこけ、小柄な体に
よごれた法衣は袖に風をはらみ、歩む
やや、顎をもたげ
一心に念仏を唱えて……

その口から
小さな
ちいさな仏が
つぎつぎとあらわれる
「南無阿弥陀仏」
と、六体の化仏がつらなって……

頭髪のない少年の顔
仏と話す人

念仏は、際限なくつづく
千年をこえ……

仏師は康勝
一二一〇～一二二〇の作と推定
没後二五〇年を経た、遊行僧空也には
おそらく、肖像画も彫像もない
伝説のなかの
仏と話す人を
心中に刻した、康勝の魂心

像高一、一七六米のなかに
上人の強靭な
人格がやどる

＊法橋康勝は運慶の四男（?―一二三二）
京都東寺の大仏師職をつとめる
「法隆寺金堂阿弥陀如来銅像」
「東寺御影堂弘法大師座像」をつくる
「空也上人像」六波羅蜜寺蔵　重文
＊光勝空也上人（九〇三―九七二）醍醐天皇の第二皇子
であるとの説がある。
遊行僧時は道、橋、井戸を造り、横死の屍を荼毘に
するなど民衆に力を尽くす。
いまの六波羅蜜寺となる、もとの東山西光寺を建立。
＊当時の十一面観音像は六波羅蜜寺の本堂に安置する、
秘仏（国宝）。

口語自由詩

それがぼくの名前だ　誰もが気軽に口ずさむ　ありふれたコトバで綴っていく様々な絵　音楽　舞踏　料理……形式に縛られないことが何よりもうれしい　その上　何を語ろうが　どう表わそうが自由なのだ　素敵だと思わないかい？　ぼくは　いろいろなひとのこころの内を通りすぎたり　立ち止まったりする　時には　一緒になって行動し　走ったり　叫んだりもする　残念ながらぼくは自分の本当の姿を知らない　多くの瞳が　鏡やガラスに映る己の影を見つけて安堵するように　ぼくは文字の群れのなかに自分をみる　さらには　かすかにうごく唇や　光の下にはためくページ　その広がりの彼方あるいは奥底へと吸い込まれていく眼差し　頷いたり天を仰いだりする所作《しぐさ》にも　ぼくは歓びと満足を覚える　そして　そのことを書き記したいとおもう　ふかく靭《つよ》くおもう　なぜなら　口語自由詩　それがぼくの名前なのだから

下川　敬明（しもかわ　ひろあき）

1953年、神奈川県生まれ。詩集『純真な迷宮』、『鎮魂歌（レクイエム）』。
詩誌「花」、小樽詩話会所属。神奈川県横須賀市在住。

口笛

わたしから生まれ
わたしを離れ
彼方へ去っていくもの

わたしから翔びたち
わたしを忘れ
彼方へと消えていくもの

言葉を発することなく
この世界の涯　見知らぬ岸辺に
わたしを誘《いざな》い　置き去りにしていくもの

薄明のなかに佇んでも
風に目を凝らしても
決して見出すことができないもの

その名を呼ぶため
わたしはいつも　ひそやかに唇を窄《すぼ》める

願うところの幸せ

神道も仏教もキリスト教もイスラム教も
共通して願い語っていることがある
善い行いをして生きなさい
そうすればあなたは幸せになる

良い宗教は本来そういうことを語り
互いに争うことを望まない

善い行いというのは
憎しみや暗闇に心を売らないこと
心の中に太陽の光を感じ
良心という灯を持つこと

いつか過去を振り返った時に
誰かが自分に良くしてくれた事や
誰かの優しさが思い浮かぶんだ
その太陽や灯に照らされるみたいに

そして生きなさい　生きてほしい
耐えぬくことは容易ではないけれど

後藤　順子（ごとう　じゅんこ）
1972年、秋田県生まれ。秋田県秋田市在住。

少し先で待っている
あなたに与えられる幸せがある

辛くならないでほしいのです

悪戯《いたずら》や欺《あざむ》きの結果が
自分に還ってくることを
知ってください

悪いことを続けてしまうと
どんどんあなた自身が辛くなると
あなたをも造られた天地創造の神様が
心配なさっているからです

もしも、苦しくてたまらなくなったら
十字架を見上げて祈ってみてください
ただ刹那的にならないで忍耐して

ひとは嘘をつけない

オモテは裏にとってみれば
裏なのかな

ぼくの影にとってみれば
ぼくは影なのかな

行方不明になれる権利とか
死ぬのが惜しいとおもう夜とか
もうひとりのぼくと喋れる糸電話とか
ぼくが欲しいものはたくさんある

ぼくを一本持って
鉛筆は詩を書いている

ことばは反則も場外乱闘もできない
「反則」も「乱闘」も辞典の中にあるんだ

籠の中から青い鳥を放してあげようか
青い鳥は黒い青空を舞ったあと
巨大な鳥に食べられるだろう

食べられながら自由を感じるんだ
自由は巨大な鳥を食べるんだよ

真実があるから
嘘があるんだよね

ひとは嘘をつけない
だって真実なんて
辞典の中にしかないのだから

秋　亜綺羅（あき　あきら）
1951年、宮城県生まれ。詩集『透明海岸から鳥の島まで』、『ひよこの空想力飛行ゲーム』。個人誌「ココア共和国」。宮城県仙台市在住。

白い微熱

新しい教科書のそれぞれを手に取り
香りをかいでいた君
どの科目が一番いい匂い？
そして　おお　牛という字が寝ころび、
馬という字が疾走する
羊という字が鳴きだし、
鶏という字が威嚇する
あの頃は生き生きとしていた君
ところが・・・・・

君自身じゃないんだ
わかっているよ
病気が言わせている君の言葉
うん　わかってるよ
今日も君はやりどころない怒りを抱え
ソファにダイビング
それくらい　わかってる
でも・・・・
菜の花はいつもさみしい鬼を隠している
みんなに去られた哀しい鬼を

そもそも反則だらけの隠れん坊だったんだ
鬼は菜の花そのものよりもそこに吹く風を見ている

吊皮が揺れる
不安が揺れる
電車の優先席がぽっかりと空いていて
時間が降り積もってゆく
でもあきらめることに決して馴れることはない
折りたたみ傘の袋のように目立たないけれど
大切なものがきっとあるはず

君はいま立っているのか寝ているのかわからない
春のあわあわとした雲を見ている
光が集い君のまわりを巡り廻っている
君はもう誰とも無理に群れる必要がない
ないんだよ

白い微熱
音楽と木漏れ日のなか君は卒業してゆく
そして何かどこかに忘れ物があるような
千羽鶴に色が生まれる予感

新延　拳（にいのべ　けん）
1953年、東京都生まれ。詩集『わが祝日に』、『わが流刑地に』。
詩誌「歴程」。東京都杉並区在住。

第五章　いのち

名づけられた葉

ポプラの木には　ポプラの葉
何千何万芽をふいて
緑の小さな手をひろげ
いっしんにひらひらさせても
ひとつひとつのてのひらに
載《の》せられる名はみな同じ　〈ポプラの葉〉

わたしも
いちまいの葉にすぎないけれど
あつい血の樹液をもつ
にんげんの歴史の幹から分かれた小枝に
不安げにしがみついた
おさない葉っぱにすぎないけれど
わたしは呼ばれる
わたしだけの名で　朝に夕に

だからわたし　考えなければならない
誰のまねでもない
葉脈の走らせ方を　刻《きざ》みのいれ方を
せいいっぱい緑をかがやかせて
うつくしく散る法を
名づけられた葉なのだから　考えなければならない

新川　和江（しんかわ　かずえ）
1929年、茨城県生まれ。詩集『土へのオード13』、『記憶する水』。日本現代詩人会所属。東京都世田谷区在住。

どんなに風がつよくとも

先生に

泣《な》いても　いいんですよ
きれいに洗《あら》われた
こころの空に
虹《にじ》をかけることのできる
涙《なみだ》であるのなら

そうおっしゃってくださいましたね

泣けるだけ　お泣き
雨に打たれて　紫陽花《あじさい》が
悲しみのいろを
いっそう深く
美しくしていくように

とも　おっしゃってくださいましたね

生命は

生命は
自分自身だけでは完結できないように
つくられているらしい
花も
めしべとおしべが揃っているだけでは
不充分で
虫や風が訪れて
めしべとおしべを仲立ちする
生命は
その中に欠如を抱き
それを他者から満たしてもらうのだ

世界は多分
他者の総和
しかし
互いに
欠如を満たすなどとは
知りもせず
知らされもせず
ばらまかれている者同士

無関心でいられる間柄
ときに
うとましく思うことさえも許されている間柄
そのように
世界がゆるやかに構成されているのは
なぜ？

花が咲いている
すぐ近くまで
虻の姿をした他者が
光をまとって飛んできている

私も　あるとき
誰かのための虻だったろう

あなたも　あるとき
私のための風だったかもしれない

吉野　弘（よしの　ひろし）
１９２６年〜２０１４年、山形県生まれ。詩集『感傷旅行』、『自然渋滞』。静岡県富士市などに暮らした。

峠

峠にはコブだらけの大きな樫の木が枝を広げていて　幹のなかほどの洞《うろ》に　一羽のフクロウがいつも眠たそうな顔をみせていました　眼をなかば閉じて深く物思いに耽っているようにも見えました　ぼくたちは　その前をそうっと通りすぎてから　大声で　ボロスケホーコーボロスケホーコーと怒鳴って　まるで聖《ひじり》を追うように小石をぱらぱらと投げつけて峠を駆け下り　夜になると

かび臭い蒲団にくるまって　闇の中で遠くフクロウが鳴く声を聞きながら眠りました　そんな夜　深い眠りの底でかすかな物音が聞こえました　だれかが障子の向こうの廊下の雨戸を小さく叩く音でした　そっと起きて細めに開けると　濃い霧が渦をまいていて　そこに目を光らせたフクロウの顔をした聖《ひじり》が立っていました　破れ衣のような茶色い斑紋のある羽をはばたいて　ついて来いとでも言っているようでしたので　生け垣の小さな穴をくぐり　崩れかけた土橋を渡って　根っこに足を取られながら坂道を登り　暗い森のなかに入っていくと　いつのまにか霧は晴れて　太い枝々のあいだから一点の曇りもない満月が覗いていました　ぼくの前を行くフクロウの顔をした聖《ひじり》も光に包まれて　眩い姿になっていました

あたりは苔に覆われた木々にかこまれ　緑の葉から葉へ清らかな雫がさかんにしたたり　岩に砕けるたびに光がはじけました　ふと気づくと　ぼくはフクロウの洞《うろ》のなかで体を丸くして寝ていました　光に包まれた人は添い寝をしながら耳元で　ここはいのちの森のお母さんのお腹のなか　と囁いていました　みんなお母さんの森の夢から生まれた子だから　聖《ひじり》もボロスケもボロスケの好きな野ネズミもボロスケの嫌いなカラスも老いた樫の木も腕白なお前も　どんな姿に生まれても可愛い子　そうしわがれた声でうたっていました　子守歌のような歌を眠りのなかで聞いているうちに　だんだん歌は遠のき

やがて消えていきました　どこかでだれかがぼくの名を小さな声で呼んでいました　目を開けると　大きな満月がうすく輝いていました　光のなかから　まあ　フクロウのような眩しい眼をして　と言いながら　お母さんの顔が現れました　ぼくは飛び起きて　あわてて隣の部屋の鏡台に走っていきました　鏡の中のぼくの顔を見ながら　もうだれにも意地悪はしないよ　と心の中でフクロウにちかいました

武子　和幸（たけし　かずゆき）
1938年、東京都生まれ。詩集『アイソポスの蛙』、『ブリューゲルの取税人』。詩誌「白亜紀」。茨城県ひたちなか市在住。

いのち

比留間　一成（ひるま　かずなり）
1924年、東京都生まれ。詩集『河童の煙管』、訳詩『李賀』中国詩人選集（角川）。詩誌「青衣」、「青い花」。東京都練馬区在住。

三歳の男の子が入院しました
白血病なのです
見舞いにきた父親の友人が
シオカラトンボとセミを
竹かごにいれてきて
窓辺におきました
その子が　手をのばして
かごにさわると
トンボもセミもぶつかり合って
羽ばたきます
セミはじじっと鳴くものですから
男の子は声をたててよろこんだのでした

よく朝　食事を運ぶ母に
その子は怒ったように
かごの中の小さな生物を
放してというのです
若い母親の
ふるえる手のさきから
セミはするどい声を発して
近くの森にとんでいきました

トンボは植えこみの芝生の上に落ちて
しばらくしてとび去りました

それから三日して
その男の子は死に
残された母親は
庭に犬が迷いこんでくれば
わが子のかりの姿と思い
蟻ひとつ殺せず
泣いてくらすようになりました

三歳の幼い子が
臨終《いまわ》のきわに
いきものを放したことを
若い母親が
何も手につかなくなってしまったことを
老いた私には
ただ尊く神々しく感じるのです
きよらかな　あなたに
このなぞをときあかして　と願うのです

ヒマワリ

その町にはいたるところにヒマワリが咲き乱れていた
むすうの見知らぬ瞳から黄色い光が発射されて
転校生は射すくまれたように立ちすくんでいた

その町には樹木が多く蟬がいたるところで鳴いていた
むすうの空気の波動が空から降りてきて
転校生は身体がぐらぐらと揺れてくるのを知った

木造の校舎には冷んやりとした風が流れていた
老教師のあとから騒がしい教室のなかにはいっていくと
子供たちは水着に着替えるのに忙しく転校生など見てはいな
かった

そのプールサイドにも大きなヒマワリが咲いていた
水面に映る巨大な黄色い瞳を掻き消して
少年少女たちがプールに吸い込まれていった

水中じゃんけんをしたり、水を掛けあい、勝手に泳ぎまわる
水しぶきと少年少女たちの歓声が蟬の鳴き声と響きあって
ヒマワリの瞳の底の青空に落ちていった

鈴木　比佐雄（すずき　ひさお）
1954年、東京都生まれ。詩集『鈴木比佐雄詩選集一三三篇』、詩論集『福島・東北の詩的想像力』。詩誌「コールサック（石炭袋）」、日本現代詩人会所属。千葉県柏市在住。

フエが鳴りいっせいに子供たちはプールサイドに上がってくる
水着から滴り落ちる水に転校生の喉はカラカラだった
目の前の水の塊が生きもののようにうねっていた

その町の少年少女の瞳は以前の町よりもひとまわり大きく
サルビヤの蜜を盗んでも叱られない学校だった
フエが鳴り、つぎつぎに少年少女が独力で泳いでいく

水着のないまだ泳ぐことを知らない転校生の目の前
ゆらめく巨大なヒマワリの瞳のさらなる奥へと
花びらが落ちるように黄色い水着の少女が飛び込んでいく

十五歳の成人式

母が電気代を払えず蠟燭の明かりで

受験勉強をしていた少年が
その火で火事になり焼け死んだという
朝のニュースが頭からずっと離れない

人はなぜこの寒い世界に　生まれて来るのだろう
二月のみぞれ降る日　焼死した少年を悼み
いつものように駅に着いた私は
今日が何の日だか　思い起こす

十五年前の今日
雪降りしきる秋田の病院で
顔をくちゃくちゃして
大泣きする息子が生まれた

店じまいの直前　駅前のケーキ屋に駆け込み
そそくさと苺ケーキを買い
雪みぞれのなかを帰宅する
胸の病から癒えて　受験勉強をしている息子に
紅茶とケーキでささやかな祝福をしよう

私の十五歳の頃　父が貸した金を返してもらえず
会社を潰してしまった
家族が金によって苦悩するのが分かった年だ
誇らしきものが浮かんできたのもこの頃だった
密かに人間の魂の成人式は、人の世の哀しみを知る
十五歳の頃ではないかと思う

私には三歳違いの十五歳で死んだ弟がいた
弟の生きる苦悩はどんなに深かったか
「兄さん、眠れないんだ」
と呟いた弟の相談相手にもなれなかった
いまも　みぞれが雪に変わる空
並木道の裸木の枝に降りしきる
死者たちの棲む雪景色を眺めている

弟の十五歳の誕生日には何をしてあげたか
クリスマスイブの一日前の誕生日だから
きっと母がケーキを買って祝ったはずだ
それから半年後の小雨の日
高校生になった弟は樹木の枝で
生きる時間を切断してしまった

ケーキをナイフで切り取り
十五歳になった息子は
二切れケーキをたいらげ
すぐに机の戦場に戻っていった

赤ちゃんの泣き声

よその島で、
赤ちゃんの泣き声を聴いた。
余りの鮮烈な感動に、
歩行を止めて立ちとどまった。

赤ちゃんの泣き声は無垢の声だ。
神の声として命の根から聴こえる。

ぼくの島で、
赤ちゃんの泣き声を聴かなくなった。
島の根が枯れかかっているのだ。
ぼくの島は老いていずこに向かうだろう。
このぼくもよぼよぼに老いて行く。
そのうちに痕跡もなく消える。
消え果てて後世の人々に、
忘れ捨てられる。
これも人の命というものなのだ。

赤ちゃんの泣き声を、
この世上から絶やしてはならない。

若者の男と女を、
もともとの動物の雄と雌にもどして、
いざ交尾させなければならないのだ。

長寿・長命社会の、
未曾有の成熟と共に、
コンピュータの著しい進化を背景に、
赤ちゃんの泣き声が聴こえなくなった。
もともとの活気が消失して、
荒廃の波が打ち寄せているのだ。
歴史になかった寂しい時代だ。

赤ちゃんの泣き声を、
明日も聴きに行こう。

伊良波　盛男（いらは　もりお）
1942年、沖縄県生まれ。詩集『幻の巫島』、『眩暈』。
詩誌「脈」、日本現代詩人会所属。沖縄県宮古島市在住。

映して

はにかんで笑う　アノコの
やわらかな心のヒダを斬りきざみ
助けをもとめるノドブエを噛みくだいた

アノコに突き刺した痛みと悲しみの
鮮烈な返り血を浴びたとたん
それはドス黒くキミに染みていく
（映してごらんよ　鏡に）

キリキリと耳まで口が裂け　だらしなく舌を垂らし
ギザギザのとがった歯から　イヤな臭気を放つ姿を

うそぶく手で羊の皮をかぶっても
まっすぐな光の反射
あからさまに照らされるキミ

醜くイヤシイ　ひと　の　かたち
ふるえる指先の　隠れた半月
（だけどそれさえも見ようとしないね
見るのが怖いんだね、鏡を）

でもね　キミがこの世で最初にみたのは光
母親の胎内から出て　温かな血にまみれ
眩しさに感動して泣いたのは　アノコも同じ

ふぅーっと　大きく息を吐いてみて
キミも抱える歪んだ遺物をそっとなぞってあげるから

ダサイなんて思わないで
キミ自身の魂の輪郭にもどるだけ
殺ぎすぎた自分を知るために

〝タダシイ〟角度の　プリズムつかんで
瞳を開いて　鏡に向かって

渡　ひろこ（わたり　ひろこ）
１９６３年、東京都生まれ。詩集『メール症候群』、『囀り』。
日本現代詩人会所属、詩誌「焔」。埼玉県越谷市在住。

秋の光

逝いた朝
タイフーンの一過に
飽くまでも明るい
蒼白な　生

眼から鱗が落ちるという表現
僕は　嫌いじゃなかったけど
死は　そう死は…
それは　確実にやってくる

ダミアが好き
ホフマンスタールが嫌い
だった昨日までの　僕
今　それを右手で振り捨てる

狂疾よりの帰還　と
Uは言う
君は神でもないのに　何故《なぜ》そんな事が言えるのか
僕の狂気を　語るな

それにしても　明るい
こんなにも明るい光の中で
なお　盲目でいられるとしたら
その狂気は　深い

岸に佇ち
投身を夢見る犀
たった一歩が踏み出せず　再《ま》た
草原へ　草を喰みに還っていく

不意に　泣きながら
愛　を語る
秋の光に　急速に涙が乾いていく
その感覚

神が在れば　総ては赦される
地獄すらが
ここでは　永劫の焦熱すらが
殆んど　穏やかな救済に等しい

神原　良（かんばら　りょう）
1950年、愛媛県生まれ。詩集『オタモイ海岸』、『ある兄妹へのレクイエム』。日本現代詩人会所属。埼玉県朝霞市在住。

冬支度

芦田　みのり（あしだ　みのり）
静岡県生まれ、埼玉県出身。東京都在住。

十一月二日、カトリックでは死者の日だという
日が穏やかに差し始めた頃、
　友人から電話が掛かってきた
あの人の名前は何て言ったっけ、
　一緒に祈ってあげたくなったから……
忘れていた名前のいくつかが、急に頭を回り出した

なぜ彼女は死んでしまったのかと思う
言葉も人を刺すと知った日
午後四時の埃っぽい教室には
おしゃべりだった彼女の言い回しが
壁や黒板に染みのように貼り付いていた
彼女の机は教科書やノートでいっぱいで
学校は慌てふためき揺れ始めた
なぜ彼女は死ななければならなかったのかと思う
四角い場所で
　「何してるんだ」とか
　「何してたんだ」とか
鋼の言葉が次々降って
彼女はそのうち物言わなくなり

ガラスの微笑が残った
私はそこに居た
私はそこに居て
廊下の先で起こったことを
近くて遠い景色のようにぼやっと見ていた
冬が迫っている
雨が降ってきた
また、なぜ彼女を死なせてしまったのかと思う
彼女が笑った日が晴れていたかどうか
もう思い出せない
雨が降っている

生命の輝くとき

I 戴帽式に参列して

生命がほんとうに輝くときがあるのか
この頃、私は訝ってしまうし
疑ってしまうのでした
輝きに輝く生命を
いつも心から望んでしまうのですから
でも、戴帽式の今日
私は、輝く生命を見ることができたのです
秋風が吹きはじめている
真昼の太陽を　遮断した講堂
一人一人点呼され　返事をし
一本のろうそくの明りのもとで
真白な帽子を　おごそかに戴帽し
新しいろうそくに　次々に火が移され
暖かく燃える光
中心をみつめ
ひとり、またひとり
誓いの場所に　歩み続けていく
学び苦しみ耐え努めてきた過去が
今こそ報われ
看護の道の第一歩が開かれ

森　三紗（もり　みさ）
1943年、岩手県生まれ。詩集『私の目今夜龍の目』、『カシオペアの雫』。
日本現代詩人会、日本詩人クラブ所属。岩手県盛岡市在住。

今日のろうそくとなり
また明日を照らす
集ったあかり三十六本
白衣がほんとうに白より白く
まぶしく光っています
三十六人の朗々たる
ナイチンゲールの誓詞
おお！響きわたる　その声　その光り
美しい瞳のなかに　はっきり　永遠の生命
光が　見えたのでした
いつまでも　いつまでも
消えない光
私たちの不幸を　なぐさめ励す
愛の光
奉仕の光
私たちの希望と誠実と喜び
失なってはならない誇りの光
私の愛する生徒たちよ
私は永遠に輝く　真実の生命を
今日　見たのです

君は旗のように

徳沢　愛子（とくざわ　あいこ）
1939年、石川県生まれ。詩集『加賀友禅流し』、『みんみん日日』。個人詩誌「日日草」、日本現代詩人会所属。石川県金沢市在住。

花山君　小児マヒで口のきけない18才の君
車椅子の上で目玉を上へ向けた
何度も　何度もしつこく上へ
〈僕は天国へ行く　死ぬんだ〉
重度身体障害児学級　〈もし神様が一日　健全　な体を
下さるとしたら　君は何をする？〉と　問うた時だ
右足だけ動かせる君は
膝を屈伸させながら
口を大きくパクパクさせながら
獣のような叫びを上げながら
車椅子をひっくり返す勢いで
全身で叫んだのだ　〈僕は自分で死ぬんだ〉
言葉にならぬ言葉で　激しく言い放った
愚かな質問であった

そんなにも君は絶望しているのか
長い間　聖書を読み聞かせてきた
聖書の中に「あなたに試練が与えられたのは成長させる
ためである」とあった
その昔　花山君は満面笑顔で右足屈伸させ
〈そうだ　そうだ〉と全身で頷いたのだ
あの時の命溢れた笑顔は　勢いは何だったのか

あの体操教師だった星野富弘さんは
バクテンで首から下がマヒしてしまった
その彼の詩に「神様が一日健康な体を下さったら　僕は
母の肩をたたいてあげたい」という詩行があった
昔　花山君らに読み聞かせていたことがあった

花山君　そんな悲しいことは言わないで
君の母さんはよく訪ね　君の肩に白い手を置きながら
家族の小さな幸せを拾い上げ　春風のように語っていた
ではないか　君を世話する若い看護士さん達はＴＶの明
るい話をして楽しませてくれているではないか　教師の
私だって君の小さな進歩を　手をとって嬉しがっている
ではないか
花山君　君は笑い　喜び　怒り　悲しみ　考え
元気を与えている　風に激しくはためく小旗のように
ねえ　花山君

かくれんぼ

中原　かな（なかはら　かな）
1950年、東京都生まれ。詩集『ブリキの包』。
歌人クラブ、俳人クラブ所属。東京都足立区在住。

不死鳥が水菓子を食べる
栗鼠が干菓子を食べる
兎が草菓子をたべる
森のおやつ時だ

木炭色の子供がやって来て
白麺麭を食べる
雲色の子供がやって来て
黒パンを食べる
蜜柑色の子供がやって来て
あんぱんを食べる
森の昼餉時だ

兎と縄跳び
不死鳥と輪投げ
栗鼠と石蹴り
森はわんぱくおてんば祭りさながらであった
かくれんぼをして
不死鳥がなかなか見つからず
一番星がでる頃になって　家に帰ると

家がなくなっていた
わんぱくの家も
お転婆の家も
倒れた石塀に
母親の影が残されていた
ほかの家族たちはどうしたのか

かくれんぼが長引いたので
子供たちは神の手でタッチの差で救われた
子供たちは神に託されたのだから
未来を
暮らしをなくさないような世を作ることを
不死鳥を探し続けて行く事を

気道

街の日射が影を向く
去りにし日の笑みという時間を
真昼がただただ天の通用門まで吹き抜けてゆく
この生の片隅で
患う人は果実を買い
恋人達は別れを刻印されぬよう
たえず愛撫によって互いの定めを隠し合う

その日わたしは手を
人々の手だけを見ていた
いつの日も手はのびやかに心を語ったから
あるいは既に心がないということも語ったから

終えられた物語は開けてはならない
とその人は言った
嘘のように正しく着飾って
愉悦の焦点であろうとしたわたしは
確かに生の鍵を
葬祭場の近くか
劇中劇に人形として出演したときに
溶かされたように思ったけれど
手を
その人の手を見ていたときに
その鍵はまだ何ものによっても傷ついてはいないのだと
気がついたのだった
終えられた物語は港に出る虹のごとく切断せよ
とその人は言った
鍵だけを残せばよいのだからと

白濁し混濁し減速し
それでもかろうじてわたしは真昼を渡り切る
わたし自身があらゆる生の
あたかも名残であるように

渡辺　めぐみ（わたなべ　めぐみ）
1965年、東京都生まれ。詩集『内在地』、『ルオーのキリストの涙まで』。詩誌「ウルトラ」、日本現代詩人会所属。東京都世田谷区在住。

晴れる

東住吉区で起きた放火殺人事件
ガソリンをまいて火をつけたとされ
風呂場で娘さんが焼死体でみつかった
娘さんに千五百万円の保険金がかけられ
ちかぢか家を購入予定
夫は韓国人

幼い息子は祖父母に引き取られ
妻は和歌山刑務所に
夫は大分刑務所に
夫婦離れ離れにされ
親子離れ離れにされた
　誰を信じて生きればいいのか
無実という二文字
　誰か私たち夫婦を信じてください
　この声を届けてください
　でなけりゃ死ねません

春が過ぎ夏が過ぎ秋が過ぎ冬が過ぎ
それが毎年毎年やってきて

離れ離れに二十年間生きていった

弁護団・支援者の「車のガソリン漏れが原因」
実験により車の情報が提供され
無実となり夫婦は釈放された
息子は「おめでとう」と電話でいった
親は「うれしい」と涙声になった
夫の母は「お前を信じていた」と抱いた

テレビのインタビューに母親は
堂々とした態度ではっきり
　お母さんが殺していないというのは娘の
　あなたが一番知っているでしょう
と亡き娘にいった

田島　廣子（たじま　ひろこ）

1946年、宮崎県生まれ。詩集『愛　生きるということ』、『くらしと命』。
詩人会議、関西詩人協会所属。大阪府大阪市在住。

大豆の哲学

植松　晃一（うえまつ　こういち）
1980年、東京都生まれ。詩誌「コールサック（石炭袋）」。
東京都江戸川区在住。

大豆は愛らしい
乳白色の曲線に心はとろける
完璧な球体ではなく
少しいびつなところが豆の個性
そのまま煎って食べてもいいが
きみは豆腐になりたいのか
それとも味噌か　醤油か
納豆が似合うかもしれないな
いっそモヤシになってみるか
ソイタリアンやティラティスも話題だが……

あれこれ思案していると大豆が笑った
「どのようになっても私は
　おいしく美しく
　そして栄養満点よ！
　あなたを養ってあげるわ」
きらりと豆の艶
飾らない自信はしあわせの紋章だ
小さな豆の堂々たる姿に思わず見惚れた

ひとの歌にあるように
しあわせは歩いてこない
どんなときもきみの裏側にある
だから生きることの謎は謎のまま
泣きたいときは泣けばいい
怒りたいときは怒ればいい
疲れたときは深くため息をつけばいい
すべて放り出したくなったときは
ひとり　ただよえばいい
そしていつか
あるがままの自分を受け止められたとき
きみは　しあわせの源泉を見るだろう
そこにはどのようになっても健全で美しく
揺るがない微笑みのきみがいる
苦しみや悲しみや瞋《いか》りが湧きあがってきても
しあわせから逃れられないきみになる――

鍋で煮詰められながら
いのちの秘儀を明かしてくれた大豆に感謝して
「いただきます（合掌）」

あなたの体は

閉ざされた
暗闇にいるような気がしても
よく見てごらん　自分の体
一日でそんなに大きくなったわけじゃないのよ
つらいことがあったら
さわってごらん　自分の体
髪の毛　肩　腕
悲しいことがあったら
よく見てごらん　自分の体
指　手　足
どうしようもなくなっても
きいてごらん　体の音を

ほら　お腹がすいているでしょう
ごはんを食べて　ゆっくり味わって

これは誰が作ったごはん？
母さんだと思う？
いいえ！

太陽と水と二酸化炭素
種をまき　育て　収穫し
運ばれ　売られ　料理される
そして最後に
あなたの口の中　胃の中　腸の中
それは血となり肉となって
きょうのあなたを作っている

自分が何かわからなくなったら
さわってごらん　自分の体
太陽と　労働と　愛情のかたまり

藪本　泰子（やぶもと　やすこ）
1953年、岡山県生まれ。山口県宇部市在住。

命（いのち）

　君の命は、水と空気に恵まれた星に誕生した。宇宙が誕生して一三八億年、地球が生まれて四六億年、地球に生命が誕生して三八億年、君の命の中に途方もない時間が流れている。君の命は、長い時間のなかで育まれてきた宇宙からの贈り物。君の命は宇宙のはじまりとつながっているんだよ。
　君の命は、お父さん、お母さんからいただいたもの。お父さん、お母さんの命は、君のおじいちゃん、おばあちゃんからいただいたもの。おじいちゃん、おばあちゃんの命は、さらにその前のご先祖様からいただいたもの。君は、「命のバトンリレー」の中に生きている。「命のバトンリレー」がどこかで途絶えていれば、君は今、この世に生まれていない。君の命は「奇跡の命」なんだよ。
　君の命は、君のものであり、遠い昔のご先祖様と、君につづく君の子孫のもの。君の命はみんなのものでもあるんだよ。
　君の命は、この世でたったひとつのもの。他のどんなものとも交換できない「宝物」。君の命が「宝物」なら、隣にいる友達の命も「宝物」。友達のその隣の、さらには言葉や肌の色が違う人たちの命も「宝物」なんだよ。

百瀬　隆（ももせ　たかし）
1947年、長野県生まれ。長野県松本市在住。

困ったときは　まわりを見てごらん
助けてくれる人が　きっといるよ
君は　ひとりじゃないよ　ひとりじゃないよ

悲しいときは　思いっきり泣けばいい
涙と一緒に悲しみも流れるよ
君と一緒に泣いてくれる人が　きっといるよ
君は　ひとりじゃないよ　ひとりじゃないよ

悩んでいるときは　だれかに相談してごらん
君のことを心配している人が　きっといるよ
悩んでいることを言葉に出せば　心が軽くなるよ
君は　ひとりじゃないよ　ひとりじゃないよ

君の命は　宇宙からの贈り物
君の命は「奇跡の命」
君の命は　この世でたったひとつの「宝物」

みんな　みんな
がんばれ　がんばれ　がんばろう！

山本　周弐（やまもと　しゅうじ）

１９７１年～２０１０年、東京都生まれ。詩集『ぼくは十九歳』。
東京都武蔵野市に暮らした。

いま

悔むのはやめよう
過ぎてしまったことだから
時計は元に戻らない
昨日は昨日　今日は今日

悩むのはやめよう
まだ来ぬ先のことだから
時計は急に進まない
明日は明日　今日は今日

今を大事に生きていこう
生きているのは今だから
時計は今を刻んでいる
今は一瞬　今は永遠《とわ》

一度きりの人生

人は何のために生きているのかな
幸せのため
そうかもしれない
よくわからないけどいえるのは
不幸のためには生きていない
幸せっていうのは人によって違うのかな
ひょっとしたら別のもののためかもしれない
それはわからない
でも確かなことがひとつ
死んだら生きることは終わる
死んだらおしまい
もうひとつあった
人生投げたら　その人は生きてない
死んではないけど生きてない
いくらエグくても　なげちゃいけないんだ　多分
生きていたいのに　死んでしまう人がいるのに
生きているのに　生きてないのはおかしい
皆生きているんだ
一度きりの人生を

壁

僕が僕なりの答えを出した時
僕の前に高い高い壁があった

僕の前にはたくさんの人
壁を乗り越えようとする人
壁を見てあきらめる人
壁から落ちてくる人
それを見て笑う人
壁の存在に気づいていない人
そんな壁登れっこないと言う人
僕は壁を乗り越えたかった
壁の向こうに行きたかった
壁を乗り越えるには多くの犠牲を払うかもしれない
壁を乗り越えることは不可能なのかもしれない
でも僕はあきらめない
何度落ちてきても
壁の向こうにあるものをつかむまで

僕が僕なりの答えを出した時
僕の前には高い高い壁があった

完璧

完璧な人間なんていないよ
でも　もし完璧な人間がいても　俺は好かない
僕らは小説家じゃない
完璧なストーリーなんてかけやしない
僕らはヒーローじゃない
だってそんなにつよくないから
僕らは芸術作品じゃない
だってそんな完璧じゃないから
君だってそうだよ
主人公でも芸術作品でもない
なぜって　人間だから

（一九九一年八月一日、慶応大学アメリカンフットボール部練習中に事故に遭う。二十歳。その後十九年間余に及ぶ闘病生活。多数のフットボーラーに見送られ二〇一〇年十一月十三日永眠。三十九歳。彼の不屈の精神を残すべく書きためた日記を中心に『ぼくは十九歳』として詩集を発行する。）

長い夜

山本　美智子（やまもと　みちこ）
１９４５年、東京都生まれ。東京都武蔵野市在住。

「ひぇーっ」絶叫に近い声を発し丸椅子からずり落ちた私を、アメフトの仲間たちが抱き起こした。「うそ、うそでしょう。周弐が危ない。今日が山だ、なんて。」脳外科での手術を終えた医師の話に私は取り乱した。

私の職場に電話が入ったのは、その日の夕方四時少し前だった。連日三十五度の猛暑が続いていた。「アメフトの者ですが、二手に分かれ、双方から走ってぶつかり合うタックリングの練習をしていたのですが、周弐君が倒れ意識がなくなったのです。おばさん、早く病院に行ってもらえませんか。」とるものもとりあえず、職場を早退し駅に急いだ。動転していた私は乗る電車を間違えた。やっと病院に着き玄関に入ると、その異様な雰囲気に、事態の容易ならざることを悟った。「あの、おばさん、周弐、今手術中なんです。」駆けつけていたアメフトの仲間の一人が言った。四階のＩＣＵ専用待合室に向かった。アメフトの仲間がたくさん来ていた。手術が始まって二時間以上経っていた。急ぎ夫に連絡すべく公衆電話の受話器を取るが、手が震えてなかなか押せない。「周弐が、周弐が……早く来て。」と叫ぶだけで言葉が続かなかった。椅子に腰掛け両手で顔を覆い硬直している私に皆も近づけずにいた。

手術が終わり、医師の説明があると連絡が入ったのは八時頃だったろうか。夫と長男がまだ到着していないのでアメフトの助監督と同期の二人が立ち会った。ＩＣＵ準備室の小部屋に通された。そこには医師三名、看護師二名が待っていた。窓越しに息子が横たわっているのがチラッと見えた。頭、顔を包帯でグルグル巻きにされているのがわかった。腕組みし、硬い表情の医師が、ＣＴ撮影のフィルムをパネルに貼り付けた後、口を開いた。

「四時過ぎ、皆で遅い昼食をとりに行こうとしていた矢先、連絡があったんです。連絡がもう少し遅ければ駄目でしたね。瞳孔は開いているし、呼んでもまるで反応がない。普通はこれで死亡と判断します。何度も呼びかけたら左手の指がわずかに動いたんです。それでもしやと思って手術しました。クモ膜の下の硬膜が大出血しています。それを全部取り除きました。それに脳挫傷といって、ぶつかった衝撃で脳が動いてしまってずれています。また脳幹ヘルニアと言って、脳の一番大事な部位がやられている可能性があります。これから脳が腫れてきます。これが非常に危険で、山本君がどれだけ耐えられるか。

今晩が山です。助かる確率は、五対五、四対六、二対八でしょうか。二割が助かる見込みです。」

その直後の叫びが冒頭のものである。

「今朝は、起きてきて朝食を食べ、そのあと床に大の字になって寝そべっていたので、私が仕事に行くからねって声をかけたら、『うん』って答えたのよ。あんなに元気で、あんなにいい子が死んじゃうかも知れないなんて、そんなの嘘よ、嘘に決まっている。」息子の小さかった時からの事どもが瞬時に脳裏に浮かび、この子に愛情を掛けてこなかったのではという負い目が私を襲い、深い悔恨となって自分を責め続けた。この恐怖から逃れたい一心にしゃべり続けた。泣くだけ泣いた。皆に諭され、ようやく息子に会うことになった。すぐに近寄れない。機械音が静かな中に無機質な音を立てている。頭部、顔は包帯で巻かれ、目鼻口がわかる程度だ。口は酸素マスクが当てられている。目は閉じている。下半身を見ると、泥のついたままの練習着のままなのが、緊急手術であったことを如実に物語っている。手に触れると冷たい。嗚咽を漏らすまいとハンカチを口に差し込み顔を近づけるが、涙で滲みよく見えない。

「周弐、がんばるのよ。」というのが精一杯であった。たくさんのアメフト関係者が駆けつけてくれた。次々お見舞いの言葉をかけてくれる。大分経ってから長男が、そして夫が来た。夫は焦燥の色を滲ませている。二人は先生の説明を聞きに行った。後から知ったことだが二人とも出血した血を先生に見せられたという。こぶし大の血はボールに入れられており「これは女の人には見せられませんからね。奥さんに見せたら気が狂っちゃいますからね。」と夫は言われたそうである。

夜が更けてきた。詰めかけて下さった人たちに状況が変わったら連絡を入れるから、ということで、順次引き取っていただいた。でもアメフトの仲間たちのほとんどは帰らずに残ってくれた。三時間ごとに先生は報告に来てくれた。このまま朝まで持ってくれたらと説明にみえる先生の言葉を縋る思いで、夫、長男、私の三人は聞いた。次の三時間を待つのが長い。廊下に出て窓外を眺めると、まだ闇があたりを支配している。夜が明ければあの子の命は助かる見込みがある。早く朝が来てほしい。

次に廊下に出た時、東の空が青紫になり始めていた。それらも薄らぎ夜明けの気配を漂わせた時、ああこの子は助かるかも知れない、元気に元通りになれる、と思った。照明を必要としない自然の明るさは、人の心持ちまで前向きにさせる力がある。一睡もしていない目に、柔らかな光は、長かった夜の不安な心理を少し軽くしてくれた。

その後に襲ってくる、長い、数えきれぬ位の困難が待ち受けていることを予想することもなく、ただ、明るさが希望に繋がると、信じていた。

人生

人生は
一人ひとりが
自分の力でつくり上げるものです。

時に耐え、
時に戦い、
時に休み、

自分の足で
歩まなくてはなりません。

人

人は
なぜ悩むのでしょう。
それは、
自分のことしか考えないから。
自分のことだけを考えている人には、

水谷　修（みずたに　おさむ）
1956年、神奈川県生まれ。『夜回り先生のねがい』、『ドラッグなんていらない』。神奈川県三浦郡在住。

悩んでも救いは来ません。

人は、
なぜ生きなければならないのでしょう。
簡単です。
だれかを幸せにするために、
だれかの笑顔を見るために、
人は生きるのです。

人は弱い

人は弱い。
過ちを犯すし、人を傷つけます。
人は弱い。
ただ一回の間違いや過去に囚《とら》われる。
そして、大切な明日を、自ら捨ててしまいます。
でも、人は、強くなれます。
いつでも、

自分の間違いに気づくことができる。
そして、それを反省し、償うことができる。
これに気づきさえすれば、
明日はつくれます。

心と体

君の心も体も君のもの、
だれのものでもありません。
君の今日も明日も君のもの、
だれのものでもありません。
君に何かを強いる人がいたら、
そこから離れよう。
君の人生は、君が自分で決めるのだから。

生きよう

私に、死を語る子どもたち、
あなたのいのちは、だれのものですか。
自分のものと、
きっと君たちは答えるでしょう。

でも、違う。

君のことを知ったその瞬間から、
君は私のかけがえのない仲間、私の子ども。
君が死んでしまったら、
私はどうすればいいのですか。

君が「死にたい」と語ることは、君に死を求めてくる。

さらに、君のこの言葉で、

「死にたくなる」人はたくさんいます。

そんな君の本当の想いは、

「死なない」

「死にたくない」

「生きたい」だ。

自分の心に正直になろう。

「生きたい」

「幸せになりたい」

これが君の心だ。


お願いです。

「死ぬな」「死なないで」

お願いです。

「生きよう」

誰が殺した、コック・ロビンを？

――マザーグースより　鈴木紘治　訳

誰が殺した、コック・ロビンを？
わたしが、とスズメが言った。
わたしの弓と矢で
わたしがコック・ロビンを殺したのです。

誰が見た、ロビンの死ぬのを？
わたしが、とハエが言った。
わたしのちいさな目で
わたしがロビンの死ぬのを見たのです。

誰が受けた、ロビンの血を？
わたしが、とサカナが言った。
わたしのちいさな皿で
わたしがロビンの血を受けたのです。

誰が縫う、ロビンの死に装束を？
わたしが、とカブトムシが言った。
わたしの針と糸で
わたしが死に装束を縫いましょう。

誰が掘る、ロビンの墓を？
わたしが、とフクロウが言った。
わたしのシャベルとツルハシで
わたしがロビンの墓を掘りましょう。

誰がなる、牧師に？
わたしが、とミヤマガラスが言った。
わたしのちいさな祈祷書で
わたしが牧師になりましょう。

誰がなる、教会書記に？
わたしが、とヒバリが言った。
もしもあたりが暗くなければ
わたしが教会書記になりましょう。

誰が持つ、たいまつを？
わたしが、とムネアカヒワが言った。
すぐ取ってきて
わたしがたいまつを持ちましょう。

鈴木　紘治（すずき　こうじ）
1943年、福井県生まれ。『マザーグースの謎を解く―伝承童謡の詩学―』、『The Teaching of English in Japan』（共編著）。大学英語教育学会、東京英詩朗読会所属。東京都調布市在住。

誰がなる、喪主に？
わたしが、とハトが言った。
わたしの愛するひとを悼んで
わたしが喪主になりましょう。

誰が運ぶ、ひつぎを？
わたしが、とトビが言った。
夜通しでなければ
わたしがひつぎを運びましょう。

誰が持つ、ひつぎ覆いを？
わたしたちが、とミソサザイが言った。
夫婦二人して
わたしたちがひつぎ覆いを持ちましょう。

誰が歌う、賛美歌を？
わたしが、とツグミが言った、
茂みの枝にとまりながら。
わたしが賛美歌を歌いましょう。

誰が鳴らす、弔いの鐘を？
わたしが、と牡ウシが言った。
引っぱることができるので
わたしが弔いの鐘を鳴らしましょう。

空の鳥たちは皆
ためいきをつき、すすり泣きをはじめた。
哀れなコック・ロビンのために
弔いの鐘が鳴るのを聞いたとき。

母の棺を

鈴木紘治

母の棺《ひつぎ》を
最後に留めてしまう
ために
僕は浜に出て
その朝で一番
美しく
さっぱりとした
小石を三つ
拾ってきた
しわしわと渚打つ
いつもの波に
足を委ね
海の匂いが
心《しん》からしみついた
その丸いかたちを
ひとつ、ふたつ
みっつ
手の内に見つめて
朝靄の中に
哀しかった

第六章　希望

マクシム

誰かの詩にあったようだが
誰だか思い出せない。
労働者かしら、
それとも芝居のせりふだったろうか。
だが、自分で自分の肩をたたくような
このことばが好きだ、
〈マクシム、どうだ、
　青空を見ようじゃねえか〉

むかし、ぼくは持っていた、
汚れたレインコートと、夢を。
ぼくの好きな娘は死んだ。
ぼくは馘《くび》になった。
馘になって公園のベンチで弁当を食べた。
ぼくは留置所に入った。
入ったら金網の前で
いやというほど殴られた。
ある日、ぼくは河っぷちで
自分で自分を元気づけた、
〈マクシム、どうだ、
　青空を見ようじゃねえか〉

のろまな時のひと打ちに、
いまでは笑ってなんでも話せる。
だが、
馘も、ブタ箱も、死んだ娘も、
みんなほんとうだった。
若い時分のことはみんなほんとうだった。
汚れたレインコートでくるんだ
夢も、未来も……。

言ってごらん、
もしも、若い君が苦労したら、
何か落目で
自分がかわいそうになったら、
その時にはちょっと胸をはって、
むかしのぼくのように言ってごらん、
〈マクシム、どうだ、
　青空を見ようじゃねえか〉

菅原　克己（すがわら　かつみ）
1911年〜1988年、宮城県生まれ。詩集『手』、『遠くと近くで』。宮城県亘理郡などに暮らした。

初恋

まだあげ初《そ》めし前髪《まへがみ》の
林檎《りんご》のもとに見えしとき
前にさしたる花櫛《はなぐし》の
花ある君と思ひけり

やさしく白き手をのべて
林檎をわれにあたへしは
薄紅《うすくれなゐ》の秋の実《み》に
人こひ初《そ》めしはじめなり

わがこゝろなきためいきの
その髪の毛にかゝるとき
たのしき恋の盃《さかづき》を
君が情《なさけ》に酌《く》みしかな

林檎畑の樹《こ》の下に
おのづからなる細道《ほそみち》は
誰《た》が踏みそめしかたみぞと
問ひたまふこそこひしけれ

島崎　藤村（しまざき　とうそん）
1872年～1943年、長野県生まれ。『破戒』、『夜明け前』。日本ペンクラブ初代会長。神奈川県大磯町などに暮らした。

がんばりやさんに捧げるうた
～傷の応援歌～

佐相　憲一（さそう　けんいち）
1968年、神奈川県生まれ。詩集『森の波音』、エッセイ集『バラードの時間―この世界には詩がある』。小熊秀雄協会、九条の会詩人の輪所属。東京都立川市在住。

がんばったから

ほとんどのことがまえにすすんだのに
いやなことがあると
きゅうにおちこんで

くちごもって

めをとじて

しみじみとして

ざわざわして

がんばりすぎて

ずたずたになって

ときどき

もう、いきているの、やめにしたい

の

てまえで

むきだしの
傷を

いやして

もういちど
みわたして

またきょうも
きをとりなおして
はりきって
こえをかけ

えがおで
でていく

そんな
じぶんににている
ひとたちに

〈いきていてね〉
それしかいえない
それこそいいたい

球場にて

野球を見ていると
ぐるりと埋まった善良な観客が
ふいに
違った文脈に置きかえられる

三万人
この国の児童養護施設で暮らす児童の数だ
親のない子、虐待された子、さまざまに
いまを生きている

球場の三万人
ひとりひとりが
児童養護施設の児童になる

ぼくは知っている
野球選手がボランティア社会活動をしていることを
こどもたちや困難な人たちとふれあっていることを

プロでやれる選手はごくわずか
多くの若者が挫折して
別の労働に移っていく

紙一重の同じ社会のフィールドだ

白熱した試合になると
隣の観客の唾をのむ音まで聞こえそうだ
延長戦になれば名試合を目撃した者同士の親しみがわいてくる

競争社会の中の
ひとときの夢の時間

フェアプレーする選手たちよ
こどもたちが
勇気の比喩を読むような
いい詩を
グラウンドで見せてくれ

無限

六才の少年が言った、
「無限から無限を引いたら、答えは無限？
それともゼロ？」

そんな問題の解き方、
教科書には載ってない。
先生も授業で教えない。

子どもが答えられる問題を作るのが、大人の仕事で、
大人が答えられない質問をするのが、子どもの仕事だ。

無限の定義を大人は述べられるかもしれない。
でも、有限を嫌というほど見聞きしてきた大人は、
胎内にいた頃に知っていた無限を
もう、忘れてしまっただろう。

少年よ、大志を抱け。
君の前には道が無限にある。
君が選ばない道もまた無限にある。
だから大胆に、そして慎重に
その引き算を解きなさい。
君が選ぶひとつの道が
その問いの答えになるから。

マエキ　クリコ
1974年、東京都生まれ。東京都中野区在住。

日食

月は、
何か特別なことをしたとは
思っていないだろう
いつもと同じ軌道を
いつもと同じように
通っただけ

ただ、
然るべき時に
然るべき所で
日に照らされただけで
或る所にいる
或る人たちに
驚きと感動を与えたとは、
つゆも知らず

あなたも、
何か特別なことをしているとは
思っていないだろう
いつもと同じ日常を
いつもと同じように
こなしているだけ

ただ、
然るべき時に
然るべき所で
主に照らされるだけで
或る所にいる
或る人たちに
意義ある使命を果たすとは
つゆも知らず

無自覚な貢献ほど
美しい

ある水分子のひとりごと

人は　わたしを雲とよぶ
だけど　わたしは雲じゃない
前まで、わたしは海だった
ざぶんざぶんと　波つくり
魚や船を　つつんでた

お天道さまに　さそわれて
じょう気になって　来たけれど
何にも知らない、雲のこと
どうして　ここに来ただけで
わたしは雲と　よばれるの？

人は　わたしを海とよぶ
だけど　わたしは海じゃない
前まで、わたしは雲だった
ふわりふわりと　形かえ
鳥や飛行機　つつんでた

お天道さまに　さそわれて
雨になって　来たけれど
何にも知らない、海のこと
どうして　ここに来ただけで
わたしは海と　よばれるの？

どうして　いばしょが変わるたび、
わたしは　ちがう名になるの？
どうして　まわりと同じ名で、
人は　わたしの名をよぶの？
わたしを　記号にすりかえる
わたしを　知りはしないのに

笑顔売ります

私はブー子です
ブスで　チビで　デブです
なんの特技もありません
無芸大食
私以外の女性は　ほとんど美人です
そして　カラオケが　とても上手です
その上　人並外れて不器用な私です
こんな私を売ることは到底できません
ただ一つ　売るものがあります
私の笑顔です
若い頃　勤務先の社長に褒められました
百万弗の笑顔って
たった一つしかない財産を
今もしっかりキープしています
どんないじめに遭っても
どんな苦労や悲しみに　巡りあっても
私は笑顔を忘れません
特に赤ん坊や幼児を見つけたら
体中が笑顔になります
二歳の時　太平洋戦争で父を失った後も
皆に助けられ　笑顔を絶やさず
生きて来られた幸せ
しかし……
今度　再び戦争が起これば
私の笑顔は　永遠に消えます

坂木　昌子（さかき　まさこ）
1942年、香川県生まれ。詩誌「衣」、日本詩人クラブ所属。
茨城県取手市在住。

私は薔薇

私はまっ赤な　薔薇の花
あなたの庭の　真中に
誇りも高く　ただ一輪
あなたのために　咲いてます
私はトゲある　ばらの花
八重の衣に　身を包み
香りも高く　凛と咲く
あなたの口づけ　待ってます
私は一途な　薔薇の花
ビロードのような　花びらに
春雨うけて　ひとしずく
あなたのために　生きてます

スキージャンプ

向かってくるものに
ひるむな

背を押すものに
たよるな

そう

遠く遠くへ飛んでいくのは
向かい風の時

失速するのは
追い風の時

江口　節（えぐち　せつ）
1950年、広島県生まれ。詩集『果樹園まで』、『オルガン』。
詩誌「多島海」、「鵜鴿」。兵庫県神戸市在住。

かぞく

その時刻
冬の空に惑星が並ぶ
西に高く　木星は長男の風格
真南に　赤い火星
寄り添う土星は白く
東南　山の端が明るんだ辺り
ひときわはしゃいで輝く金星が
少しずつ昇りながら引っ張るように
東に　ようやく水星が見えてくる頃
空は次第に明るみを増していく
遊ぶのはおしまい
おやすみ　こどもたち
おかあさんが
光の布団を掛けていく

若い力

誰にでも若い時はあった。
このぼくにも
父や母。
兄や姉　弟妹にも。
人間にも
動物にも
植物にも
しかし　いつしか
誰もが
老いて行く。
若い時には
若い力がある。
若い人。
若い力。
なんと美しい言葉だろう。
若葉のように
初初しい
若い力。
この若い力があるうちに
人間は何かをしなければならない。
それはなんでもいい。
たった一度の若い力。
若葉のように
何度も芽吹くことのない
人間の力。
若い力。
若い力は
若い人だけの
特別なものなのだよ。
だから一直線に進んで行け。

根本　昌幸（ねもと　まさゆき）
1946年、福島県生まれ。詩集『海へ行く道』、『荒野に立ちて』。
日本ペンクラブ、日本詩人クラブ所属。福島県相馬市在住。

春の旅

やわらかな風、若葉の下で
はるかな昔に思いをよせる
きみのように
あなたのように

春光の甍、風鐸の下で
遥かな明日を夢想する
きみのような
あなたのような

古代にも
そんな若者たちがいたのです

修学旅行という旅の
ほんのひとときではありますが
古都の寺院の境内では
目には見えない出会いがあって
今のあなたと古代のきみが
古代のあなたと今のきみが
青春の夢と悩みを話すでしょうか

若くて切ない恋を語るでしょうか
過ぎゆく春を惜しむでしょうか

静かに時をたたずませ
池の水面に思いを浮かべ
揺れて遥かに酔いながら
ひとしきりの春
思い出を作る
古都の旅

野村　俊（のむら　しゅん）
1941年、大阪府生まれ。詩集『うどん送別会』。
詩誌「玄」、日本詩人クラブ所属。千葉県八街市在住。

よき思い出は……

よき思い出は、
人を支える力になるものだ。
そうした思い出が
私にもある。
つらい時、
人も自分も
信じられなくなる時、
その思い出が私を支える。

少年のころ……

少年のころ
夏は無限のものだと
思われていた。
しかし、今はわかる。
十四歳の夏も十五歳の夏も
ただ一度きりだったことを。
そして
その夏に読んだ小説、
聞いていた歌、
出会った人、また別れた人、
そのときの
小さな一つ一つの意味が
やがて無限の
光に輝きだしたことも、
今はわかる。

ぼくはずるくて汚い……

ぼくはずるくて汚い
ひきょうなふるまいを
することがある。
するとそのとき
「それでいいのか。
それで本当にいいのか。」
だれかがぼくに問いかける。

「それでいいのか。」

見上　司（みかみ　つかさ）
1964年、秋田県生まれ。詩集『はてしないものがあるとすれば』、『一遇』。詩誌「北五星」。秋田県山本郡在住。

「本当に、それでいいのか。」
ぼくは、ぼくの
汚い、いやな心と戦う。

残照の詩

夕焼けが烈しく
美しく胸に迫る日がある。
なぜにかくも夕焼けが美しいのか。
あれは精いっぱいやった
自分の胸のうちが映るからだ。
安堵や満足感が
あの一日の終わりの照り返しに
悲しいくらいに映えるのだ。

人間も同じじゃないか。
精いっぱいやった顔は
たとえ泥と汗にまみれても
悔し涙に汚れていても、美しい。

そして、ひときわきらめく
あの宵の明星を見よ。
あいつはまだ見ぬ明日への、
一歩一歩の前進に
あくがれ燃えて閃光する
君の希望のように見えないか。

消えない火

「人間の価値は、
何をなしたかよりも、
何をなそうとしたかにある。」

そう書いた外国の作家がある。
その人は、日本でも、
その国でも、今はほとんど無名だそうだ。
しかし、その言葉は私の胸の中に、
つねに燦然としてかがやき、
挫けそうな時こそ、強く激しく閃光する。

「何をなしたかよりも、
何をなそうとしたか……。」
私の胸にもそうだ、決して消えない
そんな火がある。

いうまでもないことだが……

いうまでもないことだが、
そうじは、ものをきれいにするためにやっている
……どうせやがては汚れるにきまっている
今日清めても自然ほこりにまみれる
けれども、やはりぼくらはそうじをする
そうじをすると、こころがスッキリするからだ

いうまでもないことだが、
ぼくが君に「おはよう」と言おうが言うまいが
「ありがとう」と言おうが言うまいが
世の中が明るく開けるわけではない
暗い日は暗いし、つまらぬ世の中はつまらぬ世の中である
けれども、やはりぼくは君に「おはよう」と言い
「ありがとう」と言い、「さようなら」と言って別れる
そのほうが、こころがスッキリするからだ

なぜだろう
君に、そう声をかけたあとは、うれしくなる
たとえ今日、君がしずんだつまらない顔をして、
無言で通り過ぎたとしても、
明日は、そしてまたその明日は
そう信じて、
ぼくは君に「おはよう」と言い、「さようなら」と言いたい。

心はあるか

どんな仕事や所作でも
心があるかどうかが、大切である。
たとえば、キャッチボールや一本のシュート、
そうじやものの食べ方だってそうだ。
心をこめてすれば、
とたんに、
すべてに価値や輝きが生まれる。
ときには無我夢中でするのも
それはそれで意味ないことではなかろうが、
人がいったん心をもったならば、
心をこめて一挙手一投足、
その行動に移せるかが、
人間としての勝負になってくる。
なあ、きみ、
そこに、心はあるか。
そして、ぼくよ、
ぼくは、心をこめて、生きているか。

希望の灯《ともしび》は　小さくて　いい

希望の灯は
小さくて　いい
希望の灯は
大きくなんか　なくたって　いい

最初の灯が消えそうになったとき
暗がりのむこうから
小さな二番目の灯が
見えてきたら

そのあかりを頼りに
そこまで　たどりつける

そして
二番目の灯が消えそうになったとき
闇《やみ》の中に
ささやかな三番目の灯が…

灯のひとつひとつは
小さくて　ささやかだけれど

和田　実恵子（わだ　みえこ）
1950年、大阪府生まれ。訳書『アレクサンダー・テクニークにできること』、詩集『舫う』。奈良県奈良市在住。

確かにつながって

高速道路に浮かびあがる
テールランプの
光の帯のように

一筋の希望の道のりとなり
けっして
わたしたちを
暗い闇に置きざりには
しない

小さな灯を
自《みず》ら見つけ
育《はぐく》もうとするなら

むつかしいことじゃないよ
とても小さくて　いいんだから

笑う力

誰か　笑いとばしてくれないかなあ
泣きたいことがいっぱいだ

ぼくのせいではない
ぼくは知らなかった
あの日　そこにいなかった

青空に
黒点を押しあげて
飛行機雲が　ひと筋のぼっていく
思わず両手をあげると
背がのびた気がした
ウハ　と　笑ったら
こんどは足が長くなった気がした
ウヘ　ウフフ　アハハ

おかしくて　うれしくて
口を開けるたびに
新しい空気が入りこみ
身体中をめぐっていった

胸のなかが
からっぽになっていくのがわかった

柳生　じゅん子（やぎゅう　じゅんこ）
1942年、東京都生まれ。詩集『天の路地』、『ざくろと葡萄』。
日本文芸家協会、日本社会文学会所属。東京都文京区在住。

ともだち

父さんに　とても会いたいときがある
別れたぼくのことはどうでもいいのだろうか

母さんが　ぼくのしぐさを指して
父さんに似ている　というとき
なにか底の知れない憎しみが
入っている気がした

父さんを思い出させるぼくを
嫌いなのだろうか
そう考えるだけで
耳のあたりを冷たい風が走る
立っている地面がゆれる

今朝　母さんが泣いていた
側にいって　肩をトントンとさすった
思わず
だいじょうぶだよ　と　声が出た

そのとき　ぼくの背中を
見えない誰かがさすってくれている気がした
だいじょうぶだよ　と
胸の空洞に　確に
こだまがひびいた

父さんと母さんのことは　よくわからない
けれど　今日は元気に学校へ行ける
ふざけん坊のあいつに
真似をして　返してやる
笑って　こたえてやれる

大人になる

あいつは
いつのまに大人になったのだろう

祭りの日
あいつの顔を見ただけで涙があふれた
人垣の後　花火の音にまぎらわし
声をあげて泣きあった
あいつの胸にも
そんなに涙が溜まっていたのかと思った

それから
ぼくは　姉ちゃんの浴衣姿を思い出し
カッコつけて　と　冷やかしたことを
後悔していると告げた
あいつは　風船つりや金魚すくい
綿あめを食べたときの小さな弟を
今もすぐ側で世話をやいているように話した

ふたりとも　こんな日はつい騒ぎすぎて
笑いながら叱られていた親たちのことは
口にしなかった
ついて来てくれたばあちゃんたちのことを
話すときだけ　少し笑いあった
二年前の祭りは　この土手に
どちらも家族みんな揃っていた

まっ黒な夜空は
まるで海の底のようだった
そこから湧き出てきた
ウソのような大輪の火の花だった

また会おうな
別れるとき　あいつは
ぼくの肩に手をあてて言った
それは　父さんやじいちゃんの身ぶりに似ていた
あいつが　とても大きく見えた

いつまでも温かかった

（二〇一二年・東日本・夏）

かける

奇跡も
幸せも
すべては、自分と他人を信じてやまないということ
疑うのは
信じるためであること
悲しみを愛で
辛さを喜びに変えるということ

不安の朝、誰をも裏切らない太陽が
昼をまどろませたなら
きみは
一生という名のシーソーを
誰かと傾け合い
そしてまた冷えゆく夜
明日への橋を架けるため
静かに眠れ

（そのとき
　夢は語りはじめる
　モーゼの杖が海に道を開いたのは
　彼が何もかもを信じたからだ
　断崖からの道を
　外れることにも
　外れないことにも
　とらわれず
　歩くこと
　ただ一歩、一歩
　地球の輪廻にしたがって
　おまえの宇宙を
　開け
　拓け
　と）

末松　努（すえまつ　つとむ）
1973年、福岡県生まれ。詩誌「コールサック（石炭袋）」。福岡県中間市在住。

私の願い

村山　砂由美（むらやま　さゆみ）

1964年、三重県生まれ。詩集『人間讃歌』、『追尋――言葉を紡いで』。詩誌「みえ現代詩」、三重県詩人クラブ所属。三重県四日市市在住。

うずうずしている
誰かに肯定してもらいたくて

ああでもない
こうでもないなどと
様々な理屈をこねられるよりも
ただ
「そうだね」
と　言ってうなずいてほしい

どきどきしている
誰かに信頼してもらいたくて

他には代わりが見つからないから
そんな言葉でいいくるめられてみたい
そう
「任せた」
と　言って頼ってほしい

もじもじしている
誰かに愛してもらいたくて

そっと手を握り微笑んでくれれば
何もいらない
そして
「好き」
と　言ってもらいたい

わくわくしている
誰かにほめられたくて

昨日よりかなり頑張ったことを
気づいてくれるだけでもいい
できれば
「いいね」
と　言って認めてほしい

ふつふつと湧き上がる
この思いを
誰かに受け止めてもらえたら

背景は金色の雲に彩られて

雲の　輪郭を
金色に　縁どって
静かに　光が零れ輝く

今　掬い取ってこの記憶のすべてを
小瓶に詰めて　閉じ込めて
きつく蓋をして　仕舞っておけば

瓶の中で彩られた情景が　徐々に発酵して
臆病な背中を　後押ししてくれるはず
戻るわけには　いかないから

書き込みすぎて　埋め尽くされたスケジュール帳
時を　何度も何度も重ね塗りして過ごした教室
罪のない　おしゃべりと笑い声

いつかここに　きっと戻ってきてくれる
冬の蒼穹に　淡い期待を抱いて
ひとりで　窓の外を見ていた

端が汚れた　教科書
机の上に転がったままの　シャープペン
掲示板に貼られた　お知らせ

金色の雲が　舞い踊るのを
卒業していく　彼らに
見せたかった

天空いっぱいに　広がった西洋の油絵
光の束を　纏った雲
流れながら　祈り歌う

等しく　皆に光の恵みが降りそそぐ
長い年月の中には　そんな日もあって
下を向いて　うつむいてばかりはいられないと

伝えたいことが　伝えきれずに
月日は満ちて　新しい出発を
また見送る日が　来ようとしている

（『三重県詩人集』VOL．23　二〇一五年四月）

宇宙時間

私の大切な人たちの
心の悲鳴が聞こえる

声も出さずに
私はただ「書く」

その意味すらわからないのだけれど

「生きよう」とする誰かがいることもわかっているから

私は「書く」ことで
「生かされて」
「書く」ことで
「癒されて」

意味がなくとも
それしかできない
無力感と
書いている自分を
「救われた」と

思うしかできなくて

傲慢《ごうまん》で
無責任で
もしかしたら
とほうもなく
愛のない生き方かもしれない

それでもひたすら
ひたすら
みなの心の悲鳴を
この星は包み込み
一日を進めてゆく

私に
あなたの思いがわからなくとも
宇宙だけは
私たちを包んでくれている

それを

井上　摩耶（いのうえ　まや）
1976年、神奈川県生まれ。詩集『闇の炎』、『Look at me ―たとえばな詩―』。
詩誌「コールサック（石炭袋）」。神奈川県横浜市在住。

「逃げ」と
「負け」と
ステッカーを貼られても
そこだけは
もうどうにもならない

それぞれが
必死に「生きる」
一筋の光があればと
願うしかできないのだから

幸せは育てるもの

小さくてもいい
つかめたら大切に育てたい
毎日、日光と水をやり
時には撫で
話しかけ
放ってしまったら
「ごめんね」と言ってあげたい

幸せ

それは自分の心が寄り添う場所を見つけた時
呼吸を始めた心が笑った時

きっときっと

誰の胸にもあるもの

育てたい

夜に

生まれようとする
新しいものを
夜は形になるまでかくしている

消えた丘に
夜は身をそわせる
まるで恋人にするように

失われた
大きな木の声を響かせる
遠くまで

きらめいた川の皮膚に
夜はおりる
ずっとその皮膚をなめて癒し続ける

凍りついたように光りの下で眠っていた
花に
そっと息をもらさせる

関　中子（せき　なかこ）
１９４７年、神奈川県生まれ。詩集『空の底を歩く人』、『三月の扉』。
日本現代詩人会、日本詩人クラブ所属。神奈川県横浜市在住。

茂みに身をかくした小鳥は
夜の姿で飛ぶ
昼間飛べなかった土地へ

夜に
また生まれる
また新たに

すみ子さん

また　新しい夢を見てください
こんどこそ
最後まで
よい夢だといいですね

誕生月の溝

わたしの良さは何であるのか
まずはあなたではないこと
悲しみとそのゆくえはどこに向かうのか
ここだと思うところへ行ってみなくては

十一月
誕生月といっても
一頭の蝶が出歩くこともある
カタバミの花もコスモスの花も花
子猫の毛は風に吹かれ
金木犀は三日ともたない香りで
古い木の間の闇を輝かした

思いっきり
おかしいやら
気恥ずかしいやら
さてさて　主役でいる
そのものの誕生と死とその経過の生
落ち度は死であがなうとするなら

あまりに早すぎる決着よ
やっかいな経過にあふれる
魅力をひとつ覗いてみようよ
わりきれない思いに埋まってどろどろ淀む
それがそれであることを

ぱっと出て　わたしも溝に
あれ　あれを取ってくださいよ
この忙しさ
ごまかさないで

一八歳の朝

いつか　私も　母さんなって
エプロンかけて　大声出して
それにも負けない　わが子の声が
五月の空で　鬼ごっこ

ほら！　洗濯ものがおよいでる
あっ！　矢車草が咲いていた！

涙の力

仁王立ちになって立つ　学生服の君の後姿
握りしめた君の両手の拳が　震えている

君の目からあふれ出る涙を　感じる
君が押し殺す嗚咽が　聞こえる

君！　思いっきり　涙をながしたらいいさ！
君！　思いっきり　大声で泣いたらいいさ！

軽くなった心で　空を見上げてごらん
ほら　空がこんなにも清々しい青だったこと
白い雲が　君をゆったり見守ってくれていたこと
君が一人ぽっちじゃないことが　分かったろ！

震える君の拳は　やがて開く花の蕾
あふれ出る涙は　やがて咲く花への恵

君！　思いっきり　大声出して泣きなよ！

心が軽くなった君の瞳には
友の寂しさ　友の孤独が　映っている
そうさ　君がながした　涙の分だけ
君は　友に寄り添える人になれたのさ！

浅見　洋子（あさみ　ようこ）
1949年、東京都生まれ。詩集『独りぼっちの人生』、『もぎ取られた青春』。東京都大田区在住。

ぼくがみる夢

水俣病　サリドマイド胎芽症　カネミ油症と
多くの胎児や子どもの人生を奪い歪めた社会

プールの排水口に足を奪われ　散った命
柔道部の剣道部の練習中熱中症で　散った命

野球やサッカーで　テニスやバレーボールで
ラグビーの練習で　体の自由を奪われた少年少女
彼らは　どんな夢を持っているのだろう

学校という特定社会の　囲いの中で
飛び交いまかり通る　教師や生徒たちの
言葉の暴力　視線の威圧　無言の威嚇
少年少女は　いま　どんな夢を描くのだろう

三十数年も前
鶴川駅から町田駅に向かうバスに乗り
向かった先は　南多摩整形外科病院
障害を持って生を受けた　子どもたちがいる

車いすを上手に操り　病室を移動する誠司中学一年
中学二年生の正志は　エビのように曲がった体を
いつも横に向けて　ベッドに寝ていた

明日　手術を受ける正志に　誠司が言った
「おい！　手術が終わって
　帰ってきたら　小便競争をしようぜ」と

正志は小便をおむつの中にしていた
正志に施される最大の手術は　股関節を開き
小便を外に出せるようにすることだった

手術室に向かう朝　正志は誠司に言った
「帰ってきた　小便飛ばしをしようぜ！
　絶対に　負けないからな！」と

正志は　庭のイチョウの木に向かって
青い空に向かって　小便をする
正志の見る夢は　小便で虹を作ること……

学校に希望の樹がある

髙嶋　英夫（たかしま　ひでお）
1949年、福岡県生まれ。詩集『明日へ』。詩人会議所属。埼玉県狭山市在住。

勉強がだめでも

勉強がだめでも学校が楽しい
早く行って校庭で友達と遊ぶ
給食を残さず食べてまた遊ぶ
三年生になって何人か残された
先生が算数と国語の勉強から
分かり易く何度も教えてくれた
出来なくてもまた起き上がる
二学期になると勉強も楽しく
集中して学ぶ力も増してきた
予習も復習も自分でやって
通信簿に最高の5が書かれた
勉強は出来なくても良い
あきらめずに自分を信じる
目標をもって学び続ける
仲間と励まし合って前に進む
先生は思いやりも教えてくれた

小さな教室

もしも学校へ行けなくなったら
それがいじめか勉強なのか
その訳を聞いていないけれど
家からここまで出ておいで
相談を聞いてくれる人がいる
もちろん先生が来てくださる
学習を支えてくれる人もいる
友達が給食を持って来てくれる
昨日より笑顔が一つ多くなる

広い宇宙

教室の壁に習字の宇宙がつながる
クラス全員の宇宙が広がっていく

今日の終りに

校庭のボールを蹴るや夕焼け空に向かってゴールした

源流

源流を流れ行く川が
若い勢いに耐えきれず
大滝となって落下してくる
ドドドードドドーと激しく
滝に向かって叫ぼうよ
心の底に溜まっているものを
そうして　心が軽くなったら
大きな海が見えるところへ
清流となって流れて行こう

地震なんかに負けない

東日本大震災から五年が過ぎても
原発に近い学校には戻れなくて
遠い学校に通う君を思っていたら
熊本で今までにない大地震が起きた
体育館に避難した不安な人たちに
今を乗り越えて行かなければと言って
ボランティアを始めた小学生の君たち
子どもが前向きになれるのはなぜだろう
大人たちが笑顔と力をもらっている

父の言葉

あの日　空が曇りでなかったら
原爆は私の故郷に落とされた
戦争だけはもう二度と許すな
戦争を知らない私に語り続けた

学校の樹の下で

大きな樹の下から見上げている
太い幹から無数の枝が伸びて
枝の先は太陽に向かっている
宇宙とつながり夢を見ている
花を咲かせ鳥が歌う喜びの日も
葉を落として寂しい日もある
風雪にも負けずに　生き抜いて
いつも私を見守り励ましてくれる
希望と愛を持ち続けようと歌って

幸せな朝は必ず訪れる

安齋　亜谷（あんさい　あや）
1974年、東京都生まれ。滋賀県彦根市在住。

普通に結婚し、普通に子どもが生まれ
普通に生活していると思っていた
ある日突然、私の中に暗闇が住み着いた
見るもの、聞くもの、すべてが嫌になった

仕事をしていても、うわの空だった
急にスイッチが落ちて、何もしたくない
動こうと思っても、思うように動けない
そんな重苦しい日々が続いた

ずっと心に、ポカンと穴が空いていた
突然、悲しくなり涙が出てきた
情欲・食欲・性欲・物欲・金銭欲……
気がつくと、私の中にすべての欲が無くなっていた

それから、私は九年に及ぶ長い月日を
『引きこもり』という暗い闇の中を、さまよっていた
「自分はこの世に必要のない人間だ」と思った
「消えてしまおう」と考えたこともあった

日が差して、風が気持ち良い春のある日
ベランダで、プランターの土いじりを始めた
土をさわると、暖かい温もりを感じた
友人からもらった夕顔の種を植えた

一週間ほどすると、小さな芽を出した
たくさんの日を浴びて、大きく育った苗は
やがて可憐な、優しい蕾をつけ
夕方、真っ白い大輪の花を咲かせた

そのとき、初めて夕顔の声を聞いたような気がした
「優しくしてくれてありがとう。あきらめないでね。」と
暗闇の中を、ひときわ明るく、美しく輝いていた
私は、夕顔も必死になって生きているんだと思った

花が咲くには、水や日差しが必要なように
人が生きるには、食べ物や愛が必要だ
もし、それがなければ、花は咲かないし、人は生きられない
私は、様々な人や、自然に支えられていることに気づいた

始めは、お花屋さんに届けてもらっていたが
いっぱい花を咲かせたくなって
いつしか、苗木店に行ける自分がいた
病院にも一人で行けるようになっていた

自分だけが苦しんでいると思っていた
夫も、子どもも、家族も、友だちも
みんな、私のことで傷つき、悩んでいることがわかった
そして、私の帰りを待ってくれていることもわかった

私は、ずっと一人だと思っていた
でも、よく考えると私の周りにはいつも
夫が、子どもが、家族が、友だちがいた
みんなの笑顔があったからこそ、私は元気になれた

辛く、悲しい時、悩み、苦しい時
思い通りにいかなかった時
願いが叶わなかった時
そんな時は、流れに任せればいい……

焦らなくていい
急がなくていい
頑張らなくていい

一旦そこで、立ち止まって一休み……

逃げている限り、暗い闇から抜け出せない
少し、角度を変えるだけで、全く違う世界が見えてくる
いつもお医者さんが言っていた「無になりなさい。」
その意味が、少しは解ったような気がする

いつしか考え方が、少し変わってきた
暗い穴の向こうに、何かしら見えているものがある
自分は一人だ　孤独だ　と、勝手に思っていたけど
人の周りには、優しく見守ってくれる人が必ずいる

今、目の前にあることを少しでもこなせばいい
未来は、今の小さな一歩の積み重ねだから
苦労しただけ、それ以上の喜びがきっと来る
涙を流しただけ、素晴らしい幸せな朝は必ず訪れる

想像教育で生まれた中学生の詩

生活詩派は想像で詩を書かせると妄想を書くようになると否定した。私は想像力こそが心を育てるものだと主張して現代詩の手法を使う詩教育を三十年に亘って中学校で実践した。その実践から生まれた詩群を紹介する。

あした　　　　中三　富山直子

まっかな蝶が風にゆられて舞っている
風はガラスをつくり
蝶を守る
人の眠りの間に
じっとひそんで
待っている
まっかな蝶の
赤い時間
太陽が生まれるとき

人工的な夜明けである。赤い蝶は太陽と同時にまだ成人せぬ自分の姿である。これから羽ばたくときをじっと待つ姿である。

駒瀬　銑吾（こませ　せんご）
1934年、愛知県生まれ。中学生詩集『スプーンの上にぼくが乗っていた』、小説『わたしはカモメ』。中部ペンクラブ前編集長、文芸同人誌「北斗」。愛知県名古屋市在住。

白鳥　　　　中三　石田聡子

たくさんの樹の中で
たくさんの悲しみに染まって
白鳥は大きく鳴く
樹の中から抜け出せない悲しみは
夜も昼も朝も
この鳥を白く染めていき
静けさのうすい紙を破って
鳥の悲しみは散って行く
悲しさを喜びに変える術を
忘れてしまって
長い一日をひとつ積み重ねる度に
白鳥は変わる
だんだん朝に

これも夜明けを書いているが大分内容が違う。「あした」は静的であるが動的である。苦労を重ねる中で変化していくイメージである。

—

無限軌道

中三　加藤久美

夏の風が通りすぎたあと
樹の葉は風にゆれて
白い恋人たちは
ブランコでゆれる

秋の夕焼けは
あまりにも大きくて
二人の黒いシルエットが
右から左へととんでいく

霜枯れの樹々に
樹氷がつき
彼女は背のびして
それを見る
二人はポケットに手を入れ
冷たい風にコートのすそを
そっと気にする

新芽が吹く今日は
はるかな空が
妙に青く
無限軌道にのって
宇宙の彼方へ
いってしまった

妖精とも思われる白い恋人同士の言葉による映像表現によって季節を表している。同時に季節と青春とのダブル・イメージにもなっている。

月

中二　能勢尚子

すすきのほかげで
月は赤くもえていた

誘われる気がして
手をのばし光を受ける

手に受けた光はあふれだし
わたしの中に火をともした

赤い月があるということに
心のほのおはもえあがり
体はふるえだした

夜の深さの中で
さんさんとふる音を聞く

月はなお赤く

すすきの波の上にもえていた

すすきの穂のかげに輝く月から恋心を授けられる様子をメタファでファンタジックに美しく描く。

ライオン　　中三　田島一恵

サファリ・パークの上を通る風が
言ったよ
「大地を走る私の息子
どうして私と走らない」
「父さん、ぼくの足には爪がないのさ」

サファリ・パークを見おろす太陽が
呼んだよ
「空気をつんざく歌声を
お前はなぜ聞かせてくれぬ？　わたしの息子」
「父さん、ぼくの声帯はとられてしまったよ」

サファリ・パークに腰をおろした黒雲が
つぶやいたよ
「俺の息子よ、心だけは
きたならしい黒い心を持った人間たちに
とられるな」
ってね

サファリ・パークの欺瞞性を見抜き、動物たちにきたならしい心を持った人間たちに野生の心をとられるな、と呼びかけている。実は学校という檻に閉じ込められている自分への戒めにもなっている。

水中こいのぼり　　中三　下山久美

青い折り紙を鯉の形に切って
水槽に入れてやりました
すると、目をパッチリ開けて
水中を気持ちよさそうに
泳ぎました

今度は
緑の折り紙で水草を作り
水槽に入れました
そこに青い鯉が
休みにやってきました

青い鯉が一匹だと
寂しいだろうと思ったので
赤い鯉と桃色の小さな鯉を作りました

すると……

水槽に入れてやる前に
二匹とも自分から
水中に飛び込んだのです

よく見ると
水草によりそって
三匹の鯉が仲よく
泳いでいました

心優しい中学生の想像力の生み出したメルヘンである。想像を否定する生活詩からは生まれないものだ。

やさしさ　　中一　村中真喜

心のすみっこのほうに
かくれんぼしているもの
むずかゆくて
口からは出てこないもの
見つめ合った目だけで
わかるもの
そんなものが私の心のすみにも
住みついているのでしょうか

親子に通い合って口に出せぬものを見事に表現している。詩はこのように心を育てる。

自由　　中三　寛永朋代

銀のつばさをもつ
灰色のネコが
夜をとかした川の上を
飛び回っている

おまえは金の目をし
私の窓辺にやってくる
そして　しなやかに体をくねらせ
また　飛んで行ってしまう

追いかけたい
けれども　おまえはそれをこばむように
飛んでいってしまう
ひとりぼっちが楽しいんだね

灰色のネコは
ゆうゆうと飛んでいる
星のない夜の世界に
金色の目だけが光っている

とことん自由を欲すれば人とは交われない。孤独でいるしかない。その姿を描いている。中学生でもうこういう認識を持っていることに注目してほしい。

第七章　家族の中で

ゆづり葉

子供たちよ
これは譲り葉の木です
この譲り葉は
新しい葉が出来ると
入り代つてふるい葉が落ちてしまふのです

こんなに厚い葉
こんなに大きい葉でも
新しい葉が出來ると無造作に落ちる
新しい葉にいのちを譲つて――

子供たちよ
お前たちは何を欲しがらないでも
凡てのものがお前たちに譲られるのです
太陽の廻るかぎり
譲られるものは絶えません

輝ける大都會も
そつくりお前たちが譲り受けるのです
讀みきれないほどの書物も

みんなお前たちの手に受取るのです
幸福なる子供たちよ
お前たちの手はまだ小さいけれど――

世のお父さんお母さんたちは
何一つ持つてゆかない
みんなお前たちに譲つてゆくために
いのちあるもの、よいもの、美しいものを
一生懸命に造つてゐます

今、お前たちは氣が附かないけれど
ひとりでにいのちは延びる
鳥のやうにうたひ、花のやうに笑つてゐる間に
氣が附いてきます

そしたら子供たちよ
もう一度譲り葉の木の下に立つて
ゆづり葉を見る時が來るでせう

河井　酔茗（かわい　すいめい）
1874年～1965年、大阪府生まれ。詩集『無弦弓』、『花鎮抄』。東京都目黒区などに暮らした。

あの子の夏休み

望月　逸子（もちづき　いつこ）
1950年、大阪府生まれ。詩集『分かれ道』。
関西詩人協会、兵庫県現代詩協会所属。兵庫県西宮市在住。

正午前の丸い大きな外灯には
太陽と入道雲が映っている
この球体に輝く発見を
窓から指差してあの子に見せたいのだが
彼女はすでに　そこに映る風景に溶けてしまっている

太ももにへたなタトゥーを自分で入れ
眠れない夜をこの部屋でタバコを吸いながら
わたしが読み残した小説を　かたっぱしから読んでいた
　あの子に
「わたしの三番目の子どもになって
いっしょに生きてくれませんか」
と言わなかった
夏休みのお祭りのようにあの子を迎え
海辺の家のおばさんになって朝昼晩
あの子がおいしそうにご飯を食べ
合掌する親指と人差し指の間に箸をのせてごちそうさま
　をするまでの
仕草のひとつひとつを
手をとめて　ながめていた

夏休みが終り
あの子はここを出て家賃を稼ぎ
一度離れた家族と恋人に向き合わなければならなかった
中枢抑制系の薬を十種類以上　医者に処方され
不眠の海で立ち泳ぎし続けながら……

あの子も選ばなかったのだ
海辺の家の三番目の子どもになって
仕事と介護に追われる里親の代わりに
ときには冷蔵庫の残り物をパズルのように組み合わせて
　夕飯を作り
ベランダのペチュニアに水をやってから夜間高校に行く
ありふれた日常の detail をこなす日々を

夕暮れ
あの子の声の色をした茜雲が
拡がりながら流れ始める

車窓から

帰省子《きせいし》は
やあ、
といって帰ってくる
ごろごろ寝てから
じゃあ、
といって戻っていく

単線鉄路の小さなホーム

次は、
と　訊《き》くと
そのうち、
と　ひと言

でも
満面の笑みにさみしさ隠し
運転手みたいに敬礼をして

いつまでも
こっちを

じっと　見つめている

中村　花木（なかむら　かぼく）
1949年、群馬県生まれ。詩集『奇跡』、『ぶらんこ』。
詩誌「コールサック（石炭袋）」、詩人会議所属。群馬県前橋市在住。

野の花

間奏曲《インテルメッツォ》

朝霧の消えていく
名もない草原の片隅に
空の青を
圧縮し凝縮した色合いの
一対の花の群落があった
そこを
病いの癒えたばかりの父と
幼い娘が通りかかった
名も知らない花の名を
娘は父に問うた
父は
その花の名を知っていたが
人の世の哀しみと涙に浸された
二つの小さな胸のような
つゆ草という言葉も
水辺を明滅しながら
いまにもこの世の闇へ消え果てようとする
ほたる草という名もいいかねて
その場にじっとしゃがんで
いいよどんでいた

そしてしばらくして
ふっと放心しながら立ちあがり
〈空の青さに染った子供の眼のよう〉と
父はつぶやいた
名も知らない花の群落を
やさしく明るくみつめ
幼い娘はその花をひそかに
ひとみ草と名づけ
そっとその名を心の中に移し入れた

前原　正治（まえはら　まさはる）
1941年、宮城県生まれ。詩集『魂涸れ』、『黄泉の蝶』。
日本現代詩人会、日本詩人クラブ所属。宮城県宮城郡在住。

おもろ＊1の産土《うぶすな》

梅檀《せんだん》の木は奔放に枝を広げ
深い影を落して庭の隅に立っている
淡紫色の小花を咲かせては
匂やかに夏の訪れを知らせていた

留守を預る祖母が乳母車を押して
木陰にやってくると
梢は葉擦れを鳴らし　祖母は
一つ覚えのアガローザ＊2を歌い出すのだった
おもろを謡う島人の唄は　つつましく
ひたすら祈りの言葉に包まれているから
祖母の声はよく似合う

子守《ふぁあむ》りゃ達《たー》ぬ揃《する》ゆてぃ　ヨー《よし》ヨー《よし》イ
腕《かや》ば痛《や》み守《む》りひゆぅば　ハーリヌクガナ《黄金より大切な子よ》
墨書《しんか》き上手なり給《とー》り　ヨーヨーイ
筆《ふでぃ》取《と》り上手なり給り　ハーリヌクガナ
産《な》しゃる親轟《うやとぅゆ》まし　ヨーヨーイ
守《む》りやるお姉名《あんまな》とらし　ハーリヌクガナ

飽浦　敏（あくうら　とし）

1933年、沖縄県生まれ。詩集『星昼間』、『トゥバラーマを歌う』。日本現代詩人会、日本詩人クラブ所属。兵庫県芦屋市在住。

穏やかに止むともなく続いて
いつしか自分の目も細くなり　ついに
こっくりこっくり舟をこぐ

歌って寝かせた孫達は　乳母車を降りると
いつしか　胸中にびろうどの羽毛をたくわえ
見るまに綾羽をはぐくんでいる
折りしも吹いてくる東風にのり
荒鷲となって羽を伸ばし
高く遠く飛んで行くのでした

皺深い手を胸のあたりにして　祖母は
目を細め　笑みを浮かべて僅かに手を振っていた

梅檀の花の香こぼれる庭は
芳ばしい祖母のふところを偲ばせる

＊1　沖縄古謡「おもろそうし」に見る。（思い、思う）
＊2　子守唄の題名・唄の一部をひいた。

祝婚歌
——むすめ・幸恵へ——

ここに足形がある
きみが生まれた時の
ちっちゃな　ちっちゃな朱の足形が
「おめでとう　女の子ですよ」　医師からいわれた時
男兄弟で育った私は思わず椅子から舞い上がった
昭和五十二年八月十日午前八時二十五分　無事に誕生
身長五十センチ　頭囲三十四・五センチ
体重三千七百グラム　胸囲三十四・五センチ
ミルクを良く飲み寝てばかりいる赤ちゃんだったね

幸せに恵まれてくれればいい
「幸恵《さちえ》」　いやいや雪国・北海道生まれにちなんで
「ゆきえ」「元気な雪ん子　ゆきちゃんになーれ」
これが名前に託した父の精一杯の願い

「雪ん子　ゆきちゃんへ」と『雪わたり』[*1]の絵本が
花巻の宮沢清六[*2]さんから贈られてきたのは
ポニーテールの似合う九歳の誕生日のこと
「かた雪かんこ、しみ雪しんこ。」
「しみ雪しんしん、かた雪かんかん。」

ささき　ひろし
１９４９年、北海道生まれ。詩集『カムイエト岬』、『海の血族』。
詩誌「花筏」、「坂道」。埼玉県さいたま市在住。

きみはいつも口ずさんでいたっけ
赤毛のアンのような夢見る女の子だった
そんなきみが　いつの間にか
「おとうさん　だめじゃないの」
母と同じ目線で父をみるようにまで大きくなって
自分の伴侶をみつけたんだね
もっと　してあげたいことも　たくさんあったけれど大
　病もせず
兄や弟思いの　しっかり者に育ったきみを誇りに思う
真夜中　ふと眼をさますと　もうすぐ結婚式……
やせ我慢の父親の寂しさを人並みに味わったよ
飲めない酒がこんなにも身近な友になるなんて

幸恵よ　最後にひとつだけいいたい
平凡な主婦にはなるな
まだまだ追いかけてほしい
あのおしゃまなポニーテールの夢の束を
ひとつひとつ　かなえるまで

＊1　宮沢賢治の童話
＊2　宮沢清六＝宮沢賢治の弟

マザーリーフ

その柔らかな嘆きに似た
甘い呼び名の植物を
密約がわりに少女はくれたのだ
ついにあなたは卒業の式にも出なかった
時折私は大人になっても
子どもを産んだことがない人だからと
つまはじきのように感じたものだが
少女は口数少なくそっと葉っぱを差し出した
私たちは血のつながらない
無用の葉っぱの間柄だった
小さな葉っぱが次々と産まれた
水につけておくだけで葉っぱは増え続けた
にゅんにゅんという感じで
母体の葉から子どもの葉が
そのままの形で産まれた
出窓は今やマザーリーフのジャングルで
少女の繊細な声が木霊した
だけど葉っぱは自由な羽根を持ってはいない
風が吹けば倒れてしまう
葉っぱたちとの

人生の難事を憂いながらも
赤ちゃん葉っぱが産まれると
かわいいね
ほんと
のぞきこむあなたが薄明に溶け入る
疎外感でいっぱいだった春
非力な人の生を早くも見てしまったように
ゆるやかに葉っぱの思い出をもつれ合った
そして一瞬に
秘密の同盟を結んだ
決して触れることの出来ない
少女のこころを知っていたから

日野　笙子（ひの　しょうこ）
1959年、北海道生まれ。シナリオ誌「雪国」、詩誌「コールサック（石炭袋）」。
北海道札幌市在住。

爪先立って

爪先立って
あなたが笑うと
わたしはあなたの笑いに引き込まれ
渦を巻き
独り占めしたい誘惑にかられる
あなたという子どもは
別れの歌を
明るく歌っている
フラワーループを回し
わたしを誘惑する
未知を歩み出すひとと
たそがれをゆく者と
その構図は
薄暮を隔てたところからただ淡い
幼くおぼつかない足取りで
よちよちとその柔らかな
甘美な感触を
わたしの膝に預けてくれた子ども
今その笑い声はつれなくさえある
あなたは言う

おばちゃんは卒業できないの？
次に行くところはなんだかとても幸せそうじゃないの
ついついわたしは眼で追っている
いっしょに行けないの
素敵なお洋服着てどこへ行くの？
おしえてあげないの
笑い顔にたちまちすぐに引き込まれ
他に何もいらなかったと
ただただ幸福な味を知った瞬間から
人生にさえ
ひとは見放されていくのだと
爪先立って
笑いのループのなか
その子はわたしに寂しささえも
おしえてくれた

秋陽

松本　高直（まつもと　たかなお）
1953年、東京都生まれ。詩集『木の精』、『永遠の空腹』。
詩誌「舟（レアリテの会）」、日本現代詩人会所属。東京都小平市在住。

1

真夏に生まれたので
名前に
夏の字が付いた
女の児
傍らの親の
期待とか不安とかを
吹き飛ばし
空腹を告げるために
激しく泣きだした
窓の外では
すでに
秋の風が立っている

2

子にせがまれて
緑のカーテンに付け替えた
すると
みみずくの低い声が聞こえてきて
室は
森へと拡がった
窓の外では
いつもの午後の陽が
マンションを照らしているが
室の中の
きみの昼寝は
樹皮の深い香りに
しっとりと
つつまれていた

顔

わたしはいまおまえを見つめていて
おまえがおまえであることを認識しているが
ではわたしは
わたしがわたしであることを
どうやって識別すればよいのだろうか

自分の眼では自分の顔を直視できないから

例えば鏡に映ったこの顔は
今朝　鏡の中の髭を剃るわたしは
昨夜　おまえと語らったわたしと
同じ蒼い髭を持つわたしか

或いはカメラに撮られたあの顔は
30年前の結婚式の新郎としてのわたしと
30年後の結婚式で新婦の父としてのわたしは
同じ明日を夢見るわたしか

戸籍謄本や健康保険証がわたしを証明するのか

ところで
鏡はどこに
鏡としての己を映し出すのだろう
カメラはいつ
カメラとしての己を写し取るのだろう

いくつもの偶然と
めくるめく時間の果てに
父娘は相似形の顔を持つ

坂井　一則（さかい　かずのり）
１９５６年、静岡県生まれ。詩集『グレーテ・ザムザさんへの手紙』、『坂の道』。日本詩人クラブ所属、ネット詩誌「ＭＹ・ＤＥＡＲ」。静岡県浜松市在住。

お姉ちゃん

わたしは
お姉ちゃん
なぐさめてほしいとき
母さんのひざには
妹がいた
のどに力を入れて
泣くのを止めた
近所の人からは
「おとなしい子やねえ」と
ほめ言葉？
母さんは
まぶしい眼をしていた
わたしは
いつもおとなしい子になった

泣きつけばよかったのに
妹なんか押しのけて
母さんのひざを取ってしまえばよかった
取り返されても
また取りに行けばよかった
わたしは
のどにぐっと力を入れ
体を浮かせて過ごしていった

わたしは
お姉ちゃんだった
でも、
優子という一人の子ども
欲しくて、欲しくて
欲しくてたまらなかった母さんのひざ
すがって、泣いてよかったんだ
荻野　優子（おぎの　ゆうこ）
1960年、大阪府生まれ。土曜会所属。大阪府堺市在住。

弟

せっかくの日曜なのに
せっかく青空がまぶしいのに
きんもくせいがにおうのに
みどりの木さえまぶしいのに
　ただ弟だけが
　　つかれはてている
　　　――なんの病だろう
ふとんにもぐり
ねむっている
きのうの元気は
どこにいったのだろう
きのうふざけていた元気は
どこにいったのだろう
弟よ　元気に早くなっておくれ

一九八二年九月二十六日

堀　明子（ほり　あきこ）
1973～1988年、神奈川県生まれ。詩集『四季の色』、『つぼみたくさん』。神奈川県藤沢市在住。

生きるよろこび

ああ　生きるよろこび
生きているから
よろこびがある
おいしいものも
たべるよろこびも
美しい絵に感動し
見いるときの幸福も
生きているから
味わえる
生きるよろこびにくらべれば
少しばかりの不幸など
なんでもない

一九八二年十一月二十五日

森のむこうからくるバス

小田切　敬子（おだぎり　けいこ）
1939年、神奈川県生まれ。『小田切敬子詩選集152篇』、詩集『わたしと世界』。
詩人会議所属。東京都町田市在住。

からすうりのあかい
森のむこうに　学校があった
バスは森をぬけてきた
チョコレート箱の　くぎりの中に
いい香りのチョコレートが
おさまるように
下校生徒たちが　満席に　つまっていた
生徒たちの　やわらかいゆびは
手にもったスマホの画面に吸いつけられ
大冒険におおわらわ
怪獣と　とっくみあい
炎のベロにまきこまれて
何回も気絶していた

杖をついたちいさなおばあさんが
のってきた
背もたれにしがみついて
立ったまま
おばあさんは　ゆれていた

あかちゃんをだいた
わかいおかあさんがのってきた
あかちゃんをかばって
空をつかもうとしては
立ったまま
わかいおかあさんは　ゆれていた

冒険にむちゅうの生徒たちと
立ったままの　おきゃくさんをのせて
バスは　はずみながら
まちのなかへと　すすんでいった

にこっ

ゆうちゃんはね
たつことができないの
すわることができないの
ひとりで　おしっこができないの
おはなしができないの

おはしがもてないの
たべさせてもらっても
のみこむことが　むずかしいの
どろどろでは　だめなの
かたすぎては　だめなの
そういうからだで　うまれてきたの

ゆうちゃんは　できるのよ
とかげが　にわをよこぎるみたい
ねこが　いしがきに　とびつくみたい
いなづまのはやさで
にこっ

おふろに　はいったとき
すきなうたを　きいたとき
ゆうちゃんて　よばれたとき

おかあさん
おとうさん
おじいさん
ともだち
リハビリイのせんせい
ドクター
となりのおばさん
ねんどのコーチ
おくりむかえのうんてんしゅさん

にこっ　をみたら
だれもが
うれしくなって
にこっ
にこっ

娘よ

堀田　京子（ほった　きょうこ）
１９４４年、群馬県生まれ。詩集『大地の声』、『くさぶえ詩集』。
東京都清瀬市在住。

私が私であるように
あなたはあなたで　あればいい
どうして　何故うちのあの子が　そんなバカな
某宗教団体に　入るなんて　信じられない

優等生だったあなた
自慢の娘の苦悩を知らずにいた　大馬鹿親でした
泣き崩れながら　娘は言った
「私は今まで親の喜ぶ顔が見たくて　それだけのことで
勉強をしてきた」
「そんな子に育てた覚えはない」その言葉を急いで飲み
込んだ
娘の心親知らず　愕然とし力が抜けて行った
いい子を演じてきた我が子
知らないうちに　柔らかなあなたの心を虐待していたな
んて
無意識の人権侵害　罪の重さに忍び泣いたあの日
競争社会のむごさに　傷だらけになっていたあなた　可
哀想に

苦しかったら叫びなさい　大声を出していいのです
哀しかったら泣きなさい　涙の泉枯れるまで
悔しかったら　殴りなさい　悪かったのは私達

十八の春まで我慢の子だったとは　辛かったでしょうね
もう限界でしたね　宗教に救いを求めていったのですね
ごめんなさい　申し訳ありません　謝っても
いまさら　許してはくれないでしょうね
愛しています　あなたのことを　ほかの誰よりも

お願いです　今からでも遅くはない
脱皮して新しい自分を見つけるのです
結果を恐れず　自分を信じ愛し
完全を求めないでいいのです
自分を許すのです

弱さを知る者こそ　強い心の人間になれるのです
自分の人生は　自分でしか作れないのだから
人生は可能性に満ちています　歩き続けて下さい
北風の中でも　精一杯ベストを尽くし

夢に向かって　人生を楽しむのです

心の声を聞きながら
一瞬のいまを大切に
自分を大切に
人生は愛するに値するものだから
必ず未来は開けるはずです

この世に　美しい沢山のタネをまいて下さい
桜の花なら桜色　藤の花なら藤色に
バラの花なら香りもあるよ
可憐な　あなたの花が咲く日まで
いつまでも　待っています
私達はいつでもあなたの味方です

私達の所に　生まれて来てくれてありがとう
幾つになっても　あなたの幸せを祈っています

娘へ

転職がどうした
驚く事はないのだ
大事なことは自分で決める
人に迷惑かけるわけじゃない
遅すぎることはない
未来を信じて　勇気と決断の時
人生は夢と希望に満ちている
ストレスで病になる前に
自分の心の思うままに
人生を選択するのだ
命さえあれば　何とかなるさ

私はいつでもあなたを信じています
人生は冒険　恐れずに山に登れ
人生は自分探しの旅　本当の自分を生きるのです
世のため人のため自分のため
炎を燃やして生きよ
自由の翼はためかせ
大空に飛び立つ勇気に乾杯

私にできることは一つ
あなたのそばにいてあげるだけ
新しい船出に乾杯
哀しくなったら
いつでも私の胸に帰っておいで
抱きしめてあげるからね
子どもの時のようにね

だんべーかるた（ふるさと群馬編）言の葉遊び

い　いつも心に　ふるさとの青空を
ろ　路傍の人にも　恵みあれ
は　胚芽米　食べて　免疫アップアップ
に　ニンニクや食えば　臭い仲になり
ほ　ホルモン焼き　パワーアップで勢のもと
へ　屁っこき爺は　けむったいね
と　とんとんからりと　お隣さん
ち　チンドン屋　厚化粧しておでましだ
り　リンゴのような　可愛い子ども
ぬ　ぬるぬるつるつる　とろろ芋
る　瑠璃も頭も　磨けば光る
を　お嫁にゃ行かない　花子さん
わ　笑う門には　人来たり
か　空っ風　かかあ天下の群馬県
よ　酔どれや　母チャンの冷たい視線あび
た　田んぼにゃ　たにしも　おさらばじゃ
れ　蓮華の花咲きゃ　春真っ盛り
ぞ　雑炊に　おっ切り込みの夕餉かな
つ　土ふまず　マッサージするべー
ね　猫なで声の　お姑さん
な　泣けば赤城の子守唄
ら　楽の種　まけば生えます福もまた
む　村の鎮守も　空き家かな
う　うまかんべ　わが屋自慢のつけもんこうこ
い　井戸端会議は　そうだんべー
の　脳ある人は　ツメ隠す
お　お祭りだ　酒樽たたいて八木節三昧
く　桑の実食べた　懐かし日
や　焼き餅は　群馬の名物味噌だれよだれ
ま　まき割りの逞し父を　思いだす
け　煙たなびく浅間山　明日天気にしておくれ
ふ　太っ腹の旦那衆　勝負好き
こ　木枯らしもん次郎　吹けば赤城のお山は冬だ

え　笑顔が一番　勉強二番　愛嬌いいのはおらが嫁
て　天秤棒　担いで肥えだめいつの事
あ　赤城の山には旅がらす　国定忠治は正義の味方
さ　さらさらと　流れる小川の恋しかり
き　金襴緞子の　嫁ごさん　おちょぼ口して献盃だ
ゆ　夕立だ　くわばらくわばら　蚊帳の中
め　名物は　おらが在所の　焼きまんじゅう
み　三日月や　かくれんぼのうさぎかな
し　新年は　氏神様にまず参れ
ゑ　ゑびす大黒七福神　おらが屋敷の寿老人
ゐ　いないかいるか閻魔さん　ウソつきゃ舌をひん抜かれ
ひ　人の道　七転び八起き　あわてるな
も　もちつもたれつ支え合い　餅をつくべーー
せ　せっかちとおっちょこちょいに　特膏薬なし
ん　んめぼし喰っても　種食うな中にゃ天神さま寝ちょる

ジジ　ババ　かるた

い　いつも笑顔で　感謝して
ろ　論ずる前に　まず実行
は　ハハハと笑えば　入れ歯もカクカク笑いだし
に　虹の橋　あの世の架け橋仰ぎ見て
ほ　微笑んで　オンリーワンの人生を
へ　へっぴり腰でも　生きてりゃいいさ
と　飛んだり　跳ねたり子どものように
ち　貯金は　残さず使うもの
り　立身出世や肩書等は　関係ねー
ぬ　盗人の　居ない世の中来るように
る　留守電録音　詐欺ごめん
を　老いても　心は青春だ
わ　忘れもの　いつも確かめ指さし確認
か　片づけ上手は　生き上手
よ　欲張らず　足るを知る者幸せに
た　旅の道　人の命を慈しみ
れ　練習は　毎日欠かさず習いもの
そ　その時まで　生き抜く力みなぎらせ
つ　つんぼのジジババ　地獄耳
ね　寝ても　覚めても　悩みは尽きぬ

な　なんでも見ましょう　聞きましょう
ら　ライフワークを大切に　自分を生きる
む　胸張って結んで開いて　ストレッチ
う　歌えば　心もさわやかに
ゐ　いの中の蛙になるな　ボケ予防
の　脳味噌の　マッサージしてリフレッシュ
お　お守りを　財布に入れてお買いもの
く　喰いけにはまれば　老人病に
や　病は気から　自分に負けずに強くなれ
ま　真坂の道も修行に励みマイペース
け　健康第一　お金は第二
ふ　触れ合えば　温もり生まれ
こ　この世の花を　咲かせよう
え　選んだ相手に　文句はなしよ
て　天の声　心の声に耳すまし
あ　明日なろう　夢は大きく逞しく
さ　さあ行こう　元気に体操一二三
き　今日の一日感謝して　夜半の嵐に御用心
ゆ　夢を持ち　貴方と一緒に人生を
め　めんどくさいは　棚にあげ
み　見つけましょ　人の良いとこ沢山あるよ
し　深夜便　聞いてわが身をつねりたり
ゑ　ゑびす大黒　我が家の柱
ひ　火の始末　絶対忘るな火事のもと
も　もちつ　もたれつ人生は
せ　せっせと歩けば　一万歩
す　スッテンコロリン　気をつけて
ん　んんとこしょ　元気な掛け声響かせて

お帰りなさい。

『白い箱。』
それがお父さんだと
どうやって信じれば良いのだろうか？

両腕の中は
最後に抱えた身体よりも重く
悲しい位にのしかかった。

（八ヶ岳の青さに混じり、遺影の輪郭がぼやけて見える。）

そっと包んだ白い箱は布の感触がして
火照るような暖かさを感じない。
それでも私は離れる事が出来なくて
腕の中のそれを再び抱きしめる。

（微かに聞こえた、お父さんの声。）

見上げた雲が
霧のように霞んで見えた。

梓　ゆい（あずさ　ゆい）
1983年、山梨県生まれ。東京都杉並区在住。

このてのひら

こまつ　かん
1952年、長野県生まれ。詩集『龍』、『見上げない人々』。
日本詩人クラブ、日本現代詩人会所属。山梨県南アルプス市在住。

てのひらを
あわせると
この世と
あの世が
むすばれる

その蝶は
ぼくのところに
ひょっこりとあらわれた
と　そういう表現がぴったり

シクラメンの季節
行きつけの
〝花ぽぷり〟という名の花屋さんでのこと

入り口の花カゴのなかで
まるで
おしくらまんじゅうをしているかのように
寄せ集まっている
仏さんに手向ける花の束

供花を　ひとつ手にしたとき
花びらに
それはそれは小さな生き物が寄り添い

花の蜜が恋しいのかな

翅をたたんでいるから
朝露からうまれた蝶だと思い
よし　この蝶も
花と一緒に連れて行こうと
店をあとにした

母のお墓がある〝正法山妙経寺〟は
店から東に歩いて数分
郵便局の右隣

お墓の前で
花を通路に置こうとすると
蝶は花から舞い出て
ぼくの右足の爪先に移り

すかさず右手を差し出すと
今度は手首の内側にやってきた
ちょうど脈を診るあたり

おそるおそる立ち上がると
蝶はすばやく右側の灯籠まで舞い
ふたたび翅をたたんだ

ぼくは花の水をかえ
柄杓で御石塔に水をかけ
てのひらをあわせた

母の月命日に
冬の蝶に会い
暮らしのなかで
常になにかに見守られていること
どんなときも自分は一人ではないことに
気付いた

「おふくろさん……」と
あんなこと　こんなこと
感じたこと　思ったこと
願いごとなどを
つつむようにし

話しかけていると
このてのひらが
熱く熱く
熱くなってくる

蝶も翅をたたんだまま
じーっと
朝の陽をあびている

ボクんちのママは牛飼い

ボクんちの朝は早い
氷点下二十度の真冬でも朝四時に仕事が始まる
ママは牛のご飯づくりとボクらの世話で大わらわ
もうもうと湯気の立ち昇る牛舎に向かう
牛パワーが湯気を巻き起こし、ミルクの味を奏でる
甘くて、奥深い味わいを大地からいただく
牛達の元気が毎日恵みを受けるボクらを丈夫にする
クラシック音楽で目覚めるボク、妹のみるくは夢の中
いまどき牛を飼う？　それってほんと？　どうして？
ママは子どもの頃、秋田のおばあちゃんの牛が大好き
しばらく学校に行けなくて辛い日々もあったけど
毎日やさしい牛の顔を見ているととても温かい気持ち
夜、皆んなでながめた天の川もやさしく微笑んでくれた
少しだけ心が軽くなった

ボクんちの牛達の性格はいろいろ
ドヤ顔で隣の餌まで盗る子、困り顔で遠慮の子
マイペースで寝ている子、あわてんぼの子
友達が売られると澄んだ目から大きな涙も流す
どこかの世界とあまり変わらないかも

大友　光司（おおとも　こうじ）
1953年、秋田県生まれ。神奈川県相模原市在住。

ママは、お絵かきも大好き、牛の絵はとてもかわいい
旅はもっと大好き、突然会社辞め世界一周船に乗った
世界の人々の笑顔・旅仲間とのふれあいが心地よかった
旅の終わりに素敵なパパとも知りあえた
都会暮らしのママ達が見つけた北海道で開く牧場の夢
今、ボクんちの牧場はまだ夢の途中
大阪から移り五年、悠久の大地でまだよちよち歩き
広大なこの地に始めは二人、ようやくボクらも仲間入り
寂しいことや辛いことたくさんあったけど
家族の牛達五十七頭、庭を散歩のキタキツネ君
裏山ではじーとたたずむシマフクロウ君
冬には華麗に舞い踊るタンチョウさん
皆んな今ではこの町の友達・家族
一歩ずつ、着実に北の大地に根付きながら生きていく
夢を乗せ、北の町はずれに手作りの看板を掲げた
ボクんちの「大村牧場」という名がまぶしく大地に輝く

父が遺していったもの

「あんたを本気で叱ったのは、あの時だけだったな。」末期のガンで、余命半年を告げられた父は、病の床で遠くを見つめるような眼で私に言った。もう起き上がることも立ち歩くことも難しくなっていた。

私が小学校に入学したころ、近所にダウン症の男の子が住んでいた。私より一つ年上で、彼の父親は一年ほど前に病気で亡くなり、母親と二人で暮らしていた。私は近所の友達とはよく遊んでいたが、彼とは遊ぶことはもちろん、話をすることもなかった。彼を見かける時はいつも母親と一緒に歩いていたように思う。

小学校二年生のころだった。季節はよく覚えていない。いつも遊んでいた友達と二人で、家の近くを歩いていた。そのとき、向こうからその男の子が一人で歩いて来た。そして私たちとすれ違ったその瞬間に、私は彼に向かって言った。

「ばーか」

なぜ……。何となく自分と違うように感じた彼に対して、無意識に言ったのだろう。

その後、何をしたのか、どのくらい時間が経ったのか記憶にない。ただ家に着いて間もなく、彼の母親が私の家を訪ねてきた。なぜ訪ねてきたのか、その理由は、幼い私にも何となく分かった。応対に父が出た。私は素早く駆け出し、隣の家の庭に隠れた。しかし、それは意味のないことだと思い、家に戻った。

父が待っていた。

「今すぐ行って謝って来い。」

彼の家までは二百メートルほどだが、とても長い時間を歩いたように感じた。

玄関先で、おそらく小さな声で「ごめんなさい」と言うのが精いっぱいだったろう。その瞬間、涙があふれてきた。泣きながら家に帰った私は、父に「謝ってきた」と言った。その後、父に何かを言われた記憶はない。

怒鳴られたわけではない。殴られたわけでもない。ただ、絶対に許せないという父の気迫を、私は怖いと感じていた。絶対にしてはいけないことをしてしまったという思いが、私の心の中に鮮烈に刻まれた。

そんな父も一昨年の秋、家族に見守られながら静かに息を引き取った。私は、私の中に父が遺してくれたものを今でも大切に育てている。

俊之（としゆき）
1964年、千葉県生まれ。千葉県千葉市在住。

ひとすじの涙

たに　ともこ
1933年、山形県生まれ。埼玉県所沢市在住。

母さん我慢しなくても
もういいよ
大丈夫だよ
お休みなさい
母はだまって目を閉じた
一筋の涙を流しながら
必死に生きた八十四年
最後の最後の日
アルツハイマーになって五年余り
旅の大好きだった母
私《わたし》の行くのを待ちわびて
一人で駅まで迎え出て
道に迷って
皆んなに迷惑かけたけど
こんどは何処に行くのかと
ただただ待っている母でした
火災・戦争・食糧難
農地解放等々
時代《とき》の流れに翻弄《ほんろう》されながら
五人の子供を必死に育て

愚痴の言わない
大きな声も出さない母でした
私、しげる（夫）さん余り
好きでなかったの……
列車の売り子になって
全国廻りたかったの
過去の過去の話
そんな言葉を残して
母は旅だった
届《とど》かぬ世界に旅だった
私《わたし》を自由に育ててくれた母
人は人、自分は自分
強く生きることを教えてくれた母
言葉にならず
心から思わずつぶやいた
ありがとう、ありがとうと私

私を導いた母の言葉

私の母は、小学校の教師をしていたので、言葉遣いにはうるさいほうでした。母が私に教えてくれた言葉で、今でも私の生き方に大きく影響しているものに次のような和歌があります。

「明日ありと思う心の仇桜《あだざくら》、夜半《よわ》に嵐の吹かぬものかは」

これは、鎌倉時代の僧侶であった親鸞が詠んだ歌です。明日も美しく咲いているだろうと思っていた桜も、夜のうちに嵐が吹いて散ってしまうかもしれないから、明日はどうなるかわからないという世の無常を説いています。やらなければならないことは先送りせず、今すぐにやらなければならないと戒めた言葉です。

母は、この言葉を小学五年生だった私に言ったのです。その日のことは今でもよく覚えています。

私が学校から帰ってきて、囲炉裏にあたっているとき、母が私に話しかけてきました。

「直樹、今日は学校から何か宿題は出たの？」

「うん、出たよ。」

「それで、いつ宿題は片づけるつもりなの？」

「明日、学校が休みだから明日やるよ。」

私がそういうと、母は急に真剣な顔つきになりました。

「直樹、よく聞いてね。明日があると思って、今やれることを先延ばしにするのは、よくないよ。今やれることは今やろうね。」

そう言うと、その後に先ほどの親鸞の言葉を続けました。明日に延ばしすぐに宿題に取りかからない私を戒めたのです。それ以来「何ごとも先延ばしはしない」が私のモットーになりました。社会人になってから何でも前倒しで行動していましたし、雑誌や本の原稿を書くときも、締め切りに遅れないように心がけています。

学校の宿題をやっていかなければ、先生に怒られるのも、困るのも自分一人ですが、原稿が遅れれば、編集者やその他大勢の人に迷惑をかけることになります。ですから仕事をするようになってからのほうが、より母の言葉が身にしみるようになりました。

私は、理屈で説明されるとすぐに納得してしまうところがあり、母が親鸞の言葉を使って教えてくれたときの、すごく納得して頭にすっと入っていった感覚を今でも覚えています。この他にも、母は短歌やことわざ、論語などを使って説明してくれました。そういう言葉は、大人になって不思議と記憶に残っているのです。

尾木　直樹（おぎ　なおき）
1947年、滋賀県生まれ。『尾木ママ流　叱らない子育て』、『尾木ママの「凹まない」生き方論』。臨床教育研究所「虹」主宰、法政大学教職課程センター長・教授。東京都在住。

第八章　自然の中で

花のこころ

朝の目覚めの
さびしい日がある

さびしさを抱きながら
床を離れ
口をすすぎ
髪をととのえる　かがみの中に
遠い山に咲く
花の姿を見る
朝ぎりの晴れ間を待つ
花の静けさ　花の心

ただ一度の出会いを忘れずに
姿を見せてくれる　山の花
花のこころに支えられて
過す一日

高田　敏子（たかだ　としこ）

1914年～1989年、東京都生まれ。詩集『藤』、『夢の手』。

忘れもの

入道雲にのって
夏休みはいってしまった
「サヨナラ」のかわりに
素晴らしい夕立をふりまいて

けさ　空はまっさお
木々の葉の一枚一枚が
あたらしい光とあいさつをかわしている

だがキミ！　夏休みよ
もう一度　もどってこないかな
忘れものをとりにさ

迷子のセミ
さびしそうな麦わら帽子
それから　ぼくの耳に
くっついて離れない波の音

柿の木

庭にあった　柿の木
いつからあったか
おかあさんも知らない　柿の木
おばあさんも知らない　柿の木

雨が降って　風が吹いて
少しずつ　入れかわり
家族が減って　家族が増えて
すっかり変わった　柿の木

ほんとうに同じ　柿の木ですか

柿の実も　見ていました
おばあさんそっくりになった　おかあさん
おかあさんそっくりになった　わたし

ほんとうに同じ　柿の実ですね

あかあかと灯《ひ》がともり
夕暮れがきていました

宮本　苑生（みやもと　そのえ）
１９４５年、福島県生まれ。『へんしん』、『るら　るら　る』。
日本現代詩人会、日本詩人クラブ所属。東京都調布市在住。

空

あおい空ならありました

ずっとずっと前のこと
あの空のはじっこに
子犬がいっぴき捨てられて
この空のはじっこで
泣いている子供がおりました

あの空のはじっこと
この空のはじっこで
いつまでたっても会えなくて
なんどもなんども生まれて死んで

あの空のはじっこと
この空のまんなかに
なんどもなんども虹が立つ

いいよどり

いいよ　いいよと鳴いているいいよどり
いいよ　いいよと鳴いていた
ついこの間は何がいいよだ、馬鹿にするなと
追い払ってしまったので
しばらくは何処へか行ってしまった
いいよどり

このとりが帰ってきて鳴いている
いいよ　いいよと
何故かこんどは親しみをもって
耳許《みみもと》でささやくように聞こえてくるのは
わたしが傷ついて
こころを閉ざしていたからだろうか
そしていま
ひとりの時間をもてるようになったからだろうか

あの時は
周囲《まわり》がみんな敵に見えて
強がりを言い
みんな追い払ってしまった

やさしい言葉にも敵意《てきい》を感じて
つい口に出た言葉
なにがいいよだ！　と。

考えてみると　いいよどりは
いいよという鳴き声しか出せない哀《かな》しいとり
いいよどり
いいよとはわたしがつけた名前で
みんなはヒヨドリと呼んでいる
あの灰色のとりだ

今朝も
いいよ　いいよと
いいよどりの声が聞こえる
傷ついたこころに語りかけるように
優《やさ》しく肩に手を掛けて勇氣づける言葉のよう
いいよ　いいよと鳴いている

菊田　守（きくた　まもる）
1935年、東京都生まれ。詩集『かなかな』、『仰向け』。
詩誌「花」（発行人）、日本現代詩人会所属。東京都中野区在住。

満月

九時頃の
満月の夜道で
前額《ひたい》に何かがぶつかった
あっと叫んで手をやると
前額に怪我はなかった

ほっとして
何氣《なにげ》なく地面を見ると
黒い虫が歩いている
これが物体だったら
容赦《ようしゃ》なくわたしを傷つけただろう
生命《いのち》ある虫だから
わたしを傷つけなかったのだ

虫は夜道を歩いている
虫はぶつかったショックで
ゆっくりとしか歩けないのだろう
とぶ翅《はね》があるのに
たたんだまま歩いている
どこか傷ついているのだろう

えっちら
おっちら
黒い虫は歩いている
剽軽《ひょうきん》者の虫よ
愛嬌《あいきょう》ふりまく道化の虫よ
いたずら者の虫よ

大丈夫か

遠い不明

どうやって生きていくのか
立ち尽くす
一人に
渡された一本の水入りペットボトルを
一口飲んでは
生き残った手から
手へ
受け継いでいるのである

少年の頃であったか
木の切り口から滲みでる水に
口をつけたことがある
あれは
木のなかを流れる川であったか

家族や家を失ってもなお
心の水脈を涸らさず
生きのび耐えているのは木の人である
その人の首のなかを
水のおりていくのが透けて見えたようであった

水を残して飲む人は木の人
心のなかに川をもつ木の人である
新しい街路樹にもなる木の人
広げた葉の下に人を休ませる木の人である

季節外れの吹雪が
木の人を
はげしく揺すっているのである

テレビを見ながら水を飲むぼくには

吹雪も
水のありがたさも見えたようで
なにひとつ見えない
遠い不明である

北畑　光男（きたばたけ　みつお）
1946年岩手県生まれ。詩集『救沢まで』、『北の蜻蛉』。
詩誌「撃竹」、「歴程」。埼玉県児玉郡在住。

足形

胎児の浮かぶ羊水の世界は
原始の海と同じだという

生れたばかりの
おまえが
羊水の滴をしたたらせている
産声を発した口元から
やわらかいしわくちゃのからだから
かたくにぎった手の甲から
滴をしたたらせている
それは太古に
いのちが初めて
海をしたたらせ
陸に上がった時のようである
その時おまえは
軟らかい布で
拭き取られ
足うらに墨をつけ
足形をとられたのだ
それはこの地球に

上陸した第一歩を印したこと
乾いた世界に入ってきたことだ
あれからもうじき四か月
泣いていたおまえは
呼びかけに応えるように
まだ歯の生えない口を開け
笑顔でくっくっと笑う
もっとしっかりした足になった時
おまえは地球に
二歩三歩と足形をつけていくのだ

風

春の風は
花の吹雪

夏の風は
磯の香り

秋の風は
柿の赤

冬の風は
戸板を鳴らす

風には根がある
引き抜いてはいけない

友は　四季おりおりの風
根に元気な声をかけると良い

ほら　風が笑ったよ
冬の風も笑ったよ

倉田　武彦（くらた　たけひこ）
1935年、三重県生まれ。詩集『風がさそう時』、『おじさんノォト』。「花」、「けやき」。東京都杉並区在住。

赤トンボ

群れをなして
風にただよう　赤トンボ
一匹と　目が合った
異界へとどく　純な目ン玉

ホバリングは
浮き世のただよい
いのちの洗たく

なぜ　そんなに
真っ赤になったの　と問えば
年ごろだから　と言う

白い雲にさそわれて
ブルースでも　タンゴでも
踊ってくれ　赤トンボ

風の名前——十七歳

根雪が消えたら
緑もあふれて
うつむいていた空にも
ふっと春風が舞った

ようやく君は風を見つけたのだ
念入りのチューニングをすませたら
まずはアコースティック
指がなじんだらエレキかな

晴の日にはAとE
ゴキゲンならCとG
雨の日には Am と Em
ゴキゲンナナメで G7

今日は柔めのトリゴナル
（これはきっとそよ風だ）
明日は固めのティアドロップ
（これはちょっとしたテンペスト）

若宮　明彦（わかみや　あきひこ）
1959年、岐阜県生まれ。詩集『貝殻幻想』、『海のエスキス』。
詩誌「極光」、「かおす」。北海道札幌市在住。

エゾ梅雨の日々には
ひとしきりチューニング
陽射しが眩しい日々には
エイトビートの弾き語り

ようやくギターの音色に
自分の風を見つけたのだ
ちょっとわがままなお嬢さん
あなたの風の名前は何ですか

ははははは

はるに
はらっぱで
はらばいになると
はっぱがほほをなでる
はなもさいて
はちもやってくる
はやくおいで
はえもきたから
はちあわせ
はなに
はながにおって
はながはながはなが
はははっはっ
はっくしょん
はながわらって
はみんぐ
はるははるでほほえんで
はながはなが
はっはっ
はは
はっ

岩井　昭（いわい　あきら）
1947年、岐阜県生まれ。詩集『この片隅の夕暮れに』。
詩誌「ぱぴるす」、「舟」。岐阜県多治見市在住。

ほおずきを見に行く

坂をかけあがって、
ほおずきを見に行った。
空もいっぱいのほおずきになって、ぼくらを待っていた。
レースみたいな鳥かごに入っている。
なかの赤い実が夕日に照らされて、光っている。

赤いランプのあかり。
畑いっぱいにともっている。
空いっぱいのほおずきと……。
夜になっても、空の下でこのままともっているのかな。

待っててほおずき。
明日もきっと太陽がのぼってくるから。
赤いランプのままで、
待っててほおずき。
明日もきっと空いっぱいのほおずきが優しく照らしてくれるから。

北嶋節子小説「ほおずきの空」主人公
佐々木　聡（ささき　さとし）
北嶋節子（きたじま　せつこ）略歴＝１９５０年、神奈川県生まれ。
小説集『茜色の街角』、『暁のシリウス』。神奈川県横浜市在住。

夕焼け

真赤な夕焼けが
誰もいない　校舎のイスに
ドッカリとすわっている
ガラス窓が　キラッキラッキラッ
夕暮れに
真赤な夕焼けが　残されて
いつまでも　帰れないでいるようだ

――親と子に贈る詩「波と子ども」青ヶ島詩集より
昭和六十年七月二十五日発行

山口　敦子（やまぐち　あつこ）
1943年、秋田県生まれ。詩集『芭蕉　古の叙事詩』、『文人達への哀歌』。日本詩人クラブ、NPO法人日本詩歌句協会所属。東京都板橋区在住。

あめんぼにんじゃ

あめんぼさん　あめんぼさん
はかげのしたから　あめんぼさん
だまってでてきて　スイスイスイ
きえたりでたりで　にんじゃです

あめんぼさん　あめんぼさん
ひかげでわをかく　あめんぼさん
ちいさなえふでで　クルクルクル
まわるときれいな　おうちです

――五十音童話詩集「あめんぼにんじゃ」より
平成七年七月末日　発行

赤い靴

あかいくつーはいてたーおんなのこー
いじんさんにつれられて　いっちゃった
あかいくつ　はいてた　おんなのこー

「あやちゃんのくつ　赤いね」
あやちゃんは　こっくりとうなずいた
「赤いって　いえる？」
あやちゃんはもじもじして　言葉が出ない

もう一度　うたいだす
赤いくつ　はいてた……
あやちゃんは　くつを片方やさしくつかみ
うつむいたまま　そっとさしだした

——童謡詩集「婆の子守歌」より
平成十六年五月吉日　発行

A・B・Cのうた

A　B　C　D　E　F　G
H　I　J　K　L　M　N……

二歳のなおきちゃんは
「D」が　なかなかいえない

「ばあばのエイゴは
発音が悪いから　教えないでよ」と
ママのひめい　それでも今日も
A　B　C　を　くりかえす

二ヶ月後
ぜんぶうたえるようになって
なおきちゃんと　ばあばは
拍手　拍手　大拍手
ママは　ちょっぴりにがわらい

——童謡詩集「婆の子守歌」より
平成十六年五月吉日　発行

くすりの森

日高　のぼる（ひだか　のぼる）
1950年、北海道生まれ。詩集『光のなかへ』、『どめひこ』。
詩誌「二人詩誌風（ふう）」、戦争と平和を考える詩の会所属。
埼玉県上尾市在住。

ひよどり　おなが　むくどり
鳥たちが飛びかう空
キンランやギンランが木もれ日のなかに咲く
ケヤキなどの高い木に囲まれ
人びとの憩う
うっそうと茂った森がこの町にはありました

くすりの森――この町の人たちはそう呼んでいました
一九七〇年代の高度経済成長とよばれたとき
大きな団地がつくられはじめ
いっきに人口が増えていった町
アスファルトのジャングルのような町のなかで
森は町をうるおし
目にはいる緑はこころを癒してくれました
まるでいのちのくすりのような森だ　ということで
いつかしら
くすりの森と呼ばれるようになっていきました

二〇〇〇年代に入り道路がつくられ
森は三分の一ほど削られました

森に面した空き地には大型電気店が店を構え
大きなガソリンスタンドができました
残された森は
スーパーマーケットなどの用地として売られ
とうとう森は消されてしまいました
自然公園として残すことはできなかったのでしょうか
くやしい思いの前に
切り倒された木が
大震災に襲われた町のがれきのように
うずたかく積まれていました

鳥や虫や草や木は
いのちの置き場を失い
人間は夏の暑さをしのぐ場を失い
樹木から発する新鮮な空気を失いました
貴重な草たちを少しでも残そうと
土を運び移植をくりかえした人たちがいました
わずかでもこの森のいのちを残したい
その一心でした

この町のくすりの森が消えました
いのちの森が消えました
子どもたちの歓声が
走り回る姿が消えました
寒々とした空間に工事用の車が入り
着々と建設の準備がすすめられています

表土ははがされ廃墟となった森
そのあとに残された
五本の木が
墓標のように立っていました

くすりの森と呼ばれた森があった町
でも　森は残っています
みんなのこころのなかに
森を見つめつづけてきた瞳の奥に
しっかりと焼きついています

蟻さんと

つぶらな瞳に
どこまでも青く澄み切った青空が
輝いていました

ラオス国の山の山の奥深い村
そこは天空の里でした
見渡す限り尾根から尾根
峰から峰へと縦横に張りめぐらされた山脈
焼き畑の煙りがあちこちに立ちのぼり
次への収穫の夢を
燃え立たせていたのでした

二人の少年少女がじっと地面をみつめ
何かをつぶやいていました
もうずっと長い時間をかけて
蟻の行列です
せかせかと走って行く蟻
のろのろとついて行く蟻
後もどりして行く蟻
いっこうに動こうとしない蟻

秋田　高敏（あきた　たかとし）
1931年、熊本県生まれ。詩集『痴人の呟き』、『寄せ鍋』。
世界詩人会議、日本ペンクラブ所属。千葉県富里市在住。

もしあなたが蟻だったら
どの蟻かな

少年はいっこうに動かない蟻を
少女はあと戻りして行く蟻を
さっきから見つめていたのでした
自分自身の身に置きかえて
じっと見つめているのでした

朝早くから急な坂道を下り
ポリタンクいっぱいに水を汲み入れ
急な坂道を上り
我が家へ運びこんだのです
次の仕事はたきぎの拾い集め
刺のある木々をさけ
怪我をしないよう転ばないよう
たきぎ集めをしていたのでした

そのひとときの憩いの場所がここなのです

大きな樹木はもうとっくに切り倒され
建築の材料やたきぎになったのです
残された小さな木の小さな木影で
少年少女は蟻をみつめていたのです
蟻に語りかけていたのでした
返答をしてくれない蟻にとまどいながら

あなた達皆さんが私にたずねたいのは
よく分ります
今日は日曜日なの祝祭日なの
学校はお休みなのかという疑問なのでしょう
いいえ今日はお休みではありません
学校へ行きたいけど行けないのです
家が貧しいから
学校へ行かせてもらえないのです
お父さんもお母さんもそうだったんです
読み書き計算が出来ないのです
四キロも五キロももっと離れた所に
学校はあるにはあるのですが
そこへ通うバスも列車もないのです
左右は崖っぷち
雨の日など舗装されていない粘土質の山道は
つるつるでこぼこ
天候の良い日だけが土ぼこりを立てながら
道らしい道なのです

学校へ行きたくても行けない
この少年少女のように貧しいから通学が出来ない
世界にはそんな子供達がたくさんいます
でも日本の場合はちょっと違うようです
友だち関係　いじめ　成績
部活動　進路問題　その他いろいろ
問題点はたくさん山積み
でも皆さん一人ひとりには
素晴しい心があります
遠い遠い先き　夢への実現が待っています
やる気と根気と本気で頑張れば
学校へ行こうと決心すればいつでも行けるのです

蟻さんお早よう
蟻さん頑張っているかい
蟻さんお休み
またあした頑張ろうね
あの少年少女はそんなことを
つぶやいていたのかも

あなただったらなんて呟くかな
私も聞きたいものです

青木　善保（あおき　よしやす）

1931年、長野県生まれ。詩集『風の沈黙』、『風のふるさと』。
長野県詩人協会、日本現代詩人会所属。長野県長野市在住。

森の宝石

八ヶ岳南麓九百米の豊かな里山
名高いオオムラサキの生息地
小学三年生が毎年
囲われた雑木林で
幻の蝶を育て続けている
子どもたちの人気は
木の小枝を這う幼虫
そっと指を触れる
角をだし小さな目をむける
顔の愛らしさ
羽化のときを迎える
背中から頭が出て
羽　腹　脚がそろって
ムラサキの紋様の鮮やかさに
歓声をあげる
竹籠に入れたオオムラサキを
エノキの植林の森へ放つ
　バイバイ　がんばるんだよ

オオムラサキを大好きなおじいさんが
植えたエノキの林にある
「国蝶の宿」は閉じられている
ウグイスの鳴く　一人暮らす
おばあさんの家の庭に
おじいさんを連れて
オオムラサキが
今日もやってくる
庭の小石に止まる
おばあさんが手をさしのべる
右手の指先に乗り移る
　あなたはどちらにとびますか
おばあさんの声に　オオムラサキは
しばらく羽を止めて
故郷の森へ飛び立っていく

さくら紅葉

秋も深まり、一号館南の桜の葉が色づいてきた。花の時期は注目を集めるが、鮮やかとは言い難い紅葉は誰も気にとめない。

昼休み、桜の木の下のベンチに、数日ぶりに登校してきたAが座っている。地に足がつかない寄る辺なさを、肩のあたりに漂わせて。

「やあ……」と近づくと、私を認めたAは、手に持った桜の紅葉を「ほら、これ……」と渡してきた。

右上が少し虫に食われて欠けている。その周囲は黒ずんで汚れているが、葉全体は人を静かに引き込んでいく深い赤色だ。左の中ほどから下にかけて赤黒いくすみがある。

よく見ると、左下から葉軸のあたりには、まだかすかに緑が残っていて、消え去ろうとするやさしい決意が表れている。その周辺は、赤色に沈んでいく前の、少し恥ずかしそうなオレンジだ。

この一枚の葉に、時の流れと、世界の様子がまるごと表現されている。だから、桜の紅葉は、全体としては美しくないんだ。

チャイムが鳴って生徒たちが教室へ戻った後、私はその葉をAの座っていたベンチのすき間に差し込んだ。

時の流れと世界の様子がよく見えるように葉を上向きにして。

岡田　忠昭（おかだ　ただあき）
1947年、愛知県生まれ。詩集『忘れない―原発詩篇　増補三版』。詩人会議、愛知詩人会議所属。愛知県名古屋市在住。

江戸川

峰崎　成規（みねざき　しげのり）
1948年、千葉県生まれ。千葉県市川市在住。

江戸川放水路に架かる行徳橋《ぎょうとくばし》が、
木の橋から可動堰を持つ鉄の橋に一新された。
私たち小学生は、開通式でテープカットされた橋を、
元気に列を組んで渡り初めをした。
がっしりとしたコンクリートの躯体《くたい》、
水を堰き止める大きな鉄製のドラムが三連、
それをしっかりと上下させるワイヤーロープ、
この町に鉄とコンクリートの大きな構築物が
到来した時だった。

江戸川は、東京との県境であり、
そこに架かる橋には水位調節の閘門《こうもん》がある。
この閘門の少し上流で、江戸川は放水路と二分される。
二つの江戸川に挿《はさ》まれた三角州のような地に
古い町がひっそりと残っていた。

江戸川の対岸には製紙工場があり、
それを結ぶ渡しがあり、
その船着場では、女たちが毎日鍋釜を洗い、
洗濯をしていた。

大きな艀《はしけ》が、喫水線《きっすいせん》ぎりぎりに荷を積んで、
川を上ったり下ったり。
艀は夕方、川岸に着けられ、
艫《とも》の小さな甲板では、七輪が置かれて夕餉《ゆうげ》の
支度が始まる。
川面には、いつも人の暮しの匂いがしていた。

東京湾の沿岸には干潟が広がり、
百年前まで、干潟の内側に塩田があった。
塩は江戸川の河岸から江戸へ送られ、
河岸はやがて上流の味噌・醤油を江戸へ運ぶ
中継地の湊《みなと》になった。
河岸は成田街道の宿場としても賑わった。

地下鉄が一直線の高架となり、
埋め立てられた田圃《たんぼ》や蓮田の上に現れた。
と、瞬く間にあたり一帯は造成地となり、
気の早い幾つかのマンションが、
駅の開業を待ちきれぬかのように建ち始めた。
江戸川の岸がコンクリートの岸壁となり、

いつしか川面から生活の匂いが消えていた。
堀や堰《せき》は、バイパスや道路に変わり、
古い町並みは、旧街道という名に変わった。

川の水は記憶を持つ時間を許されず、
絶え間なく海へ押し出されていく。
川は、常に流れているが故に、
己自身の記憶を持つことはできない。
江戸川の時代を遡《さかのぼ》る記憶は、
二百年、その河岸に佇んで、
見つめ続けていた常夜燈にきっと残されている。

今、夕暮れの常夜燈の空を、
江戸川の流れに沿いながら、
雁の列が幾重にも北から翔け渡ってくる。
もしかしたら、雁にも、
江戸川の遠い記憶が残っているのかもしれない。

水や風や太陽がすき

むかしは水の力で
電気をつくっていたんだって

それからいつでもつくれるようにって
石炭や石油をもやして
電気をつくるようになった
石炭や石油は
使うとなくなっちゃうから
空気をよごさない電気っていって
ほうしゃのうを出す石から
電気をつくるようになったんだって

だけどそれには
おおきないれものがいるし
まえに地震がきた時
水をかぶったら使えなくなった
それだけじゃなくて
いれものがこわれて
ほうしゃのうが飛びちっちゃったらしい
それいらいほうしゃのうが

ずっと出てるんだって
みえないけどほうしゃのうって
ぼくたちの体をすこしずつこわして
病気にするんだって
死んじゃうこともあるんだって

いまは
風や太陽、地面の熱の力でも
電気をつくれるようになったんだって
ぼくはこわい石より水や風や太陽の方がすきだ
これからは自分で電気がえらべるらしいから
ぜったいそういう電気をえらんでって
お母さんに言おうとおもっている

田中　眞由美（たなか　まゆみ）
１９４９年、長野県生まれ。詩集『インドネシア語と遊んでみま詩た』、『指を背にあてて』。詩誌「ＥＲＡ」、「しずく」。埼玉県新座市在住。

千年木を仰いで

宮之浦岳で千年木の屋久杉は
何を見て来たのだろう
老いた体躯を真直ぐ立てて
緑葉に覆われて
天に向かって立っていた

根株は大地に波打ち根づいて
長い歳月の世界を生き抜いて
黒味岳の朝日は
雲の間を抜けて青空の下
老杉を照らして祝福していた

その日職を失い島に辿りついて
無聊《ぶりょう》に行きついた大樹の麓《ふもと》で
故郷の平和な空を仰いで
再起を決した若者があった

佐藤　勝太（さとう　かつた）
1932年、岡山県生まれ。詩集『果てない途』、『名残の夢』。
日本文芸家協会、日本詩人クラブ所属。大阪府箕面市在住。

わたしの家の庭
（花と実のおはなし）

春・春になるとお庭にホウノキノハナが咲くのよ
　お空に向かってまっすぐまっすぐ
　白いお顔にピンクのほほべにをさしたような花なの
　あまいいい香りが庭中に広がって
　わたしはやさしい元気な子になれるような気がする
　『うれしいな』

夏・夏がちかづくとサルスベリの木にピンクの花が咲く
　ひらひらのレースのようなお花
　スカートにしてはいてみたいな
　そしてね木にのぼろうとするとつるつるすべって
　すってんころりん
　なんどもなんどものぼってお空を見あげると
　お日さまがきらきら『ああいいきもち』

秋・秋にはねクリの木の花が実に変わって
　針みたいなイガイガがいっぱい
　『おーいたい』針山のようなクリ
　だいすきなお母さんがたいてくださるクリごはん
　『あーあおいしい』

たけうち　ようこ
１９３９年、大阪府生まれ。父・杉山親雄の病床日誌『帰る日迄を』。
千葉県市川市在住。

冬・さむいさむい冬がやってきて
　お庭にはミカン　キンカン　ナツミカン
　まわりがだいだい色にそまるのよ
　ちょっとだけすっぱいミカンたちだけど
　わたしはミカンを見るたびにさむさにまけないで
　『がんばろう』といつも思うの

『しっかり勉強して早く大人になりたいな』

〈脚本家・水木洋子（一九一〇―二〇〇三）の
　少女だった頃を想定して……〉
　　市川市・水木洋子邸の庭より

＊映画化された水木洋子の脚本（作品）
〈ひめゆりの塔〉〈浮雲〉〈裸の大将〉〈純愛物語〉
〈キクとイサム〉他多数

はるかなり人生

岸本　嘉名男（きしもと　かなお）
1937年、大阪府生まれ。詩集『早春の詩風』、『（自叙伝風）うた道をゆく』。関西詩人協会所属。大阪府摂津市在住。

軽井沢に
サイクリングの輪も軽やかに
若者たちの群れが小躍りして行く
私も僕も
ふるさと遠く離れて
学園から巣立ち行く楽しい思い出の
ページを刻み込みながら

私のボーイフレンドよ
室生犀星の
正宗白鳥の
情熱の文学精神にふれて
若き血潮を駆り立てよ
僕のガールフレンドよ
母なる大地に清らかに育《はぐく》む
自然の大らかさと
やさしさをかみしめて
君の可愛い口許に笑みをたたえよ

雄々しき浅間山のふもと

大きくアーチする虹はなんの象徴か
都塵からほど遠く離れて
天空に清純を投げかけ
心洗われる思いは別としても
駆け足で過ぎた雨の白樺並木に
ひとしれず感涙をおぼえて
懐かしい人の面影を忍ぶ一瞬《ひととき》

次々と出くわす新たなシーンに
私もあなたも想うことは
決して同じでないはず
晴れの日も雨の日も
人は皆そのつど心を乱して
一ページずつの記録を残して行くのだ

ああ　はるかなり人生
澄みわたる青空の下
どっしり腰の八ケ岳とから松の均整山肌美《やまはだび》の八千穂高原
これらの大自然を賛美しながら
私たちの信州の旅よ豊穣なれ

夏の大三角形

小さな子連れの山行は　安全第一
つゆ明けの空に陽はのぼり　かぎりない　蒼
中房温泉を発つ

ダケ樺《カンバ》と針葉樹林の緩やかな道がしばらく続き
やがて　合戦小屋の小さな目印
道は少しずつ　狭く　険しく　岩はむき出し
前方は中高生らしい30人位　有明からだろうか
大きなザックに　シュラフ　鍋も見える
乱れのない歩みは　岩と擦れる靴音だけが
打楽器　〈ボレロ〉*1のひびき
ふと　最後尾の男性が振り向きざま　トンと
右手が前の人の右肩に…トン　トンと　先頭に届く
歩みは後から先頭へ　ピタリと止る
またたく間に　明るく開けた　涼しい風の通り道
「お先にどうぞ」のしぐさに誘われ
汗みずくの彼らと会釈を交わしながら　道を渡る
「くたびれたぁ」「おなかすいたぁ」
少しおどけたあどけない眼ざしが
訴えているようで
息子もはしゃいで小走りになる

ひおき　としこ
1947年、群馬県生まれ。『詩抄　やさしくうたえない』。
東京都三鷹市在住。

前列のザックに付いた小さなエンブレム
木もれ陽の中で　〈○○聾《ろう》学校〉*2の文字

仕事を離れるための山行だったが
〈学ぶこと〉について　明るく考えた
　尊《とうと》い生命　生命に必要なもの
　必要なものに　自分でしっかり向き合う
　彼らから伝わってきた　こと

燕《つばくろ》山荘の　広大無辺な　深い　銀河の夜
夏の大三角形は　大きく陣取り
数え切れない小さな星は　きらめき
視つめていると　目の奥が少し痛くなる

天幕で仲間と眠っている彼らの　空も
この星のきらめき　生きる力を降り注いでいる

＊1　ラベル作曲
＊2　二〇〇七年より特別支援学校になる

夕映え

酒井　力（さかい　つとむ）
1946年、長野県生まれ。詩集『光と水と緑のなかに』、『白い記憶』。日本現代詩人会、日本ペンクラブ所属。長野県佐久市在住。

電車に乗り込むと
女子高生が何人かで
大声で笑いながら
「おめえ　完全にゴリラ化してるは
　超やべ」
素《す》っ頓狂《とんきょう》な言葉が飛び出す

今しがた
蜘蛛の図体で忍び込んだ
男にも気づかず
彼女たちは
いま　という時間を精一杯
楽しんでいるようだ

車窓を透かせて
夕映えが手を伸ばしてくる

まぶしい日差しの影を
後ろへ流れていったのは
満天に咲く赤い花のように
たわわに実をつけた
柿の木々たち
―春ならば辛夷《こぶし》の白い花
冬に置き去られた
その清楚《せいそ》な佇まいは
家で帰りを待つ母親のまなざしか
押し黙ったまま過ぎていく

何もかも夕陽に染まって
車内は至福の夢と化し
ようやく蜘蛛の呪縛《じゅばく》を離れる

真の冒険者は臆病な人である

西木　正明（にしき　まさあき）
1940年、秋田県生まれ。『凍れる瞳』、『ガモウ戦記』。日本ペンクラブ副会長。神奈川県横浜市在住。

ぼくが冒険に興味を持ち始めたのは高校のころだと思います。自分を改造しようとして、山登りを始めました。

私の村の近くにはマタギという人が住んでいました。冬に鉄砲を持って山に入り熊を獲って生活する人です。前科七犯で、暴れん坊のマタギの人に随分可愛がられました。その彼から、山歩きの基礎を教わりました。我々が子供のころは今みたいなナイロンもなければ、高性能な羽毛服もありません。ところがマタギたちは山に入るとき、油紙と自分がかつて獲った熊や犬の毛皮を背中に着て、あとは木綿の防寒着を着込んで、味噌と米と塩ぐらいしか持って行きません。それで雪の中で焚き火をしたり、小屋掛けをするのです。子供のころ教えられたことが、雪山でビバーグするときなどに役立ちました。

大学では探検部に入りました。あのころ海外渡航は自由化されていなかったので、「外国に行けるよ。」という甘い言葉で入部しました。

初めて行ったところが北極圏です。トータルで一年以上いました。そこで私たちの常識とは違う世界に気付きました。エスキモーにしろ、あるいは北極圏で暮らすインデアンにしろ、自分たちが生きていくために「自分のものは人のもの、人のものは自分のもの」という考えを持っています。ムースという1トンもある鹿の大きい動物がいます。非常にうまい。一頭獲って来れば、しばらくの間は村全体の食料は大丈夫という動物です。それを狩りから持ち帰ると、独り占めせず、必ず村中に分配します。自分が獲ってきたときは分配するし、誰かが獲ってきたときは分けてもらう。そうやって基本的に徹底的に助け合って生きています。これは人間関係がどうのこうの以前の問題です。好き嫌いを超えて助け合っています。これはお互い生存のために必要なのです。北極圏の辺境中の辺境で「自分たちの常識が全く通用しないところがあるんだ。」とわかっただけで、本当によかったと思います。

私は、世界を旅して、大抵のことには驚かなかったのですが、サハラ砂漠を西から東に横断したときにはショックでした。完全に人生観が変わりました。

こんなことを体験しました。オアシスにある集落に泊まりました。するといきなりごちそう攻めに遭うんです。こちらもありがたいから、翌日「ありがとうございました。」と言って別れる。すると、地元のことをよく知っているガイドが「あんた方、ああやって無造作に食べていたけど、もしかしたらあの人たちは昨日まで三日も四日も飯を喰っていなかったかもしれないんですよ。」という。「あの人たちは、たとえ自分が食べていなくても、旅人が来ると、なけなしの食料を出して、大事な山羊や羊を殺してああやって歓待する。これは昔からのルール、暗黙のルールで、旅人はヘトヘトになりようやくたどり着いた可能性があるので、必ずもてなせというルールが古い時代からあるんだ。歓待される側もそれが分かって食べる時は少し遠慮するもんだ。」と注意されました。

ほんとうに貧しいというレベルではないのです。三日間に一回しか食事にありつけないということがざらでした。水のないところでしたから水の有り難みを実感しました。生死の間で生きているのです。

「地球は狭くなった」といいますが、そんなのはウソで「まだまだ地球は広い」と思います。我々はがふだん「生きがい」だとか「やりがいだ」とか言いますけど、北極圏でもサハラの奥でも「生きると言うこと」イコール「生存」ですから、生きがいだなんて呑気なことをいっていられません。

若いころに植村直巳さんと対談したことがあります。世界初の五大陸最高峰を制覇した冒険家です。そのとき「探検家になるためにいちばん必要な資質・素養は何か」という質問が出たのですが、二人とも期せずして言ったのは「臆病者であることだ。」ということです。

冒険家として、勇敢な人はダメです。勇敢な人はすぐに死んでしまいます。自分の気力で何とか物事をやれると頑張るわけですが、危険な状況に立ち入った時に、勇敢な人はそこに突っ込んでいこうとします。もっというと、危険な状態に自分が立ち入ったということに気づかないことが多い。ところが臆病な人間はもともと小心者ですから「これは危ないんじゃないか」と、早いうちに気づきます。長いこと探検めいたことをやっていると、その「危ないぞ。」という信号が体内から出てくるので、わりに死なずにすむ。誰かが威勢のいいことをいっても「ダメダメ」といって引き下がることができるからです。臆病者がリーダーをしている探検隊は、わりあい大丈夫です。戦争と同じでイケイケドンドンはダメです。

若い人がああいう辺境に行くのは、もちろん安全確保の上ですが、絶対いいと思います。でも以前も親御さんに怒られたりしました。

今、日本が不景気だ少子化だなどと騒いでいるのはちゃんちゃらおかしくなる。地球上にはまだまだ大変な地域があるわけですから、我々はもっと広い視野を持って生きて行かなければならないと思っています。

第九章　世界の中で

始原

草のなかに裸の少年が寝ています
花からこぼれた涙もあるのです

　大空ヲ見テイルノデハアリマセン
　大空カラ見ラレテイタイノデス

はじめのはじめに無から有が生まれたのなら
いまはもう有から無が生まれてもいいのです

　虹ヲ追ッテキタノデハアリマセン
　虹カラ追ワレテキタノデス

昼でも流れ星は流れています　そして夜に
消えてゆくときにしか煌かないのです

　宇宙ハ創ラレナクテモヨカッタノデス
　宇宙ガ何モ創ラナイノダトシタナラバ

ここにあるのは愛の影にすぎないのですか
むこうにあるのが愛の光だとしても

　始原ヲ抱キタイノデハアリマセン
　始原ニ抱カレテイタイノデスカラ

裸の少年は立ちあがらなければなりません
でも　こぼれた涙が立ちあがれるのですか

宗　左近（そう　さこん）
１９１９〜２００５年、福岡県生まれ。詩集『炎える母』、詩論集『宮沢賢治の謎』。詩誌「海の会」、市川縄文塾主宰。千葉県市川市などに暮らした。

雲のなぎさ

雲のなぎさで遊んでいる
もう名前を呼ばれることのない
少年と少女　互いをいたわるように

国家という所属をこえて
われわれの子ども時代はある
そして人類という名のもとに
われわれという言葉は存在する

少年と少女がなぎさで作る
雲の城もまたくずれ去るけれど
決して崩れさらないものに気付くべきだ

それはまだ来ていないという意味での
未来　われわれという名においてのみ
未来を語ることができるのだとしたら　個の中で
死は絶えるが　われわれの中で生命は実るのだ

雲のなぎさで遊んでいる
われわれという名を負って　少年と少女は
まだ愛の意味も未来も知らないままに

崔　龍源（さい　りゅうげん）
1952年、長崎県生まれ。詩集『鳥はうたった』、『人間の種族』。家族誌「サラン橋」、詩誌「禾」。東京都青梅市在住。

大福と少年

勝嶋　啓太（かつしま　けいた）
1971年、東京都生まれ。詩集『来々軒はどこですか？』、『異界だったり現実だったり』。詩誌「潮流詩派」、「コールサック（石炭袋）」。東京都杉並区在住。

晩ごはんを食べながら　テレビを見る
なんか　名医　だというお医者さんが出て来て
アレを食べると　健康にいい　とか
コレを食べ過ぎると　病気になる　とか言って
健康体操とかやっている
最近　明らかに　メタボだからな～
ちょっと　甘いもん　控えなきゃな～
などと思いながら　食後に　大福を喰っている
健康番組が終わって　ニュース番組が始まる
総理大臣が国会でトンチンカンな失言をしたらしい
やっぱ　アイツ　相変わらずバカだな
などと思いながら　大福を喰っていると
今日の特集のコーナーになる
いきなり画面に　七歳の少年が映し出された
その少年は
ほとんどガイコツみたいで
あばら骨の形とか　はっきりわかるぐらい
痩せこけていて
粗末なマットレスの上に　力なく横たわっていた
黒目がちの　つぶらな瞳で

どんよりと　こちらを見つめている
一週間　水以外　何も食べていないのだそうだ
レポーターによると　シリアで
政府が　反体制派の村を
軍隊使って包囲して　兵糧攻めにしているので
多数の餓死者が出ているのだという
本当に食べるものがなくて
道に生えてる雑草を食べたり
わずかなスパイスを　ただの水に入れて
飢えをしのいでいるのだという
いや　しのげないだろう　そんなことじゃ……
だから　体力のない子供や老人から
バタバタ死んでいっているとのこと
シリアの政治情勢がどうかとか
詳しいことは　よくわからないけど
どう考えたって
七歳の子供に
体制　も　反体制　も　関係ねえだろう
見ているのが　とっても辛くなって
思わず　チャンネルを変えてしまう

犯人捜しのミステリードラマをやっていたので見る
五分で犯人が分かるようなシロモノだったが
チャンネル変えたら　また
あの少年が出て来そうで　怖いし
テレビを消してしまったら
あの少年の姿がずっと忘れられなくなりそうで
もっと怖い
だから　つまらないドラマを最後まで見る
犯人役の女優の大袈裟な演技を見ながら　ふと
あの子もうすぐ死んでしまうんだろうな　と思う
でも　僕が
あの子に何をしてあげられると言うのだろう？
今　この喰いかけの大福を渡してやることさえ
出来ないというのに……
なんか自分がとってもヒドイ人間のような気がして
すっかり　大福を喰う気がなくなってしまい
あれから　三日
大福は　まだ　テーブルの上に
ポツンと　置きっぱなしになっている

川風

「あなたのふるさとを見たいわ」
友人の一声に押されてきた目黒

街はすっかり様変わりしているが
川の袂《たもと》に佇むと
――おかえり――
川風がそっと私の頬に
花びらを運んできた

陽にかざすと
　空襲のサイレン　B29の爆音
　焼夷弾《しょういだん》の炸裂音《さくれつ》
すべてが一瞬にして消え
悪戯や泥んこ遊びに夢中だった
幼馴染みの一人ひとりの顔が
　鷲《おおとり》神社のお祭り
ハッピ姿で山車を引いたことが蘇ってくる

「すてきね　桜吹雪」
友人の声に見渡すと

川に沿って桜並木が続いている
いつの間に植えられたのだろう

友人には見せられない
風の道
川風が今
その一つ一つを花びらにのせ
私の中に
ぼんぼり色の明かりを燈《とも》している

秋田　芳子（あきた　よしこ）
1936年、東京都生まれ。詩集『土手下の青い屋根』、『赤い光』。
埼玉詩人会、日本詩人クラブ所属。埼玉県さいたま市在住。

夢見る果実

潮騒によみがえる
果実たちの記憶
日に日を重ね　夜に夜を重ね
幾千幾万の　長い眠りを
果実たちは重ねてきた

とおい日の愛の記憶
血の記憶　飢餓の記憶　死の記憶
蜜《みつ》の眠り　砂の眠り　凪の眠り
果実たちの内部を通り過ぎた
めくるめく時間の帯

いつのころからか　この土地は
ひゅうがの名で呼ばれはじめた
日に向かう光ゆたかな山野
岸辺を洗う黒潮のめぐみ
こころ優しい人々の営み
陽炎のなかに象《かたち》づくられる
イザナギ・イザナミの憎しみのかたち

ニニギ・コノハナの愛のかたち
ホデリ・ホホデミの闘いのかたち
ひゅうがの天と地に抱かれた物語

果実たちの夢は
海流のゆくえを追ってひろがる
光の胞子となって地上を満たす
果実たちの夢のなかに
孕《はら》まれる明日《あした》がある

南　邦和（みなみ　くにかず）
1933年、朝鮮・江原道生まれ。詩集『ゲルニカ』、『神話』。詩誌「柵」、「千年樹」。宮崎県宮崎市在住。

石ころになった長男

鈴木　昌子（すずき　まさこ）
1936年、栃木県生まれ。詩集『白い骨』、『庭舞台』。
日本詩人クラブ、埼玉詩人会所属。埼玉県さいたま市在住。

先祖代々の家を継ぐはずの長男が
石ころになって帰ってきた
明治生まれの母には　その長男は
　わが命そのものだった
その息子が
マーシャル群島の露と消えてしまった

母はだれかれ構わず
　大工さんにも　あるときは郵便屋さんにも
降り積もってくる闇を吐き出していた
——家の長男はね　マーシャル群島で戦死《し》んだんだよ
私は世界地図を習う前に
その名は覚えてしまった

明日は盆の入り　息子が帰って来る
この屋敷を　何が何でもきれいにしなくては
奮い立った母は　腰をまげまげ鎌を持ち出し
庭の草むしりをはじめた

ただ　ひたすらに
息子の笑顔を想い出しながら

そして　猛暑の怖さを感じとる
余裕もなかったのだろう

仏になって帰ってくる
息子のために
最期の命の灯火《ともしび》を
使い果たしてしまった

今年は　敗戦後七十年
母の　三十三回忌
私の心に　昨日のことのように
母の苦しみが甦ってくる

軍艦島

米田　かずみ（よねだ　かずみ）
1945年、埼玉県生まれ。詩誌「坂道」、大宮詩人会所属。埼玉県熊谷市在住。

最近まで
その島の名前を知らなかった

五月の長崎港は、中国の巨大な客船を浮かべたまま
穏やかに海面を揺らしていた
頭上に白い日差しが降り注ぎ
時折、夏帽子を揺らした

船尾に白いシュプールを描きながら
遊覧船はスピードを上げて島へ島へと向かった

――あれが、端島《はしま》です
――軍艦の形をしているので軍艦島とも呼ばれています
ガイドの声が聞こえる

島は一九七四年閉島
それまで五千人が暮らしていたという
石炭を掘るために家族は
この島で生涯を終えようとしていた
高層アパート、学校、病院、遊技施設から火葬場まで
詰まっていた

離島の日
「えさは少しでいいから金魚と小鳥におねがいします」
壁に子どもが書いた跡がある
良質の石炭のために命がけで掘り続けた男たち
国のエネルギー政策に全てを捧げた男たち

さようなら　端島グランド

島の人々の声が聴こえてくる
日本の近代化を支えた人々の声が聴こえてくる

苗村　和正（なむら　かずまさ）
１９３３年、滋賀県生まれ。詩集『ブルーペールの空』、『歳月という兎』。
詩誌「ＲＡＶＩＮＥ」、日本現代詩人会所属。京都府京都市在住。

地球儀

こどもたちが提出した真新しい雑巾を
教壇の机に積み上げ
さて
といって私は腕組みした
　今日は教室の大掃除だ
　新しい雑巾をつかってまずきれいに
　したいものは？

〈地球儀がいいよ！〉

ソウジハイヤダヨ　とつぶやきながら
教室のうしろで私の様子をうかがっていた腕白のっぽが
たちあがって言った

〈地球儀を拭こうよ　そいつを拭くって
ことは　つまりは地球上の教室　学校も
グランドだって全部まとめてきれいにす
ることと同じじゃん　今日の大掃除は地
球儀デース〉

あいかわらずのずるい発想だが
まあそのくらいは許せるか、とぼやきながら
すました顔で私はうなずく
それじゃまず
いいだしっぺのきみから
皺くちゃの別れのハンカチのように
さむくよごれている西蔵（チベット）と
パミール高原を
拭いてくれ
元気一番のタクロウは
羚羊《かもしか》のように駆ける裸足の牛飼い少年がいる
アフリカのサバンナから
ついでに聖なるインドのベナレスまでその飢えを
いっきにみがけ
母なるメコンが流れる乳房のかたちの半島は
あまったれのケンタだ
女の子は
アンデスの雪を映すチチカカ湖の涙
を拭いてくれ
ユーラシアは青空のように広大だから

窓側の五人がまとめてたのむ
芥子粒のように大洋にとびちっている
島々は死の灰で汚れている
きみたちの大脳がねむらずにあるなら
アウシュヴィッツ　ゲルニカ　マラガ
ヒロシマ、ナガサキ、ナンキン
そして
消されていった町々の
カラカラところぶにんげんの骨の痛みを
新しいきみたちの布でひろってくれ
壁をこわした新しいヨーロッパのざわめき
ハリケーンと砂嵐の叫ぶ海峡を
千五百人の子どもが眠る悪石島(注)の
海の底まで
力をこめてぬぐってくれ

（注）一九四四年八月二二日沖縄の子どもたちをのせた疎開船が米潜水艦によって悪石島付近で撃沈された。

宮川　達二（みやかわ　たつじ）

1951年、北海道生まれ。『海を越える翼　詩人小熊秀雄論』。
詩誌「コールサック（石炭袋）」。北海道旭川市在住。

青き星

——空はとても暗かったが
　地球は青かった——

初めて宇宙船で地球を回ったソ連の
宇宙飛行士ガガーリンはこう言った
彼の見た地球の青は
奇跡のようにまばゆく深い輝きを放っていた
私はこの時、十才だった
少年は、宇宙には果てがあるのだろうか
それとも、果てはないのだろうかと考えた
明確な答えはどこにも見つからない
人類が初めて月に降り立った時、
私は、十八才だった
哲学書、文学書、宗教書、科学書を読んでも
人は何処から来て、なぜ生きて
何処へ行くのか分からなかった
二十世紀、ロシア革命、第一次世界大戦、
ファシズムの出現、第二次世界大戦、原爆投下、
冷たい戦争、キューバ革命、ベトナム戦争、
安保闘争、学生運動、環境汚染……

核の時代に人類の危機は続いた
二十一世紀、テロ事件、地震発生、
津波、原発事故、銃の乱射事件、自殺の増加……
多くの命が失われ
世界中で続く戦争や
宗教上の争い
時代の闇は何時まで続くのだろう
地球に酸素がなければ
水がなければ
食べ物がなければ
愛がなければ
我々は一瞬も生きてゆくことができない
何万、何十万年もの間
支えられてきた不思議な均衡
光を受ける青き星
宇宙に浮かぶ神秘の星
この青き星に生を受け我々は生きている
地球は太陽を一年をかけて巡る宇宙船
存在を尊び、命を決して途絶えさせてはいけない

世界遺産の街で

バクダプルの街角であるいは広場で
子どもたちが寄ってきて言うのだ
「ギブ　ミー　チョコレート」
「ギブ　ミー　マニー」

それはほとんど遊びの一つなのかもしれない
ノーと言えば離れて行ったし
キャンディ一個やゴム風船一個で
みんな笑顔になった

けれど朝早く散歩する私に
幼い妹を抱いた少女は痩《や》せて薄汚れ
おどおどした目で呟くのだ
「ギブ　ミー　マニー
アイ　アム　ハングリー」

私はポケットのあめ玉一個を差し出して
何も言わず通り過ぎた

その夜

私の食卓では
食べきれなかった肉や野菜が
悲鳴をあげた

坂田　トヨ子（さかだ　とよこ）

1948年、福岡県生まれ。詩集『あいに行く』、『耳を澄ませば』。
詩誌「筑紫野」、詩人会議所属。福岡県福岡市在住。

蛍

ついっと飛ぶ灯に導かれ
覚束《おぼつか》ない足取りで闇の世界に分け入った
見えるのは飛び交う生命《いのち》の灯
明滅に合わせてそうっと呼吸する
この優しい灯を守るための闇の深さ
風さえ立ち止まって

見上げれば
梢にも瞬く灯
はるかな望みのように

道をつくる

　山の中腹にツルハシを打ち込み、掘り起こしていると石がゴロゴロ、愚痴をこぼしながら転がってくる。その不平を両手でつるつるとなだめ積み重ねたあと、土を入れ道をつくっていく。

　ひと仕事を終えるとツルハシを置く。全身に疲れを感じて、その場に座り込む。それはまさしく父の姿。父は母とともに上の墓に眠っている。父と重なっていた農夫は自分をずらせて墓の方を振り返る。

農夫　極寒の外地で足を悪くしたあなたは、仕事のあとなど畑の畦に坐ってうなだれていましたね。

農夫　ぼくはあなたの沈黙のなかに言葉を探そうとしたが、見つかりはしなかった。不自由な足が木の根に何度も引っかかり、つまずいているのを見ました。そのあと、自分の身体の不自由さに怒りを覚え、源を遡っているように思えました。

農夫　父、父親、親父、お父さん、……。どの言葉も、うなだれた、あなたを指すことができない。ぼくは「あなた」を指し示す言葉を見つけられないまま今まで過ごしてきました。

武西　良和（たけにし　よしかず）

1947年、和歌山県生まれ。詩集『岬』、『遠い山の呼び声』。詩誌「ぽとり」、「ここから」。和歌山県岩出市在住。

農夫　今ここであなたの姿にすっぽり入って山畑を見上げることができる。あなたの姿で耕すこともできる。でも、あなたにぴったりはまる言葉がないのです。

父　そのように思い起こしてもらえるだけで十分だ。それ以外に何を望むことがあるだろうか。それに、もうすでに、ここで、お前の母やわたし、祖父母など家族の生活を掘り起こし始めてくれているではないか。

農夫　ツルハシで畦道をなおし、鍬で畑を耕してきました。また、山畑への道の草を鎌で刈りました。ときには木を切り倒し枝を払い、あなたの跡を歩いて行こうと思います。あなたのなかに言葉が見つかるまで。

父　ありがたいことだが、お前はお前の意思に従って行動することが大事ではないか。このあたりの環境もずいぶん変わった。どの家も年寄りが一人暮らしか、空き家だ。それぞれの家に人が小さくなりすぎている。

　昔の村の風景を思い出し、農夫はさらに寂れていく未来の姿を想像した。さきほどの父の言葉が山間に響き、遠く小さく木霊を繰り返していた。そのなかで、農夫は自分がどんどん小さくなっていくようだった。

里川のぼやき

鈴木　悦子（すずき　えつこ）
1949年、茨城県生まれ。詩誌「覇気」。千葉県詩人クラブ所属。
千葉県習志野市在住。

ああ　またあんなごみが流れ着いてきた……
土手がコンクリートに固められてから
ぼくがぼくではなくなってしまったようだ
魚はいなくなってしまうしさっちゃんも来なくなった
楽しかった日々はどこへいったのか……
夏には清流に子どもたちがたくさん泳ぎに来てくれた
いつも明るい笑い声がきこえていたよ
ゲンじいさんは銛《もり》で魚を捕るのがうまかったな
さっちゃんの赤い水玉模様の水着姿　可愛かった
トシオの飛び込みは……みんなも見ただろ！

夏が終わるとあたりは静かになって
はらはら木の葉が落ちてきた　色とりどりの船になり
浮かんで流れておもしろかったよ

さっちゃんは泣きながらやって来たことが何度もあるね
土手に立ちすくんだまま
流れの音に耳を傾けながら長い時間ぼくを見つめていた
浅瀬に陽の光が輝くのを見ていたり
深い場所に周りの木々が川面に映るのを見つめていた
しだいに夕日の色に染まるのを飽かず眺めていたね
しばらくして笑顔が戻り　いつものさっちゃんになった

ブルドーザーが来てからだ
楽しい日々が突然消えてしまったのは
きれいに咲いていた土手の花ごとごっそり持っていかれ
代わりに流し込まれたコンクリート
茶色く濁った水に　魚はいっせいに逃げ出した
ぼくだけが取り残されたんだ

気がつくとぼくの自慢だったなだらかな曲線は消えて
まっすぐ流れるだけの川になってしまった
「きれいな景色だね」とカメラを向ける人もいなくなり
さっちゃんも遊びに来てくれない
「護岸がさえぎって川に手が届かないよ」
もうきみにさわれないなんて……そう言って泣いて怒っ
　たね
ああ　今はぼくがぼくではなくなってしまったのだ

焦る

探している
金の卵を探している
すぐに金ピカに様変わりしてくれる
銀の卵にも　目を光らせている

探している
子どもを探している
腕っぷしの強い活発なのがいい

町役場で調べる
男の子のリストを調べる
欲しい金の卵
高校生はいないか

集団的自衛権を閣議が決定
以来　日本中の高校生
戦争と平和にそそぐ目が鋭くなってくる

困ったことに
自衛隊への志願が減ってくる
除隊を申し出る隊員は増えてくる
脱走する隊員まであらわれてくる始末

秋になっても就職口が決まっていない子
大学を諦めている子
そんな子はいないか

きみ　あきら

１９２５年、神奈川県生まれ。予防医学書『潜在ガンにうちかつ食生活』、詩集『後は野となれ山となれ』。詩人会議、横浜詩人会議所属。神奈川県平塚市在住。

地球の無限なエネルギーを引き出そう

埋田　昇二（うめだ　しょうじ）
1933年、静岡県生まれ。詩集『富嶽百景』、『ガリレオの独白』。詩誌「鹿」、「青い花」。静岡県浜松市在住

ああ　億兆の星のなかで
生命が生まれた奇跡の星　地球よ
その星の近くに大きな腕をひろげて
抱きかかえている母なる太陽よ

長く暗い夜の道を歩いてきた君よ
顔をあげて朝の陽の光を見なさい
太陽の光と熱は
君の凍えた心を温めるだけでなく
無限の勇気と希望をひきだしてくれるよ
それだけではない
さんさんと降り注ぐ太陽の光の環は
太陽光エネルギーの無限な力がこめられているのだよ

雨よ　雨よ　降れ　降れ　もっと　降れ
天幕が破れるほどに　もっと　降れ
この国は水の国
高い峰から麓まで森の木々たちは水を食べて
りりしく立っている
水の力が熱エネルギーとなるのだよ

風よ　吹け　吹け　もっと　吹け
風の神様　ほっぺた　膨らませ
この国は　風の国
風は　海から陸へ　吹きよせ
波は　高々と噴きあげても
硬い岸壁は崩れない
風と波の力がタービン回すのだよ

大地は地の底から熱く燃えている
地球のいのちは荒々しく生きている
この国は地熱の国
噴き上げる大地のエネルギーは
地球の無限な力となるのだよ

加えて
日本近海の海の底には
膨大なガス資源や貴重な金属が眠っている
すでに一部で試掘が始まっているけれど
日本の優れた科学の力で掘り上げることに成功すれば
この国は海の資源大国になるのだよ
若い君たちの叡智が待っているのだよ

猿人アウストラロピテクス

直立二足歩行が出来るように進化した
猿人アウストラロピテクス
戦いに勝つ為ではなく
女性を獲得するために
4本の足ではプレゼントを運べなくて
2本の足と　2本の腕が
必要になったのだという学説を最近知った
人間は
平和で
戦いのない
家族が核という世界のど真中で
進化していったのだと思えるのだ
もしアウストラロピテクスが蘇って
人間が世界中で人を殺し
傷つけ合っているのを知れば
きっと　大声をあげて
泣くだろうな

やまもと　れいこ（やまもと　れいこ）
1949年、大阪府生まれ。詩集『燃えあがるフォード』、『マーク・ロスコの絵』。
詩誌「コールサック（石炭袋）」、「軸」。大阪府大阪市在住。

豆の木

宇宙エレベーターを作ろうと
真剣に考えている人達がいます
世界中で何組ものプロジェクトが
進行しています
そこで私も考えました
豆の木です
宇宙エレベーターは
莫大な資金が必要です
たとえ完成しても機械に故障はつきものです
あぶない　あぶない
豆の木は　太陽と土と水
そして「大きくなあれ！」という
愛情と励ましがあれば
グングン伸びます
だから
宇宙エレベーターには
絶対勝てると思うのです

フェデラル・ノード

夢なんか見ない
ただこの場所を
この時を
なだめすかしてエスケープする
明日もあさっても
一年後も十年後も
死ぬまで今日をやってゆくなんて！
僕は時間の流れを
伸ばしてちぢめて
インドのペンフレンドの
銅製のペン立てに
僕の水性ペンを差す
夢なんか見るかよ
女々しく画用紙に絵を描いたって
僕の世界は十二歳どまり
千葉の埠頭から
貨物船を見送ったら
現実は別段
学校でも社会でもなく
あのはがねの船体だってわかるさ

ムンバイへは行くかな
マニラはどうだ
ばいばいニッポン
アフタヌンティーだ！

古城　いつも（こじょう　いつも）
1958年、千葉県生まれ。千葉県船橋市在住。

宇宙人

バルーンスカートを穿《は》いて
宇宙人は煎茶のお稽古《けいこ》をしている
彼女は私の娘とほぼ近い年齢だ
眩《まばゆ》いばかりの若さで
流行の先端をゆくバルーンスカート
裾《すそ》の裏で絞《しぼ》り　表はふくらみ
愛らしい姿に少しばかりジェラシイー
七十歳の私があのスカートを穿いたら
どうなるか…
頭にひらめいただけでも火星人ではないか
それこそ老人ボケにされてしまう

時として宇宙人は和服の裾をまくり上げ
ヘルメットを被《かぶ》り　バイクに乗って
颯爽《さっそう》と風を切りながらやってくる
このごろの人は様になるから
笑ってゆるせる
私の生きた若い時代だったら
親からまず雷が落ちるだろう
女のくせに　その格好は何だ！
とかなんとか…

五月の晴れた日　ここは幸せの在処《ありか》
宇宙人は煎茶の小さな茶碗をかたむけ
しずかに茶を飲んでいる
窓の向こうに若葉が光り砕け散る
宇治山城の茶を私も口に含む…
つかの間　ほのかな甘さを残して
謎のように消えていく　露の玉

志田　静枝（しだ　しずえ）
1936年、長崎県生まれ。詩集『夏の記憶』、『踊り子の花たち』。「秋桜・コスモス文芸」、小説誌「ぱさーじゅ」。大阪府交野市在住。

光の百合宇宙

少女よ　貴方たちには　今は見えないだろう
けれど　私には見える　貴方たちの胸のあたりに
小さな　屈《くぐ》まり込む　白百合の蕾《つぼみ》があって
世界に向けて　強い憧れを抱きながら
未来の時を　ゆっくりと編んでいる
柔らかく　透明な　花びらを畳み込んで
百合の蕾は　いつか朝の庭に香りを放つ準備をしている
花嫁が　婚礼の日を数えるように

百合は礼儀正しき花　一茎にたくさんの蕾があっても
一度に咲き競うことはない　ひとつが咲く
何日か待って　次の百合が　ゆっくりと開く
最初の百合が　花弁を落とす頃
もうひとつの百合が　また閑《しず》かに花開く
百合の花の真ん中に　見えない透明な水晶で刻まれた
　時計があって　いつも宇宙の秩序を守っている
そうして　すべての百合の蕾は　必ず開く
季節のすべての見えない力を集めて
小さな蕾も　最後の一輪まで力強く咲ききる

花びらを一枚一枚　陽に透かせて　百合はしめやかに
柔らかく重なりながら　光の化身となっていく
花のこころを輝かせて
少女よ　貴方たちの憧れも　いつか
芳しい香りとなって　美しく放たれるように
貴方の中に棲む　花の力を信じなさい
そうして　宇宙の秩序を守り
気高く　しめやかに　花開かせなさい
貴方自身を　貴方の希《ねが》いを　貴方という花の生命を
いつまでも　光の中で輝かせなさい

もしもこれから　辛いことがあったなら　思い出して
貴方のこころには　いつも百合の花が咲いていることを
百合のこころを失わせることは　誰にもできないことを
宇宙のどこかに　光の岸辺があって
いつの季節にも　透明な百合の花が咲いているという
その　宇宙の果ての辺りから　私はこころから希《ねが》おう
世界中の少女たちが　老いてなお　人生に疲れてなお
百合のしめやかな白さに
いつも立ち返ってくることを　真っ直ぐに

星乃　真呂夢（ほしの　まろん）
1961年、山梨県生まれ。『劇詩　エーテルの風』。
山梨県詩人会、東京英詩朗読会所属。山梨県甲府市在住。

空襲を知らない少年に

わたしの少年の日の終り
心に焼きつけられた
永遠の炎について語ろう

かつて君たちが聞いたり読んだりしたことの
繰り返しではあっても
これは少年の日の終り
わたしが体験した事実なのだ

太陽はいつもと変わらず東から昇り
露の降りた野道には
クローバーの白い花が
風にそよいでいた
わたしは病弱のために
少年飛行兵学校を除籍されたことさえ忘れていた

西の山に陽は沈み
美しい夕焼けが田園に戻って
やがて闇が静かに田舎の部落を包み込む頃
わたしの耳に幾十もの爆音が聞こえてきた

遠くでかすかにサイレンが鳴ったが
すぐに止んだ

そのまま静寂が闇を支配していたならば
わたしの人生についての考えも変わっていたろう

しかし　わたしは見た！
わたしらの頭上を無数の敵機Ｂ29の群れが
唸りを上げて飛んでいき
山向こうの街に幾十もの火の雨が尾を引いて落ち
街が真赤に燃え上がるのを
鈍い炸裂音は絶え間なく続いた

わたしは炎の照り返しを全身に浴びながら
呆然とクローバーの道に佇んで空を見上げていた
憎しみも　悲しみもなく……

級友たちは寄宿舎から逃れて
吉野川の堤防を駆け上り　川につかりながら
必死に逃げたことを知ったのは

日下　新介（くさか　しんすけ）
1929年、福井県生まれ。『日下新介全詩集』、詩集『核兵器廃絶の道』。詩人会議、北海道詩人協会所属。北海道札幌市在住。

ずっと後になってからだ
ああ　遠い日の　戦火よ
あの夜　味方の高射砲は一発の砲弾も発射せず
どれだけの人々が爆弾と炎の中で傷つき　息絶えたか
資料には書かれているが
それは遠い日の夢だったのか

わたしは　憲法九条のもと
再び戦争をしない道を歩いてきたが
政府は　またぞろ
新しい戦争の準備に懸命なのは
なぜ？

少年よ　これでよいのか！

まあるい世界
～「吹き出し」が闖入～

マンションの若緑色に塗られた鉄製の扉は、玄関の扉なので、日に何度も開け閉めをする。どうも、その開け閉めの隙間を縫って、何やら得体の知れないものが、いつの間にか、わが家に侵入して来たらしい。結果的に、いまになって考えてみると、それは、「侵入」などという、生易しいものでは無く、まさに、「闖入」して来たとしか言いようがない。それの姿を、見た訳ではないが、私が見たような気がする「もの」は、どうも、漫画の「吹き出し」のようなものであったらしい。

「吹き出し」は、ある日、我が家の玄関に入り込み、マンションの玄関の、小振りな玄関ホールをいつの間にか、何日か掛けて、じわじわと埋め尽くし、やがて溢れ出んばかりの大きさになっていたようだ。玄関ホールというものは、玄関から入れば、我が家でいえば、リビングダイニングの部屋に行くしか能はない。従って、外から玄関に入って来た人たちは、当然のように、玄関ホールとリビングダイニングの間を仕切るクリーム色に塗られた木製の扉を開け閉めすることになる。それと同様に、玄関ホールに、何日か潜んでいた「吹き出し」は、クリーム色に塗られた木製の扉の開け閉めの隙間を縫って、いつの間にかリビングダイニングに入り込んで来た。リビングダイニングの部屋は、ざっと23平米ほどの空間であるから（玄関ホールの広さの、7倍ほどか）、「吹き出し」が、部屋いっぱいに「成長」するためには、かなり時間がかかる。それに、リビングダイニングでは、周りの部屋から家族が出入りするので、「移住する」にしても、ターゲットを絞りにくいという問題がある。そこで、「吹き出し」は、家族の中では、仕事で帰りが遅い上、リビングダイニングへの出入りも、いちばん少ない娘の動きを観察した結果、リビングダイニングの部屋の大きさにまで自分を「成長」させる前に、リビングダイニングの奥にある娘の部屋に、無理やり「闖入」することを決断したらしい。こうして、いつのまにか、家族の誰にも、咎めだてもされずに、「吹き出し」は、娘の部屋にまんまと入り込んでしまったらしい。以来、居心地が良いせいか、吹き出しは娘の部屋に住みつき、大きくなって行った。それればかりでなく「まあるい世界」になった吹き出しの体内に娘を閉じ込めてしまっているようだ。娘のカラダは、吹き出しの文字のヒトガタのように見える。その証拠に、娘は職場に通えなくなってしまった。2回の休職期間を経て、傷病休職が、初診以来1年半が過ぎた時点で、機械的に退職を余儀なくされ、以後は失業中である。そう言えば、もう数年間も娘は、社会生活

大原　雄（おおはら　ゆう）
1947年、東京都生まれ。『ゆるりと江戸へ　遠眼鏡戯場観察（かぶきうおっちんぐ）』。日本ペンクラブ所属。千葉県市川市在住。

が出来ずに、まあるい吹き出しの中に閉じ籠められた状態を余儀なくされている。栴檀が枝や葉を落として越冬するように、娘も精神の一部を落として越冬しているのか。精神を病むことだけが、娘が生き延びるただひとつの手段だったのか。

「まあるい世界」の中はどうなっているのか、私には判らない。たまに部屋から出入りする際に見受ける娘の顔は表情の乏しい苛々顔をしていることが多い。何かに耐えているように思える。まあるい世界の居心地が良いとは思えない。まあるい世界の中にどのような荒野を抱えているのか。帰って来いよ、と心の中で私は呼びかけてみる。娘はひとりでどのような道をさまよい歩いているのだろうか。

2011年3月11日午後。東日本を大きな地震が襲い、地震は津波を発生させた。津波は人々を奪い取り、原発を破壊し、原子炉は爆発事故を起こした。放射能は姿が見えないまま社会を覆ってしまった。まあるい透明な世界に引きこもったのが、それからの日本というわけだ。

日本列島の東半分は、普通の人から見れば、なんということもない、真っ当な格好をしているように見えるのだろうが、私の目から見ると、東半分の「日本」の廻りに、というか、「社会」全体を包み込むような、透明で、なんとなく、違和感のある「もの」が「まあるい世界」のように、そこにあるように感じられる。自閉症は個人の病気だが、今の日本は社会そのものが「自閉」しているのではないか、という気がする。そう言えば、もう数年間も日本は、そういう状態を余儀なくされている。

個人も社会も、ともに「まあるい世界」に取り込まれて自閉している。楕円形のようなふたつの中心から、上下に振幅しながら焦燥感やいらだちを撒き散らし続ける不安定な気分は、患者ばかりでなく家族の心身を弱らせ、出口の見えない、長い闇のトンネルに入り込んだように、現在と未来への不安を果てしなくかきたてる。放射能を撒き散らし続ける原発事故は、人間の心身を弱らせ、社会全体を出口の見えない、長い闇のトンネルに入り込ませたように、現在と未来への不安を果てしなくかきたてる。

詩（コトダマ）の力。不安の共振を逆手にとるしか逃げ道はないのかもしれない。私の目から見ると、娘の全身を包み込むような、透明で、なんとなく、違和感のある「もの」が、娘の周りにはあり続けるように感じられる。娘と社会の、ふたつの中心から描かれる楕円形のような「まあるい世界」を凝視しながら、羽化・変容（メタモルフォーゼ）。そこから娘とともに抜け出ることを夢見て、私は詩を書き始める。

「マンションの若緑色に塗られた鉄製の扉は、……」。

鳩爺《はとじい》のおせっかい

11・03・11＝東日本大震災は
経験したことのない巨悪な人災をも　もたらした
人間の建造物である東電原発の事故は
日の本三千年の歴史の中で　三度目の放射線量被害
大地震と大津波は幾度も経験として通過してきた
その体験を活かして新しい生活スタイルを創ってきた
そして美しい山河や海と調和して恵みに感謝しながら
田畑を耕し里山を愛しみ
樹木や鳥・小動物・魚たちと共生してきた

鳩爺が生まれたのは昭和16年12月太平洋戦争直後
戦争体験の思い出は　父の帰りを母と待ちながら
おなか一杯食べたい　ひもじい気持
今は　世界のあちらこちらで起きる戦争を
悲しい気持で報道を見ている
どうして繰り返しているのだろうと

朝が来るたびに今日も一生懸命に勉強や仕事をして
明日は　今日よりも良い日になると信じて
未來は　希望に満ちて何の不安もなかった

今は　沢山の不安が満ち満ちている
放射線量のことは解決が見えていない
農薬や化学物質の土壌や河川への影響も消えない
大きな地震が首都圏・東海・南海地方に
30年以内に来るとの観察がある
皆が鳩爺の年まで生きれば　経験する可能性がある

たとえ　どんなに困難な時代環境でも
生きぬくことになる
自分の内なる生命力と　魂の良心を信じて
同朋《チームメイト》を信じて心を合わせれば
どんなことでも乗り越えられる
一番の災害は　希望を失うことなのですよ
人間同士が信じあって　戦争は絶対にしないこと
核は持たず原発も廃棄する　永い時間がかかるとも
エネルギーは循環型に切替えて　生活は質素に

鳩爺は　孫たちと同朋《チームメイト》に　朝夕なに勇気を届ける
そして　おせっかいに　いつも見守っているよと……

Captain　鳩爺（きゃぷてん　はとじい）
1941年、埼玉県生まれ。『理念経営のすすめ方』、『非常時の経営計画のつくり方』。埼玉県川口市在住。

ぼくら地球人

白根　厚子（しらね　あつこ）
1943年、東京都生まれ。詩集『壁に花を描く村』、『十センチの平和』。
詩人会議、児童文学者協会所属。埼玉県草加市在住。

小さな居間で外国の映像が流れる
撃たれた人々、攻撃する人
血だらけだ
ぼくの胸はしめつけられ
心がふるえる
何故、こんなにも傷つけあうの
民族のちがい
皮膚の色のちがい
考え方のちがいなの

子どもにしてみたらえらい迷惑だよ
いろんな国の人と
話し合いたいと思っているんだよ
じぶんの国の自慢話なんかしてさ
おいしい料理を作って食べるのもいいね
それぞれの国のお祭りを楽しむことだって
なによりも、友だちになりたい

友だちになっていろんなことを話すのさ
話あうことによって

それぞれのちがいがでてくるはず
ちがうっておもしろいと思わない
そのちがいはどこからくるのか考える
神さまがちがうと祈りのしかたもちがう
でも祈る思いは同じじゃないかな

だから、だからさ
いろんな国の子ども同士が話せる
余地を残しておいてよ
子どもは未来を歩くんだから
子どもにも発言させて
戦争はいやだって
こころから訴えたい
ぼくら地球人なんだよ
みんな大事な人だってこと
忘れないようにしようよ

日本のつとめ

ひとつ
被爆国として核兵器廃絶を世界に対して訴えていく
これは日本にしかできません

ふたつ
信仰の自由が保障され、
あらゆる宗教に対して寛容である日本は
世界中の当事者たちがあまり意識していない
〝宗教的な対立が根にある争い〟を調停できます

みっつ
戦争の放棄、交戦権の否定という
立派な憲法を持った日本には
世界平和を主導する資格があります

この三つがあってこそ日本は尊敬されます
世界が平和になるように
みなさんと一緒にがんばりましょう

浅田　次郎（あさだ　じろう）
1951年、東京都生まれ。小説『鉄道員（ぽっぽや）』、『中原の虹』。日本ペンクラブ会長。

第十章　未来

二度とない人生だから

二度とない人生だから
一輪の花にも
無限の愛を
そそいでゆこう
一羽の鳥の声にも
無心の耳を
かたむけてゆこう

二度とない人生だから
一匹のこおろぎでも
ふみころさないように
こころしてゆこう
どんなにか
よろこぶことだろう

二度とない人生だから
一ぺんでも多く
便りをしよう
返事はかならず
書くことにしよう

二度とない人生だから
まず一番身近な者たちに
できるだけのことをしよう
貧しいけれど
こころ豊かに接してゆこう

二度とない人生だから
つゆくさのつゆにも
めぐりあいのふしぎを思い
足をとどめてみつめてゆこう

二度とない人生だから
のぼる日しずむ日
まるい月かけてゆく月
四季それぞれの
星々の光にふれて
わがこころを
あらいきよめてゆこう

二度とない人生だから
戦争のない世の
実現に努力し
そういう詩を
一篇でも多く
作ってゆこう
わたしが死んだら
あとをついでくれる
若い人たちのために
この大願を
書きつづけてゆこう

坂村　真民（さかむら　しんみん）
1909年～2006年、熊本県生まれ。詩集『念ずれば花ひらく』、『二度とない人生だから』。愛媛県伊予郡などに暮らした。

大地の詩《うた》

目を開いてごらん
陽の光に包まれた　自分を知る

耳を澄ませてごらん
語りかける声が　聞こえる

手を伸ばしてごらん
握り返してくる　手を感じる

世界が誕生した時
闇の中に　光が差し込み
光の後ろに　言葉が生まれ
言葉に従い　詩が続いた

孤独に沈む者に
未来を失った者に
愛に裏切られた者に
希望を落した者に
奈落を歩く者に
歎きを生きる者に

大地の詩が　慈雨となって降り注ぐ
君のために　生まれた詩が

生きていて　いいんだよ
生きていて　いいんだよ
君は　今のままで
君は　君のままで

君は大地の子
世界は君のために　贈られた

だから　自分を信じておやり
だから　自分を認めておやり
だから　自分を愛しておやり

目を開いてごらん
耳を澄ませてごらん
手を伸ばしてごらん

君は独りではないと　気づくだろう
大地が君のために　詩をうたっている

ヒロ（ひろ）
1950年、群馬県生まれ。東京都練馬区在住。

ピラミッド

君はピラミッドの頂点にいる二千年以上の時を経て
君はピラミッドの頂点に生まれ落ちた
例えば昔の人が二十歳で結婚して
子供を産んだとしよう
二千年割る二十とすれば百代まで遡《さかのぼ》れる事になる
君はピラミッドの頂点にいる
誰にでも両親が存在する
お父さんにはお父さんとお母さんがいて
お母さんにもお父さんとお母さんが存在する
一世代遡るたびに倍倍となって
君のご先祖様は十代遡ると
千二十四名にもなる！
君の命にははかりしれないほどの出会い
愛と苦難を生き抜いたご先祖様達の記憶のすべての
生きた証なのだ

君はご先祖様の生きた証として存在するのだ
『その命』
後悔のない素敵な人生にして欲しい

カッコイイと言われたい

ホワイト☆ハル
1976年、千葉県生まれ。東京都練馬区在住。

女に生まれたから可愛いと言われたい？
いいえ、それよりももっと言われたい言葉
私は『カッコイイ』と言われたい
見た目ではなく、カッコイイ生き方がしたいのです
誰にも味わえない様な人生にしたい
夢を追いかけてきて、たとえ叶わないとしても私は
後悔の残る生き方はしたくない
後悔の残る死に方はしたくない
いつどんな事故に自分が巻き込まれるかもしれない
後悔したくないから100％
全力で毎日を走っているよ
常にこういう人間でありたいって目標をかかげてね
無意識で行《おこな》った行動が突然認められる事がある
賞賛《しょうさん》され尊敬される事がある
ほんの些細《ささい》な出来事でほんの一瞬の出来事
剥《は》がれたポスターの画鋲《がびょう》を何気無く直した瞬間
私は隣のクラスの先生に目撃されていた
クラス全員の前で褒められた時は嬉しかった

巽《たつみ》の風

さみしがり屋だった私　臆病《おくびょう》だった私
自分にパワーが無い時は心に栄養が必要なんだ
パワー溢れる人に会って元気を分けてもらう
笑顔溢れる人に会って忘れていた笑顔を取り戻す
泣ける音楽を聴き　泣ける映画を観て沢山涙してみる
自分は本当はどんな人間になりたいのか
心と会話してみる
もし心に余裕が生まれたら
誰かが喜んでくれるようなアイディアを考えてみる
自分の事しか考えていなかった視界を広くしてみる
さあ今からやらなくちゃいけない事は
沢山ある
あとはそっと自分の背中を押してやる勇気だけだ
ただのテーマでしかない長生きする事って
繋いだ手握り返して一つずつ乗り越えよう
巽の風が優しくなびくようにそんな毎日が訪れますように

幸せを育てる

幸せはそこらじゅうに落ちています
目に見えない小さな幸せも貴方の感性で感じとって
小さな幸せを拾い集めて心から幸せを
感じましょう
あなたは愛されて育ちました
どんなに厳しい事、辛いことを言われたとしても
それはあなたの心の成長に必要な言葉なのです
そうやって厳しい事を言われながらあなたの心は
強く優しくそだっていくのです
幸せを継続させるための努力が大切です
更《さら》に人々が幸せになれる種を撒《ま》きましょう
人から受けた親切は
あなたも誰かにしてあげられるはず
あなたは幸せの種を毎日撒《ま》いていますか
誰かと繋がり誰かに紹介してあげる
そんな縁の連鎖はきっと
将来のあなたの味方となってくれる事でしょう
あなたの個性はきっと将来認められます

わたしはひらく

わたしはひらく
わたしをひらく
あなたにひらく
わたしはいっさつのほん

あなたにむかって
わたしははなしかける
わたしのなかのことばで

わたしのことばがわかりますか
わたしのこえがきこえますか
わたしのみているものがみえますか
わたしのてがあなたにとどきますか

あなたのことばをきかせてください
うれしいことやかなしいことを
たのしいことやふしぎなことを
あなたがみつけたとっておきのことばを

あなたのそばにだれがいますか

あなたのことばをきいてくれるひとなら
どうかそのひとをたいせつにしてください

あなたのそばにいるのが
あなたのことばをきかないひとでも
どうかことばをあきらめないでください

わたしはいつでもまっています
あなたがはなしかけるまで
あなたがわたしをおもいだすまで
あなたがわたしをひらくまで

あなたがわたしをひらいてくれたら
わたしはとてもうれしくなります
なぜなら
わたしのことばがあなたをひらくから

福士　文浩（ふくし　ふみひろ）
1970年、北海道生まれ。北海道苫小牧市在住。

楽園になれ　楽園に

もし水面の月に光の点が浮遊しているならば
それは闇に呑み込まれた君たちが深海の底に漂い
輪郭を探している儀式かもしれないとおもう時がある
その時よ
エメラルドをみつけてくれないか
天空の満ち欠けに従い朝陽を浴びるために

そして夢だけを丈夫な包みに迎えいれて
青い孤独はそっと浮かべよう
時期を知る川　事起きて
流れ流れて喜びになれ
雪解け水は春を運ぶし
世の軌道の修正は君たちの為にあるのだもの

その涙　ひと粒ひと粒が
あしたの雨に紛れこまないように
誰のことも恨まなくてすむように
君たちのストーリーを世に問う必要をおもう

あなたも　わたしも

黒木　アン（くろき　あん）
1966年、東京都生まれ。詩誌「コールサック（石炭袋）」。
埼玉県入間市在住。

生のあるもの
花ひらく　唇ひらくその唇を
とじた時にでもでる声が
君たちの幸せ祈る　楽園になれ　楽園に

たったひとりでいい
真剣に話を聞いてくれる大人を探してください
この人が無理でも　次の人を
次の人が無理でも　また次の人を
見つかるまで　探してください
飽きずに懲りずに　探してください

わたしは　君たちを待っている
わたしは　君たちを待っている大人の一人なのです
わたしは　君たちから借りた未来を生きています

パン屑を拾いながら

誰も教えてくれなかったね
きみが立ちすくんでいても
生きるには道標がいる
ついておいで　私がパン屑を落としていくから
かつて私も　きみと同じ迷子だった

パン屑一つ　心の天気

心には天気がある
もやもやと曇りの日があるし
大粒の雨が降るときもある
砂塵が吹き荒れる風の日もあるし
澄んだ青空もある
空の天気に理由がないように
心の天気にも理由なんてない
ただ移り変るだけなんだ
だからね
憂鬱になったり　悲しくなったり
怒りが湧いてきたりしても
放っておいてごらん

長田　邦子（おさだ　くにこ）
1969年、東京都生まれ。東京都新宿区在住。

何もかも大丈夫って気軽になる日がまたやってくるから
ほんとだよ　放っておいてごらん

パン屑二つ　今いる場所

今いる場所はこの先もずっといる場所のように思うよね
でも　そんなことない
人は動いて生きていく動物なんだ
今はその場所しかないと思っているかもしれないけど
そこから出てごらん
世界の広さに驚くよ
世界ってきみの知らないことに満ちている
それだけ　世界ってきみのいる場所が多いっていうこと
それだけ　きみを受け止める人が多いということ
一つ先の駅まで歩いてごらん
その先行けるところまで行ってごらん
そのうち電車に乗って知らない駅に行ってごらん
飛行機にも乗ってごらんよ
きみが絶望した世界に希望があることがわかるよ
ちっぽけな世界を捨ててここまで歩いておいで

パン屑三つ　未熟

きっとこれを理解するのが一番難しい
きみのお父さんもお母さんも先生も
おじいちゃんおばあちゃんだって
どうしていいのかわからないでいるっていうこと
だからきみに強制したり　束縛したり
泣きついたり　ごまかしたり　脅したり
まったく的外れなことをするんだ
本当はきみという人を受け止める
ただそれだけでいいはずなのにね
大人をわかってやれなんて言わない
きみがいちばんどうしていいかわからずに
苦しんでいるというのに
私がこう言うのは
皆が未熟だと思うことできみが楽になると思うから

パン屑四つ　未来

将来のため　いい学校に入るため　未来のため
がんばれと言われる
でもね　今日は未来のための準備の日ではないから
今日は今日を楽しむための日だから
今日は今日で大切な日だから
今が満ちていれば未来も満ちている
今の続きが未来だから

パン屑五つ　あなたはあなたでいいってこと

きっとこの言葉が腑に落ちるのは遠い先のこと
こんな言葉は大人たちから何度も何度も聞いただろう
今はわからない　私だってわからなかったから
でも今はわかる
だから遠い先まで生きておいで
ここまでおいで
私がパン屑を撒きながら道先案内するから

あした

あしたは、どこからやってくるのだろう
わかるわけないよ、って？
そう、これは答えのないなぞなぞ
でもね、その答えのはしっこに触れた――
そう思える瞬間は、確かにあるんだ

あれは……ある日の夕暮れ
手を振りながら、目の前を駆けていく子どもたち
たわむれるように重なりあって
夕映えの空にこだまする「またあした！」
黄昏の光の中で交わされる
せつない祈りのキャッチボール
遠い昔から、絶えることなく結ばれつづけてきた
とても小さな約束

そのとき、思ったんだよ
もしかしたら――その約束のために
〝あした〟という日はあるのかもしれない
たとえ、あしたがどんな日であったとしても
喜びよりも哀しみに満ちた日であったとしても

それでも――
きみたちが心から「またあした」と願うなら
その願いのために――ただそのためだけに
あしたという日は、あっていい

もしかしたら
それだけが、この世界の秘密なのかもしれない

またあした遊ぼう、またあした会おう
またあした笑おう

今日もまた、夕暮れの空に耳を澄まそう
聞かせてほしい、きみたちの声を
とても小さなあの約束を

またあした遊ぼう、またあした会おう
またあした笑おう
またあした――友だちでいよう

濱岡　稔（はまおか　みのる）
１９６４年、栃木県生まれ。小説『ひまわり探偵局』、『ヨウム室へおいでよ！』。神奈川県相模原市在住。

香《かぐわ》しい日々

今からちょうど二十年前
わたしの腕に抱かれていた嬰児は
今年成人式を迎えることになった
美しい娘に育ったこと
振り袖が似合う成人となって
何と目出度いこと
髪を結いあげて何と美しいこと
目映いとはこういうこと
この日は夢のように時が流れていく

美しい人生のひとこま
楽しい人生のひととき
咲き揃う花のように
乙女たちが集う
この寒さを吹き飛ばすように
若さが漲っている街
健康で朗らかで逞しく生きていって欲しい

あの頃も愛らしい瞳をしていた彼女
わたしはいま婆となって彼女を見つめる
きょうの彼女の笑顔をフィルムに残そう
若者よあなた方はこの国に生まれ育って
未来の世の中を照らしてくれる
希望の天使たち

竹内　オリエ（たけうち　おりえ）
1943年、静岡県生まれ。『冬のメルヘン』、『五月の憧憬』。「鵠」。静岡県浜松市在住。

祝福

君よ
すこやかであれ
君よ
美しくあれ
君よ
笑顔であれ
君よ　君よ
花のようであれ
花のように無心であれ
風吹けば
風に揺れる
花のように
たおやかであれ

君よ
愛したまえ
人を愛したまえ
人生を愛したまえ
君よ
素直であれ
君よ
いつの日にも
君は君であれ

浅山　泰美（あさやま　ひろみ）
1954年、京都府生まれ。エッセイ集『京都　銀月アパートの桜』、詩集『ミセスエリザベスグリーンの庭に』。日本文芸家協会、日本現代詩人会所属。京都府京都市在住。

少年少女たちに

木村　孝夫（きむら　たかお）
１９４６年、福島県生まれ。詩集『桜螢―ふくしまの連呼する声』、『ふくしまという名の舟にのって』。詩誌「ＰＯ」、「コールサック（石炭袋）」。福島県いわき市在住。

私たちは
戦後の荒れ野から立ち上がってきた

今の少年少女たちは
現代の多様な問題から
自力で立ち上がれない者も少なくない

私は　その少年少女たちに
「勇気」と「希望」そして「愛」を
立ち上がる為の心の杖として贈りたい

勇気とは人を傷つけないこと
人に傷つけられた時には跳ね返す力

希望とは若さ
私たちにはない羨ましい若さ
その若さは黙っていても周りを輝かす

愛とは人を思いやる心
人の心の琴線に触れて
思い煩いがあれば共に背負いあうこと

この三つの言葉で
現代の荒れ野から立ち上がれないか

それでも不足するならば
「思慮深さ」そして「知恵」を
そっと追加したい

これは一方的な押しつけではない
考えて欲しいこと

同じ目線と同じ距離で向かい合えば
一つや二つ楽になるものがある

若さとは　悩み苦しんでも
弾力性があって真っ直ぐな筈だ

巣立つこどもたち

バスに乗ろうと君は足をあげ
ふと元に戻した
　ぼく　行っていいのかなあ
　行ってらっしゃい　君の道へ
京都の大学へ　今旅立つ
単身赴任の父を持ち
長男の君は幼いパパ　弟を妹を抱えた
バスの戸が閉まる
まっすぐ顔をあげ
君は　振り向かなかった

ほんとうは感じやすい子
ほんとうは賢い子
優しい名前の娘
大きなオートバイにまたがり
あっという間に
母の脇を通り過ぎた
まるですべてを手に入れたかのように
晴れやかに
無敵に

山野　なつみ（やまの　なつみ）

1943年、長野県生まれ。詩集『時間のレシピ』。
詩誌「まひる」、「いのちの籠」。神奈川県相模原市在住。

幼い頃の事故　末の子は
壊れてしまうかも
ガラスで出来ているのかも
だから
この子はお守りよ
どこに行くにも手をつないだ
ある時
君は母の指をひとつひとつ解いた
しっかりとした力で
ひとつひとつ解いていった

坂の上の少女——HARUKAに——

ゆるやかな坂を
のぼっていく
坂の上の空をあおぎ
きょうの雲をさがす
ちいさなまるっこい雲を
「セザンヌのりんご」と
名づける
少女のいちにちがはじまる

坂道をのぼりきると
校庭のむこうに
きょうの海が広がっている
めざめたばかりの
早春の海は
まばたきをくりかえしている

青空のメモ帳に
雲のことばをしるしながら
少女は
白紙の未来を
めくっていく

小野田　潮（おのだ　うしお）
1944年、岡山県生まれ。詩集『源流へ』、『いつの日か鳥の影のように』。
「日本未来派」、「同時代」。岡山県瀬戸内市在住。

つばめ

つばめが帰ってきた
去年ここで生まれたつばめだろう
六羽の子を生み、育てている
親として
子らへの餌をけんめいに運んでいる
わたしは巣を見上げては
ちいさき本能の不思議をおもう
やがて巣立っていくだろう
青空を映した水田を
上から見ると気分がいいだろう
親子して
空を駆けるために
ことばや知恵はいらない
夏が近い

メッセージ

悲しみが溶け込んだ自由も
寂しさが貼りついた花も
現実のワナにはまり 歴史を変えていく

真夏の夜に生まれ変わる途中に
ぼくの心の奥へと届いていく
永遠の道のりは いつか消えてしまうのだろう

いつの間にか 自分らしさを犠牲にし
大人になってゆく

増してゆく暗闇の中で
間違いを ぎこちない手で掴み
敏感になった心でうなずき
隙間にその手を入れれば
呆気なく破壊されてしまう

躰中に伝わる鼓動を感じて眠る
闇と宇宙の狭間で……

《ぼくは 確かに
ここに居るよ》

そして 伝え続ける
果てなき夢の また向こうへ……

籠空 朋果（こぞら ともか）
1978年、奈良県生まれ。奈良県奈良市在住。

永遠は君のそばに

君はランナー　傷だらけのランナー
大地踏みしめ　素足のままで
十五の春を　駆けて行く
誰《た》がために走るのか　迷いながら
見えないゴールに向かって　走り続ける
雨に濡れた冷たいロード
痩せた肩が　震えている
けれど　君は気づくだろう
冷たい大地のその下で
真っ赤な地熱は燃えている
何億年も燃えている
地熱は君を抱き包む
君よ　立ち上がれ
永遠は君のそばに
君よ　走れ
永遠は君のそばに

君はランナー　走り続けるランナー
自分さがして　ただひたすらに
十五の春を駆けて行く

佐々木　淑子（ささき　としこ）
1947年、岡山県生まれ。詩集『母の腕物語　増補新版』、『未生ＭＩＵ』。
日本現代詩人会、鎌倉ペンクラブ所属。神奈川県鎌倉市在住。

誰のために生きるのか　つまづきながら
明日の夢を求めて　走り続ける
一人走る夜のロード
かげぼうしも泣いている
けれど　君は知るだろう
数えきれない星たちが輝いている
何億光年輝いている
星は君に降り注ぐ
君よ　涙をふいて
永遠は君のそばに
君よ　走れ
永遠は君のそばに

（青少年を励ますために歌になることを願って書かれた詩）

旅立つ

ぼくは、旅立つ
振り返れば
思い出の小道がほほえんでいる
前を見れば
新緑が呼びかけてくる

ひとつひとつ、ちがった形で
ひとつひとつ、ちがった色で
緑の手と手を組み合わせて
いくつもいくつも重なり合って
新緑の山となって
呼びかけてくる

ぼくは、迷わず旅立つ
ぼくを、探すために
ぼくの色に、なるために
ぼくの光を、
後からくる人へ送るために
ぼくは、新緑の山へ
分け入っていく

白谷　玲花（しらたに　れいか）
１９４０年、福岡県生まれ。詩集『子ども・詩の国探検』、『柳川白秋めぐりの詩』。
柳川文芸誌「ほりわり」。福岡県柳川市在住。

きみは見たか

震える葉っぱを
すっぱりと落とし
すっくと立つ冬木立の
あの気合を　きみは見たか

重くのしかかる雪雲に
梢をぴーんと逆だて
立ちはだかる冬木立の
あの意気込みを　きみは見たか

牙をむいて襲いかかる
冬将軍の絶え間なき洗礼に
耐え抜きとおした冬木立の
あの面《つら》魂を　きみは見たか

きみは　見たか！

進路　～十代のT君へ～

高沢　三歩（たかざわ　さんぽ）
1934年、東京都生まれ。東京都杉並区在住。

君は　どういう人になりたい？
どういうことをして　生きていきたい？

そうか　君は
どっちの方向に進めばいいのか　迷ってるんだね

それならまず　いろいろなことをやってみることだ
売り場で　君に似合う服を見つけるには
着てみるのが一番いい　それと同じだ
やってみれば向いてるかどうか　容易にわかるよ

道を選ぶときに　君は
これまで学習したすべてを総動員して考えるわけだよね
（学習はこうして役立つんだ　たいせつだよ）
親など　周囲の思いも　とうぜん頭に入っているよね

いいかい　ひとは誰でも　自分が　ほんとうに
ほんとうにやりたいことをやればいいんだよ

だって　人生は一度しかないんだ
だから　思い残しのないようにしなきゃ

念のためだが　カネだけを追っていると　心がすさぶよ
そんなことをしていては　君の人生だいなしになる
もっと　自分を輝かせなくては　まったくもったいない

ひとには　向き不向きがある
自分がいやなものを　長期の仕事にする必要はない
「好きこそ　ものの上手なれ」というじゃないか
得意なことをしていれば　楽しいし　一所懸命になり
成果もあがる　やらずにはいられなくなる

万一　自分の選んだ道がまちがっていると思ったら
そのときは　別の道をえらび直せばいい
（そのとき　ひとのせいにはしないことが大切だ）
若いうちは　やり直してもだいじょうぶ
そしてその経験が　あとできっと役に立つ

さあ　いろいろやってみよう　自分のために　そして
それが　ひとのためにも　社会のためにもなるんだよ

金八先生の言葉

金八「文化とはふぐちりであると坂口安吾がそう言った。最初、バカが北九州に住んでいて、ふぐなんて食べたことないけど食べてみようと頭から食っちゃった。もちろんこのバカはふぐの猛毒で死にました。
生徒たち「……。」
金八「しかしだ。死んでいくとき、なんかひと言、言い残さなくてはと、どうも目玉を食ったのがいけなかったらしい、とそう言った。そして次のバカが出てきて、目玉をぬいて食ったけれど、やっぱり七転八倒して、今度は皮がいけなかったと死にました。そして次のバカは骨が悪いというように、バカたちのなんとも言えない歴史が、とうとうと続いて、今日、われわれは安心してふぐが食べられるようになった。つまり文化というものは、こうした積み重ねの上に受けつがれて存在しているものなんだよ。そして、こうしたご先祖さまのおかげをこうむって今日あるわれわれは、次のまた次の時代に、人間が幸せになるものを残さなきゃならん責任てものがあるんだよ。だからお前たちは、そのために苦しい受験勉強と戦っているんだよ。」
生徒たち（うなずく）

小山内　美江子（おさない　みえこ）

1930年、神奈川県生まれ。『三年B組金八先生』、『マー姉ちゃん』。NPO法人JHP学校をつくる会代表。神奈川県横浜市在住。

金八「このなかに、みごと東大に入って大蔵官僚になれるやつがいたら、人間のほんとうの幸せに使える予算を千円でも多くぶんどってくれ。大工になる者は、家族が肩を寄せ合い、いつも温かい笑い声が絶えない居心地のいいそんな家をつくれ、手抜き工事ではつくれないぞ。酒屋を継ぐ者は、客の気持ちが明るくなるような笑顔を忘れないで下さい。看護婦になる者は、病人の苦しみを分かち合ってやれるような、やさしい職業人になってくれ。小説家を志す者は、人間とは生きている価値のあるすばらしいもんだと、感動できる物語を、音楽を志す者は、聴く者の魂をゆさぶる音楽を奏でてくれ。おっ母さんになる者は、お前たちのような受験戦争に、子どもたちをたたき込まないですむようなお袋になって下さい。そして……。この川が流れ込んだ海の向こうでは、受験戦争どころか、本物の戦争で傷つき、肉親を失い、食うものすらないお前たちと同じとしごろの少年少女がいることを、そして、なぜそういうことがあるのか理解できるような、そんな人間になって下さい。そして……。そして、人間として自分を生き抜いて下さい。」

世界の平和への架け橋になれ

明石　康（あかし　やすし）
1931年、秋田県生まれ。『国際連合・奇跡と展望』、『独裁者との交渉術』。元国連事務次長、元国連事務総長特別代表（カンボジア及び旧ユーゴスラビア）。東京都港区在住。

私は、国連という場で世界を駆け回り働いてきました。カンボジアやボスニアでは戦争で傷ついた子どもたちをたくさん見てきました。そして国連の代表としてどうしたら平和な生活が取り戻せるか、様々な国の人たちと協力して努力してきました。

「国連は何でもできる。」という人がいます。一方、「国連はただの討論の場でしかない」という人もいます。私は、その中間ではないかと思っています。「国連の総意」が、地球のすみずみまで広がるのに、時間がかかります。けれど、その国連の総意はやがて、世界の常識になっていきます。

たとえば、一九四八年の「世界人権宣言」は、最初は力の弱い宣言にすぎませんでした。しかし、条約という形に変化し、人権問題に目を光らせる国連人権高等弁務官が誕生して、人権という考えそのものが、世界に浸透してきました。そして国連の総意は、よりよい未来を作るための「遺産」なのです。

私は、みなさんに、どんどん外国に出て、世界を見てほしいと思います。見るだけでなく、国際社会に参加して、地球のために貢献する日本人が増えてくれることを望んでいます。そして、自分の国のことをよく勉強して下さい。自分の国のことを知り、地に足のついた勉強をしっかりした人でないと、他の人から尊敬されません。日本の歴史や文化をよく理解し、世界の人びとに向かって「日本はこういう国です。」と胸をはっていえる人こそが、日本と世界をつなぐ架け橋になれると思うのです。

日本は、清潔で効率のよい国で、規律を重んじる点で世界に誇れる国だと思います。しかし、一億以上の人たちが、同じ言葉、同じ教育、同じ文化の中で生活している、世界的に大変珍しい国だということを忘れないで下さい。日本は世界の中の一部にすぎません。それどころか、何百倍も大きい太平洋に囲まれた小さな国です。この国が平和を保ち、発展していくためには、それぞれ違う言葉を話し、風俗も習慣も違うたくさんの国々の間に、できるだけ多くの橋をかけ、私たち一人一人が、その橋を頻繁《ひんぱん》に渡ることがとても重要なのです。

みなさんの生きる二十一世紀、みなさんが世界を股にかけて、難しいと思いますができるだけたくさんの平和の橋をかけて下さい。

解説

解説『少年少女に希望を届ける詩集』
人間そのものを思うこと

佐相　憲一

少年少女を思うことは、人間そのものを思うことかもしれません。

地球人類73億人の全員がこどもであったか、こどもです。幼児や思春期や青年期を経ずに赤ちゃんから一気に大人になった人は誰一人いません。さまざまな病気や社会的・個人的な困難が心身の発育をとどめてしまうことはありますが、本来、わたしたちホモサピエンスは胎内から誕生してしばらくの間、幼児、少年少女、青年といった過程を経て大人になるようにできています。同じ哺乳類でも、他の種には生まれて短期間のうちに独り立ちしていくものも少なくないので、何の計らいか、人類の不思議な特徴と言えるでしょう。

人にはそれぞれ個人的な元型が形成されています。性格や思考は単純ではありませんから、安易にタイプ分けするのは危険ですが、その人特有のもって生まれたものや、家庭環境・社会環境のもとで体験によって身についたものなどの複合体として、その人の元型はあるでしょう。もちろん、人は意思で変わることができます。その可能性も含めて、人生はものごころついた頃から始まっているでしょう。その意味で、少年少女期というのは強い人生的影響をその人にもたらすと言えます。それは幸福か不幸かといった区分けではなく、混とんとしていて、その当時はよくわからないままに日々生きているものが、後から振り返ってさまざまな意味をもって自分自身の内側に刻まれるものかもしれません。あの時楽しかった、あの時はつらかった、それさえ、後から見るとまるで自分が映画の主人公のような物語の中に見えてくるのです。そして、大人になってそれぞれの道の途中で、自分自身の元型を自覚していくものなのでしょう。

人にはまた人類としての普遍的あるいは集団的な無意識が備わっています。個人的特徴のほかに、類の一員としてインプットされたもの、それは身近な遺伝だけではなく、無意識のうちに長い歴史の中で身についた遠いものを含みます。鳥には鳥の、魚には魚の、そういったものがあるように、人には人の何かが受け継がれています。

歴史を学ぶと人類が無数の殺し合いをしてきたことにうんざりするかもしれませんが、そうした中で、何万年もの間、自分にまで到達する血の系譜があったことは奇跡的な感動ではないでしょうか。いまのアフリカにあたるところから世界中にひろがっていった人類の、現代に至るどの過程で見知らぬ遠い祖先と祖先が出会わなかったとしても、いまの自分自身は生まれていなかったのだという事実は驚きです。「ひとつの命の重み」とよく言われますが、人間ひとりの心臓の鼓動には、人類数百万年の血が流れているのです。そう考えると、いろんな人がひとりの人の中に刻まれているし、狭い考えで日ごろ差別したり縄張りをつくったりするのはバカらしいことですね。

こんなことを考えさせてくれるのは、少年少女のおかげです。彼らには、人が後から身につけたものを超えて、命が遠くからやってきた不思議な感覚がまだ生きています。偉大な芸術家はこどもようなところがあるとよく言われますが、ありきたりの論理に毒されていない生の感覚、独自の感性というのは古今東西のすぐれた芸術につながっています。環境破壊著しい昨今の状況ですが、豊かな自然の中にいると、少年少女は実に生き生きと独創的に遊びます。特にお金のかかる道具やおもちゃやゲームがなくても、何もないところからさまざまな発見をするものです。嘘だと思ったら、どこか森や公園や海辺に行って、そこにいるこどもたちの様子をそっと観察してみていただきたい。大人が忘れがちなものを彼らは思い出させてくれるでしょう。外でこどもが遊ばなくなったと嘆かれる現代日本においても、そのことの本質は変わりません。命とは本来、伸びやかで夢のあるものなのです。

さて、少年少女をめぐる社会的環境はどうでしょう。あらためてここに詳述するまでもなく、巷のニュースは悲しい事例を次々と伝えています。陰湿ないじめ、児童ポルノとそこから派生した犯罪、家庭内暴力ＤＶ、校内暴力、体罰、貧困による栄養失調や学業断念、育児放棄、自死、殺人。

さまざまな精神疾患に苦しむ子が少なくありません。教育の場にカウンセラーが配置され始めましたが、その制度はまだ十分とは言えないでしょう。生まれながらの体質的障がいのほかに、こども時代の心の傷によって発症するものがさまざまにあります。

人間の脳や神経は強じんなようでいて実はもろく、繊細です。一時的な防御として引きこもることは必要な場合がありますが、それが常態となって大人の社会生活に入れないままになるケースもあります。精神医学がようやくひろく認知されてはきましたが、まだまだ試行錯誤のところもあり、精神安定関係の薬の副作用などでいっそう苦しむ青年も見かけます。

「いまのこどもはダメだ」とか「昔のこどもはもっと元気だった」などとステレオタイプに言うのは説得力が

なく、精神の老化現象、他世代への共感力の欠如と言わざるをえません。「いまの子はよくわからない」というのはいつの時代にも口にされてきましたが、言われた世代が今度は言う立場になるのは滑稽ですね。少年少女はその時代の空気を最も敏感にキャッチして、その影響を強く受けます。プラスもあればマイナスもあるでしょう。でも、その時代というのはすべて先行世代がつくったものなのです。わたしを含めて大人は皆、そういう自覚をもつべきでしょう。こどもたちの心が多くむしばまれるとしたら、その責任を誰がもつのでしょう。善意の大人の嘆きも、単なる傍観に過ぎないのなら、生きにくいと言われるこの時代のこどもたちの未来はどこへ行ってしまうのでしょう。

そんないま、この詩集をつくりました。『少年少女に希望を届ける詩集』です。

二〇〇名の作品を十章に分けましたが、この全体の構成にも人間の原点的な視野を反映させました。第一章「学ぶ」、第二章「歩む」、第三章「立つ」、第四章「こころ」、第五章「いのち」、第六章「希望」、第七章「家族の中で」、第八章「自然の中で」、第九章「世界の中で」、第十章「未来」といった構成です。

少年少女の日々はそのまま人間の原点の日々かもしれません。その喜怒哀楽の物語とメッセージをひとつひとつの作品を通じて感じ取っていただけたら本望です。

読者の対象は狭く限定せずに編集しました。もちろん、少年少女自身や教師、保護者を特に意識してはいます。でも、ここまで述べてきたように、誰でもかつては少年少女だったのですし、ここに展開されていることは人間一般にも該当する内容ですので、ひろくさまざまな方々に読んでもらえたらと思います。そして、少年少女たちへの思いを通じて、人間のあり方、教育のあり方、社会のあり方などへの思考を交流する場ともなれば幸いです。少年少女は、人間の代表と言えるでしょう。

収録されている作品の書き手はそれぞれ元・少年少女です。この中には、少年少女の頃に自ら苦しんだ人も少なくないようです。そんな人たちも作品で結集してくれました。こうして二〇〇人分の作品を並べてみると、この人たちに特別の親しみを覚えます。それぞれにとらえ方は違いますし、考え方も相互に違う人たちですが、いま、少年少女の存在を無視したくない、少年少女の心と対話したい、自分の中の少年少女を伝えたい、という切実な問題意識を共にしています。それ自体が画期的なアンソロジーではないでしょうか。

「希望を届ける」という本のタイトルは、個々の作品のトーンを限定したものではありません。かなしみや無念さを切々と書いた詩もあれば、世の中の風潮を批評しているものもあります。少年少女をめぐる多角的な視野をもった全体になっており、そうした結集の総体から、この本を届けることが希望につながればという趣旨です。希望というのは、希望、希望と叫んでわいてくるものではないでしょう。現実のありようを共にする心の対話が実現した時、他者の共感や理解の姿勢にふれた時、もっと端的には共に泣いた時などに、希望は内側から生まれてくるのでしょう。ここに収録されている作品のどれかが誰かの胸に響けばいい、そんな願いがこめられています。

一篇一篇についてここでふれるのは控えますが、現代詩の世界で活躍する詩人たちに加えて、お茶の間にもよく知られた作家や評論家、さらには学校現場で教えている一般の方々、元学生の青年など、多彩な面々が書いています。こうした組み合わせの言葉の共演も異色の一冊と言えるでしょう。読者の皆さんそれぞれに気に入る言葉が見つかればいいですし、少年少女の胸に響くことを願います。

第一章の冒頭に谷川俊太郎さんが「学ぶ」という原点的な詩を寄せてくださいました。最近もテレビなどで詩の心いっぱいの語りを聞かせてくれる谷川さんですが、わたし自身、約三十年前、十七歳の頃、谷川俊太郎さんのある詩に共感して生きる励ましをもらったことをここに記しておきたいと思います。それは本屋にあった詩選集に掲載されていた「九月」という詩です。せっかくですので、ここに全文を引用して紹介させていただきます。

九月　　**谷川　俊太郎**

人生ハ美シカッタンダッケ
ドウダッタッケ
ボクハモウ忘レチヤツタンダ
人生ハ生キナキヤイケナインダッケ
ドウダッタッケ
ボクハモウ忘レチヤツタンダ
河ノソバデボクハ捨テタンダ
イロンナモノヲ
足ノトレタ犬ノ玩具ヤ
白イオオイノカカツタ夏ノ帽子ヤ
不発ノ焼夷弾ヤ初恋ヲ
河ノソバデ
イヤナニオイノスル河ノソバデ
捨テタンダ

ソレカラ
歌ヲ歌ツテ帰ツタンダ
夕陽ヲ背中ニ
河ノ堤ヲ
歌ヲ歌ツテ大キナ声デ
ソレカラ何ヲシナキヤイケナインダツケ
ボクハ捨テタンダカラ
ソノ次ニ何ヲ

ボクハ忘レチヤツタンダ
モウ一ペン捨テルンダツケ
ドウダツタツケ
今度ハ河デ泳グンダツケ
臭イ河デ
秋ノ陽浴ビテ素裸デ
ソレトモ
マダ歌ヲ歌ウンダツケ
ドウダツタツケ

（中央公論社『現代の詩人9　谷川俊太郎』所収）

これは当時さまざまな事情で疎外感に悩んでいた自分にぴったりの詩でした。作者がこの詩を書いたのはもっとずっと前の時代でしょうが、この詩は書かれた時代背景を超えた普遍の扉を通して一九八〇年代の十七歳の心を癒やしてくれたのでした。厭世的な気分のようで、そうではありませんでした。かなしみや痛みの自覚は現実を直視することであり、その先を模索する心があるからこその悲歌と感じたのです。時に絶望の方にも傾きながら、やはり青年らしくわたしは希望をもちたかったのでしょう。この「九月」という詩は戦後の社会的背景を前面に出した時代の空気の詩とも読めますが、当時のわたしにはむしろきわめて個人的な若い人生の喪失感、疎外感、傷ついた心の詩と感じられて、自分自身の代弁者のように共感したのでした。詩一篇にはそんな癒やしの力がある、その感動をよく覚えています。いまこうして、その谷川俊太郎さんと同じ詩の場でアンソロジーをごいっしょしていること、ここに不思議な感慨があります。

わたし自身のこの詩集テーマとの連関を少し述べると、ほんの数年前まで大阪で十年ほど、まちの小さな学習塾の教室長をしていました。そこでは、学校環境が合わずに登校拒否気味あるいは引きこもっている子などともいっしょに学びましたが、傷ついて屈折したものを抱える少年少女が少しずつ心を開いてくれて、ゆっくり学ぶことで分かるようになった学習への意欲も出てきて、ついには笑顔を見せてくれるようになるなど感動の物語がたくさんありました。気さくな大阪のこどもたちや親御さんに人情の味わいを教えてもらうこともしばしばでした。日々生きる元気ももらっていました。勉強が本当に苦手な子から学校でトップの成績の子までさまざまな少年少女と心ふれあいました。どの子もかわいい卒業生です。その後、仕事で大阪に行った時に、ずいぶん前に教えた男の子がすっかり立派な青年サラリーマンになってガールフレンドと談笑しているのを目撃したりすると、思わずウルっとするものです。このように、わたしにとっても少年少女というテーマは特別の親しみがあります。

この解説文の冒頭にわたしは、「少年少女を思うことは、人間そのものを思うことかもしれません」と書きました。それぞれの個性をもちながら、まだ自覚的に分化してはいない、柔らかい存在。そしてその可能性。いかなる大人も人生を振り返ると必ずと言っていいほど原点的な萌芽が回想されるような、出航の時。それぞれが背負っている背景はさまざまでも、どの少年少女にも瞳の輝きを祈りたい。そんな気持ちでこの本を閉じます。そして、読者の皆さんがそれぞれ何歳の方であれ、この本を読んで何かしら希望を感じていただけたら幸いです。

少年少女のしなやかな心が語り合える詩集になることを願って
『少年少女に希望を届ける詩集』に寄せて

鈴木　比佐雄

1

詩人・作家たちは年を経てもいつでも少年少女のしなやかな心に戻りたいと願っているに違いない。実際に優れた詩や作品には少年少女の心に立ち帰った瑞々しい感受性が溢れ出ている。詩人・作家とは時間を遡って少年少女時代に見たり聞いたり感じたことを瞬時にタイムスリップする能力が人よりも秀でた人種なのだろう。私に関して言えば最も古い記憶は、一歳頃に庭に降りて一人で立ち上がる事が出来て、自分の足で立ち上がり二三歩ほど歩き始めた途端に転んでしまった。仰向けになった顔の近くに黄色いタンポポが咲いていていて、ああ、きれいな花だなあと感じたことだ。周りからは家族の歓声や心配する声が聞こえていた気がする。大きくなってもこの記憶は消えることなく心に残り、何か辛いことがあったり、新しいことを始めてうまくいかないことがあっても、この記憶を想起するとなぜか勇気づけられてきた。私と同じようなささやかな記憶であるが、この世界に生まれたことを賛美され褒めたたえられた経験を胸に秘めている人たちは多いだろう。

今回の詩選集『少年少女に希望を届ける詩集』において、「希望を届ける」ことは果たして可能だろうかと問うてみる。一人ひとりの少年少女は自らの内面に「希望」を探し続けているだろう。その際に詩人・作家たちは「希望の言葉」を届けたいと願って、自分の子供時代の経験の中から生きることを促す「感動が宿った言葉」を伝えることは可能だろう。この詩選集は、少年少女が自分の内面の掛け替えのない価値に気付き、自らの足で歩き始めるために、背中を押すための言葉だ。その根本的な動機は、少年少女たちのしなやかな心に敬意を抱き、そのような人間存在への限りない「慈しみの言葉」を届けたいという純粋な思いに尽きるだろう。

ところで現代社会はかつてないほど少年少女にとって住み心地がよくない情況になっている。地域社会全体で少年少女たちを温かく見守るというおおらかさや寛容さが無くなってきている。さらに少年少女を消費者と位置付けて物資的な欲望を掻き立てるようなグローバルな経済戦略が間断なくとられている。行き過ぎた経済行為が少年少女の柔らかな心を蝕んでいる。また少年少女の親御さんたちの経済格差が大きく開いたどころでない、雇用が無くなり最低限の生存権さえ侵しかねない貧富の差が生まれてきた。また教師の社会的な地位が下がり、学校で問題があるとすべて教師たちが一方的に悪いと決めつけて、マスコミなどが執拗に叩いてしまう傾向がある。地域社会、経済格差、情報化社会などの多くの問題点や矛盾が学校現場で噴き出して、教師たちの精神的な疲労やストレスは、想像を超えたものになっているように感じられる。そのような多様な家族の少年少女を抱えた学校現場に向けて詩人・作家の二〇〇名からの「希望の言葉」が結集したことは、意義深いことだろう。

2

『少年少女に希望を届ける詩集』は、第一章「学ぶ」から「歩む」、「立つ」、「こころ」、「いのち」、「希望」、「家族の中で」、「自然の中で」、「世界の中で」、「未来」の十章に分れている。少年少女が自分の足で立って、歩き始めて、心を豊かにし、命や希望を育み、家族、自然、世界の中で希望を抱えながら生きて行ってほしいと願って編集されている。

　詩人・作家の「希望の言葉」に耳を澄ませてみたい。第一章「学ぶ」十八人の詩篇では、学校での人間関係から何を学ぶことができるかを伝えている。

　冒頭の谷川俊太郎の「学ぶ」では、空や樹木など多くの事物から学ぶが、「見知らぬ人の涙《なみだ》から学ぶ／悲《かな》しみをわかちあうことの難《むずか》しさ」という感情を理解する能力を学ぶことの大切さを伝えている。

　洲史の「なにか　ご用はありませんか」では、休み時間に学校の事務室に緊急避難してくる少年に教師が「今日のお手伝いはないから外で遊んでおいで」と優しく見守るのだ。

　山村暮鳥の「風景　純銀もざいく」では、一連九行三連詩の中の八行は「いちめんのなのはな」であり、その中の二連目では「ひばりのおしやべり」が隠れている。黄色の単色の光景の中にある異質で自由に生きる鳥が存在感を際立させている。

　河原敏子の「学級目標と約束ごと」では、「三十九本集まると立派な花束になるんです」という「いちめんのなのはな」という学級目標を想起している。

　なでしこの「車中第困狂想曲」では、「ミニスカートはちょっと早いかな／電車の中で　ひざをそろえて座れないでしょ」と「素敵なレディー」を目指す辛口の助言をしている。

　秋野かよ子の「四月の君は」では、「夕日が沈むとき／太陽に手を振り／おじぎを何度もした」子どもが「運動場の土を掘る」ことで太陽を探し出そうとする。

　また松沢清人の「教室・冬」では、新入学の子供たちを待つ「冬の教室」で「次の季節を／つかみ取ろうとする手」の動き出すのを感じる。小野浩の「夏の心臓」では、愛犬ルパンと「汗が飛び散り心臓は飛びだしそうに」一緒に土手を走る。志田道子の「ふしぎだ」では、「未だ見知らぬきみを／愛おしく思えることが／とっても／ふしぎなんだ」と懐かしむ。築山多門の「扉」では、教え子に対して「わたしは君が話す気持になるまで／いつまでも待っているよ」と勇気づける。今泉友佑の「自分でやる三十分」では、「やらされる三時間より自分でやる三十分の方が大事だ」と確信する。市川つたの「十点満点」では、「誰にも負けない／すっごく素敵なところが必ずある」と長所を見つけ出す。谷口典子の「勉強　きらい」では、「大地の上にしっかり足をふんばって／考えることのできる大人になってほしいと」だけ願っている。堀江雄三郎の「息吹き」では、「思いでの始《はじ》めは小学校／どき、どきする息を／しずめて一人立ち」したことを想起する。吉田隶平の「負ける」では、「あなたのやさしさに負けたと思った時」に結婚を決意したそうだ。覚和歌子の「問いかけ」では、「抜き差しならない問いかけさえあれば」やがて答えを探し出せると語る。あさのあつこの「おまえならできる」では、「誰かを本気で好きになることができた／わたしの笑顔は／なかなか素敵でした」と再認識する。二階堂晃子の詩「すさまじい無言」では、「生まれながらに負った体の違いゆえ／受けた心の傷／声をつまらせ語る　やっと語る／女子生徒の吐露に」よって言葉の暴力に気付いた生徒たちの心の変化を描いている。古屋久昭の「ひとりであって　ひとりでなく」では、「ぼくが　いま　ここにこうしている　ということが」驚きで神秘だと命の根源を見詰める。

3

第二章「歩む」は十九人の生きる意志を伝える詩篇から成り立っている。高村光太郎の「冬が来た」では、「僕は冬の力、冬は僕の餌食《ゑじき》だ」と逆説的に生きる意志を語る。こやまきおの「G君のこと」では、「おれ、学校の先生になりたいな」と手を焼いた教え子の成長を讃える。保久学の「のろり、歩いて」では、「生きていれば絶対にいいことが待っている」と「僕の答え」を語る。風守の「私はいるのか」では、「私がこの世界にいることを感じるため」蝶のような小さな命を発見する。橋爪さち子の「あるく」では、「逃げ道、近道、まわり道」を知る高齢者の自由自在な歩き方の楽しさを紹介する。星野博の「転校生」では、「友だちがひとり増えること」の喜びを伝える。音月あき子の「理由のない不安と寂しさ」では、「少年少女たちの心の声を　聴いてあげたい」と心底思っている。原詩夏至の「学校を初めてさぼった朝」では、「ごろごろすることが　大人になることだった」と自分の時間を発見するのだ。島村誠の「ピアノが教えてくれた事」では、「真剣に打ち込んだものは」無駄にはならなず人生を面白くさせると言う。野村朗の「十六歳の悲しみ」では、「私の音楽で、あなたに寄り添い」たいと作曲で生かされる想いを語る。さわのみえの「こどものころから」では、包丁をお腹に当てたこともあるが「生きていてよかった」と寂しさを克服する。中西衛の「中学生日記」では、「おもいっきり伸びようとする」満たされた時間を想起している。荒木せい子の「いじめられていたら」では、「本当の友達ができるときが」君にも必ず来ると辛い体験を明かす。ひまわりの「笑顔の源」では、「生徒と教師とが何かを成し遂げる時間」の学校現場のエネルギーを語る。星清彦の「砂糖湯の想い出」では、近所の小児麻痺の友達の家で「砂糖湯を初めて飲んだ時のたまらない感動」から真の豊かさを問う。伊藤誠一の「子どもは教員の言葉を待っている」では、「テメェーの手紙なんかもう、読まねー」と言われた不登校のA子が手紙を読んでいたことを記す。山田透の「ハッちゃんの笑顔」では、「壮絶ないじめにあった」けれどもハッちゃんは「不思議な微笑みを絶やさない」でいつしか皆を元気つける存在になったと言う。椎葉キミ子の「心友は」では、「そうよ、高校時代から五十八年なのー」と友情の素晴らしさを伝えている。永山絹枝の「この道を　ただひたすら」では、障害を抱えた子が豊かな感性を発揮する瞬間に「教師の方が生かされていると思う」と感ずる。

　第三章「立つ」は十六人の少年少女が自らの足で立つことを願う詩篇などから成り立っている。武者小路実篤の「一個の人間」では、「自分の最も深い泉から／最も新鮮な／生命の泉をくみとる／一個の人間でありたい」と願うのだ。仲本治の「道」では、「新しい道は、発見の多い道」と不安を超えて挑戦しようとする。服部剛の「僕等の道」では、子がダウン症だと知った朝に「僕らの道を一緒に歩み」生きて行こうと決意する。藤木正明の「生かし生かされ」では、「あらゆる恵みを素直に取り入れること」の大切さを説く。西野りーあの「夭逝伝説」では、「今死ななくても　大丈夫だ」と言い「冬眠したって　いいんだよ」と助言する。越路美代子の「藍の糸を」では、転んで膝を怪我をし、その擦り切れたジーンズを繕ってもらった時の祝福の言葉「――やったね」を記している。杉野紳江の「苛められて交番に」では、「ののしられて　ズボンを脱がされた」ケンちゃんが警察に届けていじめっ子に謝罪させた話だ。三上その子の「通過儀礼」では、「くるしいくるしいくるしいとかいてしまえばらくになる」と感情を見つめ静める工夫を知らせる。萩尾滋の「夢を　そして夢に」では、「なぜ車椅子の海君と　富士山へ」登るのか、それは「夢に　生きようとする命があるから」と言う。葉山美玖の「ガッコウと骸骨」では、いじめられて理科室の骸骨に親近感を覚えていたが、大人になり同級生たちとFBで再会し、「私はさみしい骸骨とだまってお別れした」と言う。八覚正大の「寄り添い」では、サッカーボールが少女の右目を直撃したが、たいしたことなく

「生命は自らを修復する」ようにまた少女は走り出した。曽我貢誠の「いじめている君へ」では、「いじめは犯罪です／いじめは人の心を破壊します」と生涯続くトラウマの恐ろしさを告げている。吉岡忍の「セーラー服」では、ボランティアは「させてもらっているんだ」と考えて、「負担を感じさせるような活動をしてはいけない、と自戒」する。出雲筑三の「勇気を出して」では、「ほほえみ　苦難に耐えてきた祖先の遺伝子」と人間の「笑う特技」を評価する。落合恵子の「崖《がけ》っぷちに立つあなたへ」では、「人はいくつになっても、心の友と呼べるひとに出会えるのだ」と出会いの感謝を伝える。小中陽太郎の「自分のアタマで考え行動する人間に」では、「自由と創造性、これがぼくの考える理想の教育だ」が、そのために「訓練と忍耐を学ばなければならない」と言う。

4

第四章「こころ」は二十五人の心の原点を見つめる詩篇などから成っている。第四章以降は幾篇かを紹介したい。宮沢賢治の「雨ニモマケズ」では、「ミンナニデクノボートヨバレ」ても皆の幸せを願って生きた賢治の魂が読み取れる。金子みすゞの「私と小鳥と鈴と」では、「みんなちがって、みんないい」と違いの素晴らしさを賛美する。鈴木明の「ことばのちから」では、退院後に学校に復帰した時に、一人の女生徒に〈「お帰り」と言われた〉ことの温かい言葉の所在を示している。田中作子の「良寛さま」では、わざと船を揺らして川に落とされてしまった良寛が助けてくれたお礼の感謝を何度も伝えるので、船頭は「ねじれた私の心がはずかしい」と悔い改める。後藤順子の「願うところの幸せ」では、憎しみを越えた「良い宗教」への問いがあり、「心の中に太陽の光を感じ／良心という灯をもつこと」で「生きてほしい」と願っている。

第五章「いのち」二十一人の詩篇などでは、命の根源を伝えようとしている。新川和江の「先生に」では、「泣《な》いても　いいんですよ」と生徒と教師の双方を癒し再生させる、「希望の言葉」が立ち上がってくる。吉野弘の「生命」では、「世界は多分／他者の総和」と言い、「私も　あるとき／誰かのための虻だったろう」と世界の関係を暗示する。伊良波盛男の「赤ちゃんの泣き声」では、「赤ちゃんの泣き声は無垢の声だ／神の声として命の根から聴こえる」と耳を澄ますのだ。山本周弐の「一度きりの人生」では、二十歳の時に事故に遭い三十九歳で亡くなるまで闘病生活をした作者が十代の頃に書いた言葉は真実を伝えている。その「生きているのに　生きていないのはおかしい／皆生きているんだ／一度きりの人生を」は健常者をも激励している。

第六章「希望」十九人の詩篇は、思い悩む時や逆境の時に心の奥底に希望を届けようとする詩篇などだ。菅原克己の「マクシム」では、「マクシム、どうだ、／青空を見ようじゃねえか」と留置場から出て河原で呟く言葉は今も読むものを勇気づけるだろう。マエキクリコの「ある水分子のひとりごと」では、人は水分子を雲、海、波、雨のようにいる場所によって言い替えるが、どうして「わたしを　記号にすりかえる／わたしを　知りはしないのに」と言葉による存在を喚起する機能を問い始める。根本昌幸の「若い力」では、「この若い力があるうちに／人間は何かをしなければならない」と「若い力」の可能性を信じている。柳生じゅん子の「笑う力」では、「誰か　笑いとばしてくれないかなあ／泣きたいことがいっぱいだ」と身体中がほぐれて笑い出すような言葉を欲している。浅見洋子の「涙の力」では、「君！　思いっきり　大声で泣いたらいいさ！」と共に寄り添う言葉を伝える。安齋亜谷の「幸せな朝は必ず訪れる」では、九年の「引きこもり」を経て「今、目の前にあることを少しでもこなせばいい／未来は、今の小さな一歩の積み重ねだから」と心に小さな希望を抱く。

第七章「家族の中で」十九人の詩篇は、家族の暮らしの中から人生の大切な言葉が語り継がれている。河井酔茗の「ゆづり葉」では、「みんなお前たちに譲ってゆくために／いのちあるもの、よいもの、美しいものを／一生懸命に造つてゐます」と命のリレーを告げる。松本高直の「秋陽」では、「きみの昼寝は／樹皮の深い香りに／しっとりと／つつまれていた」と子の寝息に森の命を感じている。大友光司の「ボクんちのママは牛飼い」では、真冬には氷点下二十度にもなる父母が働く牛舎で「友達が売られると澄んだ目から大きな涙も流す」ことなど生き物たちから生きる喜びや悲しみを学ぶのだ。俊之の「父が残していったもの」では、近くのダウン症の子に吐いた「ばーか」に対して「今すぐ言って謝って来い」といった父の気迫を大切に想起する。尾木直樹の「私を導いた母の言葉」では、明日があるからと先延ばしせずに「今やれることは今やろうね」といった母の言葉を噛み締めている。

第八章「自然の中で」二十一人の詩篇は、自然の中で生かされている人間存在を問うている。高田敏子の「忘れもの」では、夏休みの「迷子のセミ／さびしそうな麦わら帽子／それから　ぼくの耳に／くっついて離れない波の音」などの忘れものを取りに行くことを勧めている。菊田守の「満月」では、夜道を歩いていたら黒い虫が額にぶつかり脚を引きずり歩いていて「大丈夫か」と思わず声をかけてしまうのだ。西木正明の「真の冒険者は臆病な人である」では、「これは危ないんじゃないか」と気づくためには臆病で小心じゃなければならないと語る。

第九章「世界の中で」二十三人の詩篇は、身近な暮らしから発していても、いつしか世界や宇宙や歴史の謎などのスケールの大きい発想に転嫁されてくる。宗左近の「始原」では、「草のなかに裸の少年が寝ています」が、その時には「大空カラ見ラレテイタイノデス」や「始原ニ抱カレテイタイノデスカラ」と想像している。崔龍源の「雲のなぎさ」では、「少年と少女がなぎさで作る／雲の城もまたくずれ去るけれど／決して崩れさらないものに気付くべきだ」と少年少女の夢を抱き続けるのだ。志田静枝の「宇宙人」では、「宇宙人は煎茶の小さな茶碗をかたむけ／しずかに茶を飲んでいる」と若い宇宙人のような娘にジェラシーを少し感じている。

第十章「未来」十八人の詩篇は、少年少女たちの未来に思いを馳せて大切なものを託そうとする。坂村真民の「二度とない人生だから」では、「一輪の花にも／無限の愛を／そそいでゆこう」と自然を愛し、さらに「戦争のない世の／実現に努力し／そういう詩を／一篇でも多く／作ってゆこう」という思いを若い人たちに託すのだ。ホワイト☆ハルの「幸せを育てる」では、「あなたは幸せの種を毎日蒔《ま》いていますか」という実践的な問いが宮沢賢治の他者の「本当の幸せ」を願う思いとも重なってくる。福士文浩の「わたしはひらく」では、私という一冊の本があなたに開かれるのを待ち続け「わたしはいつでもまっています／あなたがはなしかけるまで」と作者と読者の対話を夢見ている。浅山泰美の「祝福」では、「君よ／愛したまえ／人を愛したまえ／人生を愛したまえ／君よ／素直であれ／君よ／いつの日にも／君は君であれ」と少年少女の人生の幸福を祈っている。小山内美江子の「金八先生の言葉」では、「この川が流れ込んだ海の向こうでは、受験勉強どころか、本物の戦争で傷つき、肉親を失い、食うものすらないお前たちと同じとしごろの少年少女がいることを」自分の心で理解し考えてほしいと語る。最後に明石康の「世界の平和への架け橋になれ」では、「この国が平和を保ち、発展していくためには、それぞれ違う言葉を話し、風俗も習慣も違うたくさんの国々の間に、できるだけ多くの橋をかけ、私たち一人一人が、その橋を頻繁《ひんぱん》に渡ることがとても重要なのです。」と世界の人びとの誰かと日本の少年少女が深い関係を持って、友情の懸け橋になることを願っている。

紙面が限られているので二〇〇人すべての詩篇を紹介できなかったことは残念だが、以上のような詩篇をできるだけ紹介してみた。そこで言葉は命を押し広げるような真っ新な感受性の経験を伝えることもできるが、辛く悲しく命がけの経験なども表現でき、人間の多様な心の深淵を語ることのできる、本当に豊かなものということを再認識させられた。この二〇〇人の詩篇が学校現場や家庭でさりげなく開かれて、少年少女のしなやかな心に届き、彼らの心が語り合い、読み継がれていくことを願っている。

おわりに

おわりに

昨年十月、『少年少女に希望を届ける詩集』の呼びかけを始めた。始めは２００人はおろか１００人も集まらないのではないかという不安があった。参加第一号は山本美智子さんである。ある作家を偲ぶ会で知り合った。さっそく息子さんの『ぼくは19歳』の詩集を送ってくれた。息子さんは大学のアメフトの練習中事故に遭い脳に大怪我をしてしまった。元気だった一九歳までの詩をまとめたものである。お母さんの手記も感激したので、参加をお願いしたら快く引き受けてくれた。

これをきっかけにして詩の会や講演会など様々な集まりなどで呼びかけをした。またコールサック社の季刊誌やネットでの呼びかけも功を奏し、全国の詩人から少しずつ協力してくれる人が増えていった。

詩人は応募の趣旨に賛同して参加してくれた人が大方だが、中には少年少女向けの詩は書いたことがないという人もいた。そこで「少年少女はいずれ大人になりますから。」というと、それならと引き受けてくれた。作家のみなさんは「生まれて詩など一度も書いたことはない」という。そこで「エッセイやメッセージでもいいですよ。」というとやはりプロの面々である。素晴らしい作品を書いてくれた。

教育関係者は、詩人も含め退職された方から多く参加していただいた。毎日多忙な現役の校長先生やＰＴＡ、教員にも声をかけた。始め渋っていたが後で原稿が送られてきたときはうれしかった。

優れた作品も取り入れたいということで物故詩人の詩も載せることにした。親族の方何人かに電話や手紙でお願いすると、二つ返事で「いいですよ。自由に使ってください」と快く承諾してくれた。

何よりうれしかったのは、今社会の一線で活躍している詩などに縁のない人からの参加である。自分が学校に行っていたときのいじめや病気などで苦労したことなどを、詩やエッセイにまとめてくれた。たぶん生まれて初めて詩を書いたという人もいるようだ。こうして心のこもった作品が多く集まった。

私一人では到底このような素晴らしい詩集はできるはずもなかった。今回の企画に協力していただいた全国の詩人、作家のみなさん、文化人、教育関係者、そしてかつて少年少女だったすべてのみなさんにこの場をかりて「ありがとう」といいたい。また企画、編集から、呼びかけに至るまで積極的に関わってくれたコールサック社のみなさんに感謝したい。

この詩集が一人でも多くの少年少女の手元に届き、何か心に残ってくれればありがたいと思っている。

二〇一六年六月　曽我貢誠

編註

1、『少年少女に希望を届ける詩集』を公募した趣意書の趣旨の要点は左記のようだった。

〈今、自分の心に大きな悩みを抱えてしまった少年少女たちが、命を捨てたいと思い始めている。それは自ら死ぬことだったり、相手を暴力的に攻撃することだったり、学校へ行くことを拒否することだったりする。学校に元気そうに行く子どもたちもさまざまな悩みをかかえて登校している。そんな子どもたちに心に届く言葉を私たちは持っているだろうか。教育者、親御さん、かつて子どもだった私たち大人は、心底から生きる希望の言葉を発することが出来るだろうか。あなたが子ども時代に生きる勇気や励ましをもらった言葉や温かい行為の言葉を想起して、今生きることに悩んでいる子どもたちに、あなたの最も柔らかくしなやかな心の奥深くから詩的な言葉を発して頂けませんか。

子どもたちの心が病んでいれば、きっと全国の心ある教育者、親御さん、大人たちの心に寄り添って一緒に悩みながら、新たな精神世界を希求されると思われます。

今回、様々な悩みや問題点を抱えながらも、少年少女たちに生きていることはすばらしいという希望の言葉を届ける詩編を公募します。

誰でも詩の心をもっています。学校の中や家庭の中での嬉しかったこと悲しかったこと。あるいは感動したこと悔しかったこと、そして何気ない日常を詩にして下さい。また、ふと道端で見つけた一輪の花、沈む夕日。環境や地震、戦争について。子どもの誕生秘話、家族の死。ジャンルは問いません。ただ思春期の少年少女の心に届けたい詩です。

できあがった詩集は、全国で子どもと接している学校や塾の先生、家庭教師。児童館、図書館、そして親御さんの元に届けたいと思っています。学校では、学校、学年、学級だよりや、授業などで活用してもらいたい。塾でもいろいろな活用方法があると思います。また親御さんには是非親子の会話に役立ててほしいと思います。

「少年少女に届ける二〇〇人詩集」皆さんの力で完成させたいと思います。是非参加して下さい。〉

当初計画通りの二〇〇名の作品を収録した。

2、編者は、曽我貢誠、佐相憲一、鈴木比佐雄である。

3、詩集は詩誌「コールサック」八十五号での公募や趣意書プリント配布に応えて出された詩篇と、編者たちから推薦された詩篇及び若干のエッセイで構成されている。

4、全詩集・詩選集・詩集・詩誌・オリジナル原稿の詩作品を底本として、現役の詩人には本人校正を行なった上に、さらにコールサック社の座馬寛彦・鈴木光影の最終校正・校閲を経て収録させて頂いた。

5、参加人数は二〇〇人で、詩に加えて若干のエッセイが収められている。

6、パソコン入力時に多く見られる略字は、基本的に正字に修正・統一した。

7、旧字、歴史的仮名遣いなどは、明らかな誤植以外は、発表した時のものを尊重し、そのままとした。

8、収録詩篇に関しては全国の詩人や教育関係者などから貴重な情報提供やご協力を頂き、謝してお礼を申し上げる。

9、装幀は、戸田勝久氏の絵「風の丘」を使わせていただき、コールサック社の奥川はるみが担当した。戸田勝久氏には厚く感謝御礼申し上げる。

10、本詩選集の詩篇に共感してくださった方々によって、集会などで朗読されることは大変有難いことだと考えている。但し、詩の朗読会や演劇のシナリオ等で活用されたい方は、入場料の有料・無料を問わず、二ケ月前にはその詩篇の著者名とタイトルをご連絡頂きたい。著者や著作権継承者の許諾をコールサック社が出来るだけ速やかに確認させて頂く。また、ひと月前には、著者の氏名や詩篇名入りの当日のパンフレット案やポスター案と著者分の入場チケットかそれに代わる書類をお送り頂きたい。それらをコールサック社から著者や継承者たちに送らせて頂く。書籍への再録及び朗読会や演劇の規模が大きい場合で、著者への印税が発生するケースやコールサック社の編集権に関わる場合も、遅くとも二ケ月前にコールサック社にご相談頂きたい。

11、本書がいまを生きる少年少女たちへの励ましとなり、教育現場をはじめひろく一般に読まれて、共にこれからを考えるきっかけとなることを願う。

曽我貢誠・佐相憲一・鈴木比佐雄

石炭袋

少年少女に希望を届ける詩集

2016年 8月 2日 初版発行
2016年11月25日 第三版発行
編　者　曽我貢誠・佐相憲一・鈴木比佐雄
発行者　鈴木比佐雄
発行所　株式会社 コールサック社
〒173-0004　東京都板橋区板橋 2-63-4-209
電話 03-5944-3258　FAX 03-5944-3238
suzuki@coal-sack.com　http://www.coal-sack.com
郵便振替　00180-4-741802
印刷管理　（株）コールサック社　製作部

＊装画　戸田勝久　　＊装丁　奥川はるみ

ISBN978-4-86435-258-1　C1092　￥1500E